只要一个人开始提问，他的智慧就已经觉醒了。

人生答案之书

周国平 著

山東文藝出版社

果麦文化 出品

序

我和读者之间经常有交流，大致是两种方式：一种是现场交流，即讲座和读者见面会等活动中的互动；另一种是网上交流，在我的自媒体平台例如公众号、微博上，或者公共媒体平台例如喜马拉雅FM、分答上，回答读者提的问题。许多年下来，就积累了大量答问的素材。读者的提问五花八门，有自身的困惑和求解，也有对我的质疑乃至挑战，我便临阵应对，即兴作答。这样产生的内容比较接地气，比起特意写的作品来，当有别样的价值。因此，在朋友的建议下，我对相关素材进行梳理和筛选，编成了这本书。读者所问涉及人生的各个方面，我把它们归纳为八问，即情感之问、道路之问、身心之问、生命之问、灵魂之问、爱智之问、教育之问、读写之问，每一问之下又分出若干题目，计二十三题。

书名为《人生答案之书》，这个书名岂非太不自量力？人生之谜诡谲迷离，谁人竟敢自诩能够给出答案？然而，人生之考卷置于每个人面前，无人可以回避，人人必须写出自己的答卷。所以，毋庸置疑，所谓答案也只是我写的一份答卷罢了。我从来不相信所谓人生导师，更不会可笑到想要自己来充当。在人生的考场上，我们都是学生，我也许是一个比较用功的学生，那么，我的答卷或许可以供同学们参考，仅此足矣。

周国平

目录

第一编 情感之问

第一题 爱情

第二题 婚姻

第三题 性与爱

第二编 道路之问

第四题 目标与理想

第五题 兴趣与事业

第六题 成功与优秀

第三编 身心之问

第七题 心态与境界

第五编 灵魂之问

第十三题 追问意义

第十四题 信仰与精神生活

第十五题 道德

第六编 爱智之问

第十六题 哲学与人生

第八编 读写之间

第二十一题 阅读与精神生活

第二十二题 阅读的方法

第二十三题 写作

第一编
情感之问

山东大学｜女生问：我想请周老师说一下男人和女人的关系。

答：这个从何谈起啊？男人和女人是可以有各种关系的啊。

北京师范大学｜男生问：周老师，我代表我的一个同学向你致敬。他在上初中的一个晚上读了你的文章，就深深定格了他这辈子的爱情观。我不清楚具体是什么，估计比较高吧，所以至今还没找到女朋友。

答：转告你的那个同学，让他别听我的，一个人只有通过亲身经历才能形成自己的爱情观。如果他不去交女朋友，一辈子也体会不到爱情是什么或者不是什么。

第一题 爱情

青春是恋爱的季节

问：您知道当代的青年人压力特别大，我们现在没有钱，所以要为了钱而考研、考博、出国，在我们现在的年龄，应该怎么处理努力奋斗和享受感情的关系？举例来说，有的人认为谈恋爱是在享受最纯真的感情，有的人会认为你在浪费青春的时间，因为这个时间你应该去奋斗，有了钱之后才可能享受自己纯真的感情。我们青年人应该怎么做呢？

答：我很难想象，两个人相爱了，然后说我们停一停吧，先去挣钱吧，以后再恋爱吧，这可能吗？真的恋爱是自然发生的过程，而且是不可阻挡的。如果可以用一个计划把它阻挡住，那就不是真的，起码在程度上是很有限的。所以我想，如果你很幸运，遇到了真的爱情，就没什么可犹豫的，而且为什么不能两个人一起去争取更好的前途呢？谈恋爱完全是浪费时间吗？我觉得恋爱对双方应该是动力，可以让你做事更有热情，更有效率。

问：我今年刚上大学，您认为大学期间是否应该谈恋爱，还是应该把重心放在学习上？

答：我觉得谈恋爱和好好学习不矛盾啊。有人说大学生谈恋爱是早恋，但十七八岁正是恋爱的季节，怎么是早恋？我的看法是：第一，大学生谈恋爱特别正常。但是，第二，你也不要把它当作一个任务去完成。我知道有些同学是当作任务完成的。别人有女朋友、男朋友了，别人在谈恋爱了，好像我不谈恋爱就没面子似的，这个就没必要了。应该顺其自然嘛，你的日子长得很，不用勉强去谈，不要攀比，是吧？第三，我希望是这样的，要高质量地谈恋爱。恋爱是有质量的区别的，如果你光是沉溺在卿卿我我这种关系里，别的什么都不要了，我觉得就比较可悲。应该是通过恋爱互相促进，互相激励，激励精神的向上、求知的努力和创造的冲动。总之，我是支持大学生谈恋爱的，但是你这个状态应该是一个更好的状态，一个能够开花结果的状态。

问：您对中学生早恋怎么看？

答：我认为早恋是天底下最正常的一件事。其实，青春期开始恋爱正是时候，何早之有？我读中学时被管得很严，不允许，我羡慕你们。

问：我是大四学生，请问您对大学生异地恋有何看法？异地恋是否只是青春的代名词，不可能终成眷属？彼此深爱如何保鲜？

答：我的看法是：第一，你正处在恋爱的季节，不管是异地恋还是同地恋，恋爱都是青春开出的花朵，都非常美好。第二，不是所有的花朵都会结成果实，不是所有的恋爱都会终成眷属，异地恋和同地恋都是这样。你们这么年轻，没有必要太多考虑今后是否结婚，应该尽情享受恋爱的快乐。但是，第三，两人深爱，就一定是渴望经常相见相聚的，如果没有这个愿望，是否是深爱就要打个问号了。你们应该争取毕业后到同地工作。第四，人性是脆弱的，长久异地导致情感生变是基本规律。当然同地也可能生变，保鲜法门是亲密有间，多么相爱也要有距离，但亲密是前提，才谈得上“有间”。

如何找到对的人

问：人的一生当中如何寻找到对的人？

答：能不能找到对的人，在很大程度上要靠机遇，也就是运气。我首先祝你运气好。从你自己这方面来说，我觉得有两点很重要。一是要重视和相信自己的直觉，你和一个人接触，一开始是有一个直觉的，这最初的直觉往往是准确的，是你的性情和全部经验发出的声音。拜伦说：爱情上的第一眼就是千里眼。所以，你真正喜欢上了一个人，就不要错过机会，一定要大胆尝试。二是所谓“对”是相对的，适合你的不是某一个人，而是某一个类型的人，如果你的交往范围比较广，遇见的可能性就比较大。所以，交往范围广一些好。

问：我很迷惑，我们怎么知道当下遇到的那个人是不是对的人呢？很多人在感情受挫后都会说，没关系，对的人在后面。可是我们无法站在整条生命线上去旁观自己的一生，怎么知道现在的就是对的？或许陪伴一生的到头来发现并不是对的人，对的人究竟是指哪方面的对呢？

答：你问得有道理。我们每个人都生活在空间和时间的一个点上，因此，判断遇到的是不是对的人，就有两重困难。第一，在空间上，你遇到的人有限，没法把他（她）和大量没遇到的人比较，也许那个对的人在别处。第二，在时间上，你表达得非常好，我们无法作为旁观者纵览自己的一生，也许那个对的人后来才出现。这说明什么？说明寻找对的人可能出错，婚爱的选择始终是冒险。其实，人生的重大选择都如此。不过，你说或许陪伴了一生到头来发现不是对的人，我觉得这种情况不合常理，因为如果很不对，早该感觉到了。如果没有感觉到不对而陪伴了一生，可以说基本上是对的。对和不对是相对的，所谓“对”不是完美，人生总是有缺憾的，现实的婚姻也是如此，不能用理想中的完美来评判和否定现实。

问：家里安排相亲，我对对方挺满意，但对方很久没有回音，忍不住问他，他说感觉不知道聊什么。我应该主动和他聊他感兴趣的话题吗？我们应如何看待相亲？

答：你说的这种情况，我的直觉是，对方对你不是太满意，所以很久不回音。只有对方对你这个人有兴趣，也就是有和你谈话的兴趣，才谈得上聊什么话题的问题。没有这个前提，你多么主动寻找话题，也不一定有效。这不说明你不如他，而可能就是没有缘分。相亲的毛病就在这里，双方目的性太强，感情不能自然地发生作用，就很难碰对缘分。理想的方式当然是自由恋爱，两人一见钟情或日久生情，但这要靠运气。相亲是不得已的选择，如果双方放松心态，就当结交一个新朋友，不刻意以结婚为目的，自然地交往一段时间，结果可能会更好。

问：我是爱情里的背叛者，选择了一个更符合我择偶标准的人，背叛了很爱很爱我的人。可现在我却忍不住想那个人，为什么？

答：你的问题出在择偶标准上，你没有说明你的择偶标准是什么，但是它显然不包括爱情，所以你才会背叛那个很爱很爱你的人。你说你现在忍不住想她，说明你对她至少也是有感情的，这个感情并不因为你没有选择她就消失了。你的感情还没有完全被你的择偶标准绑架，这是好事，说明你还有救。反省一下你的择偶标准吧，选择终身伴侣怎么能够不把爱情放在第一位呢？如果你说的是你的真实经历，我认为现在你应该郑重考虑是否要重新选择，当然前提是如果还来得及的话。

问：我与男朋友交往两年了，总觉得他不爱我，很自私，我也始终无法下定决心与他走进婚姻的殿堂。我想问您，什么样的爱情才算是真爱呢？真爱最重要的因素是什么？

答：我觉得真正的爱情应该包含一种给予的激情，或者说奉献的激情。这一点听起来好像是道德说教，但是你仔细想想，如果你真爱上了一个人的话，你就会遏制不住想为他做些什么，想让他快乐，一定会有这样一种强烈的愿望，而且真的是不求回报的。爱在本质上是一种奉献的激情，这种奉献不是出于观念，不是出于伦理道德，不是出于责任，完全是出于感情。如果一个人说爱你，但是光想占有，光想让你付出，且他自己没有给予的激情，我觉得那恐怕就主要是情欲，谈不上是爱情。世上有一种人，他可能是永远不会给予的，那是一种自私的人，他跟谁都这样，并不是说他不爱你，他即使特别爱一个人，对他来说算是特别爱了，他仍然是这样。他属于那种不关心别人的人，完全以自我为中心。遇到了这样的人，当然你如果觉得能够接受，也未尝不可，但是你要有精神准备，承受那结果。我觉得这样的人是缺乏爱的能力，如果你找我出主意，我劝你放弃。这是一种情况。另一种情况是，他是一个比较正常的人，我的意思是不特别自私，他有给予的能力，如果他真爱了，他是愿意给予的，但是他对你没有这种给予的冲动，他不想为你做什么。如果是这种情况，就说明他没有真正爱上你，至少爱的程度比较弱，我也劝你放弃。

怎么分辨是喜欢还是爱

问：爱情与友情有啥区别？怎么分辨是喜欢还是爱？

答：极端的爱情好说，如痴如醉，要死要活，觉得一刻也不能分开。严格的友情也好说，比较理性，互相尊重，彼此保持一个适当的距离。但是，在这两个极端之间，尤其是在这两个极端的中间位置上，爱情和友情的界限的确是模糊的、可变的、相对的。如果你面临的是这种情况，我认为不必立刻弄个水落石出，事实上也不可能，不妨相处一段时间再看。我还认为，爱情的终极目的是要在这个世界上寻找一个可以共度此生的人，所以，最后要分辨是爱情还是友情，你就问自己这个问题：我想和她（他）共度此生吗？答案就在其中了。

问：最近我有些不明白爱和喜欢的区别了，我之所以想这个问题，是因为我喜欢上了一个女孩子，我不知道是爱还是喜欢，以及她对我是爱还是喜欢。我似乎在寻找一种客观标准来判断，我问了一些人，他们说纠结这个命题没有意义，但我觉得很有意义，您怎么看呢？

答：喜欢和爱其实就是一个程度的差别，你也可以说是量变到质变，随着交往加深，越来越喜欢，就是爱了。也可能发现总是喜欢得不够，那就说明达不到爱的程度。这主要是一种内心的感受，不可能有客观的标准，所以我赞同那些人说的“纠结这个命题没有意义”。两个人互相喜欢了，就好好地朝前走，不要去纠缠这个喜欢是什么性质的，那是纠缠不清的，这么纠缠挺傻呆的。在我看来，两个人相处时间很长了，依然觉得互相喜欢，不觉得烦，这就可以说是爱了。

理想的爱情是什么样的

问：你认为理想的爱情应该是什么样的？如果在现实中找不到，我们该怎么办？

答：爱情是人间现象，理想的爱情也应该立足于人间，不可耽于空想。人间万事不完美，爱情也是如此，把理想的爱情设想为完美，就是一种空想。所以，问题应该这样来提：现实中可以找到的令人满意的爱情应该是什么样的？如果这样问，我的回答是，两个人般配就算令人满意。所谓般配，无非是三观一致、趣味投合、性格协调之类，但这主要是一种内心感受，不是用这些条件去衡量出来的一个结果。如果这样的爱情也找不到怎么办？只有两个办法：一是等待，二是妥协。人生是需要妥协的，说到底，所谓般配不般配也是相对的。

问：我喜欢的男朋友经济条件不好，家里介绍的一个人条件好，但我又没感觉。我今年二十九岁了，家人逼我和这个自己不喜欢的人结婚，好纠结，感觉人生被绑架和控制了。我该听从家人的安排还是听从自己内心的感受？你觉得从结婚的角度来看男方的经济实力重不重要？

答：经济条件对于婚后生活的幸福也是重要的，但是，相比之下，感情当然更重要。在作选择时，喜欢是第一位的，如果不喜欢，经济条件多么好都应该不予考虑。在喜欢的前提下，我觉得可以适当考虑这个人的素质和能力，现在穷一点没关系，但最好是潜力股，在职场上有发展前途。婚姻生活是很现实的，一直穷，也会影响感情。

恋爱中的困惑

问：我是刚刚开始追求爱情的大一新生，有两个困惑：第一是觉得不好把握双方的距离，距离真的能产生美吗？第二是对待恋人是否应该毫无保留，彼此都是透明的？

答：两个问题其实是一个问题，要把握好距离，就不应该毫无保留和一切透明。热恋的时候，这个距离是很难把握的，我觉得也不必刻意把握，还是跟着感觉走吧，好好享受恋爱时光。不过，从长远来说，距离是必要的，其实也是必然的，对这一点要清醒。你们俩再好，各自仍然是独立的个人，彼此的差异一定会表现出来，双方也一定会感觉到。那时候怎么办？我认为应该接受，求同存异。其实只要不是人生观、价值观的根本冲突，差异本身就是价值。两个人什么都一样有什么意思？就像人们所形容的“左手握右手”。我自己的体会是：亲密有间，保持适当的距离，爱情反而能长久。

问：交了两年的男朋友，我很喜欢他，他说一直爱着我，但不懂得怎么去爱，我也感受不到。这是爱无能，还是不够喜欢？

答：一方说自己爱对方，另一方感受不到，我分析有三种情况。一、两人情感表达和接受的方式不同，他和你不在一个频道上。这就需要双方都把自己的频道朝对方的方向调一调，尽量用对方懂的、喜欢的方式表达，也尽量理解对方习惯的表达方式。二、有的人情感的总量有限，即使全部激发出来，你仍然会觉得不够。他爱另一个人，一定也只能是这样。不过，情感总量极小和极大的人都是少数，多数人是中间状态。三、他的确不够喜欢你。我估计你们属于第一种情况，而这种情况最好办，多多沟通就能改善。

问：如果追了一个人很久，可对方还是不喜欢你，真诚和坚持真的能感动对方吗？该不该放弃呢？

答：应该放弃。她（他）不喜欢你，你的真诚对于她（他）是一种负担，你的坚持对于她（他）是一种逼迫，哪里还谈得上感动呢？你的缘分不在她（他）这里，应该去别处寻找。

问：在爸妈的催促下和经人介绍，我认识了一个姑娘，相貌一般，但对我很好，做了很多事情都很让我感动。后来她成了我女朋友，但时间久了，我发现我对她只有感激，而不是爱情，我也有些厌倦，不愿意动她。就在这期间我又认识了一个姑娘，我喜欢她，她也喜欢我，我和她发生了关系，但我又不忍心告诉第一个姑娘，害怕她难过。我是不是一个渣男？我该怎么做？

答：像世界上许多事情一样，爱情也不一定是一次就成功的。一切经过试验，允许出错，唯独爱情不允许试验和出错，这讲不过去。你对前一个姑娘（姑且称为A）的感情没有达到爱情的程度，在和后一个姑娘（B）相爱之后明确意识到了这一点，这是正常的情感辨识过程。你是明知自己不爱A，而只想利用她对你的感情和她玩玩，如果这样就是渣男，但当时你是认真的。可是，现在你和B相爱并且发生了关系，就绝不可再延续和A的关系了。你不必把你和B的新关系告诉她，这会伤害得更深，但应该开诚布公地把你对她的感情的真实性质告诉她，尽可能理性地分手。要尽早这样做，越早越好，这既是对她负责，也是对B负责。

问：有人认为爱是不计回报的，有一句谚语说："因为爱而爱是神，因为被爱而爱是人。"您怎样看呢？难道不嫉妒，不要求，完全地付出，才叫作真爱吗？

答：这个标准太高了。人毕竟是人，不是神。我相信，不论是谁，不论他（她）多么痴情或多么崇高，如果他（她）的爱长期没有回报，始终不被爱，他（她）的爱是坚持不下去的。

问：周老师，我想问问怎么面对女朋友的黑历史。

答：什么叫黑历史？这个提法本身就侮辱人，说明你狭隘。她在你之前的性爱经历，是正常的人性、自然的权利，无可指责。同时，也是她的隐私，你理应尊重。如果不是她主动告诉你，你根本就不应该问。如果她主动告诉了你，说明她信任你，你应该感谢。像你这么狭隘的人，我倒很想劝你的女朋友与你分手。

怎样对待爱情中的挫折

问：您说不应该贪一时的欢愉而给之后的人生埋下痛苦，那么爱情呢？爱情也会带来这样的结果，比如失恋，那么我们应不应该坚持爱情呢？

答：我指的是不要做违背道德和法律的事，给自己埋下以后可能遭受惩罚的祸根。爱情是另一回事。从大的方面来说，人生必定有快乐也有痛苦，这很正常。如果你有一个好的心态，你会发现快乐和痛苦都是你的财富。我也失恋过，当时很痛苦，过后觉得没什么了不得，也是人生的一种体验。一个人失恋的时候特别能感受自我的价值，我要争气，要做得更好，让你后悔。

问：我是一个敏感而脆弱的人，在爱情中容易被触动，也容易受伤害。希望您能告诉我，如何才能忘却受伤害的记忆，同时学会麻木而不那么容易被触动，从而找到真实的爱和快乐。

答：忘却和麻木与找到真实的爱是两回事，在真实的爱中必定包含痛苦。脆弱往往是由太依赖别人造成的，如果你足够自爱自立，你就既有了承受不幸的能力，也有了争取幸福的能力。

问：如果你深深爱着一个人，他却爱上了别人，到了不得不结婚的时候，我们应该怎样做才能释然一些，尽量快乐一点地去过自己的生活呢？

答：我挺同情你的，也很感动。我觉得人生就是这样的，一定会有痛苦的。你不要有了痛苦以后，就总有一个想法，怎么样去解除这个痛苦。人生有的痛苦是没有办法解除的，你去解除实际上是在骗自己，因此你就得面对痛苦，面对痛苦能够让你深刻。尽管你在现实生活中好像是一个失败者，但你在精神的领域里有了收获，算不上真正失败。你要自信，这个自信是建立在你对自己的了解上，不是建立在别人对你的取舍上，那个不爱你的人不一定比你优秀。

问：我跟我女朋友谈了六年的恋爱，感情一直都很好，她身上所有的缺点在我看来都是优点，我太认真太用心爱她了，我爱她已经超过了爱自己。但是她突然有一天提出跟我分手，周老师，我该怎么办啊！我想好好珍惜她一辈子。

答：恋爱六年，而且你用情这么真、这么专，一朝失恋，是很痛苦的。但是，感情的事是最勉强不得的，你只能接受事实。在这个时候，我要提醒你两点。第一，你应该反省一下，六年感情一直很好，为什么她会突然提出分手？你这方面是不是也有问题？比如说，她身上所有的缺点在你看来都是优点，你爱她已经超过爱自己，这种爱的方式是不是给她造成了很大的心理压力？我认为，健康的、能够持久的爱一定是平等的，建立在互相欣赏的基础上，因此双方都觉得轻松。第二，正是失恋的时候，更要自爱自尊，而这同时也是对她的尊重。如果确知她已经不爱你，你就一定要有气度，不再纠缠。

相信世上有真爱

问：经历了这么多曲折的情感生活，您还坚信爱情吗？还有幸福感吗？为什么？

答：我相信的不是童话里的爱情，那些王子公主、海枯石烂之类，而是现实生活中的爱情。现实生活中的爱情是这样的：一、它可能发生变化，在变化之前是美好的，发生了变化也不可抹杀曾经的美好；二、要使它不发生变化，双方就必须努力，而这种努力多半是值得的。我当然还有幸福感。其实，曲折未必是一种削弱，常常倒是加强了幸福感，因为有了比较，懂得了珍惜。至于我的具体经历，我在书中写得够多的了，不想再说。我一直想强调的是，对于读者来说，我的经历毫无意义，可能有意义的是我对经历的态度。

问：您能否给正在恋爱中的人们说几句话？

答：第一，羡慕你们，恋爱是人生中最美妙的时光之一，是神的赐予，可遇而不可求。第二，你们自己要珍惜，珍惜对方的感情，也珍惜这一段时光。第三，如果真正相爱，就应该争取一种比较稳定的结合。

问：互联网的兴起影响了人们的生活、思维方式，不少人喜欢在虚拟的网络世界里放逐自己的情感，您是怎样看待“网恋”的？

答：画饼不能充饥，如果你觉得能充饥，一定是胃出了毛病。当然，偶尔用这种方法满足一下调情的欲望，也无可非议。但是，沉湎其中、不能自拔，在我看来是无能的表现。不妨去找真男人、真女人，面对面过招。

问：完美的人生应该从一而终还是不断寻找激情？

答：如果爱情是真实的，两种都挺完美，无论得到哪种都应该感到满意了。怕就怕两种都没有得到，平平淡淡过了一生。

问：您看这年头，爱值多少钱呢？您会用什么来衡量爱的价值？

答：我相信，你提出这个问题的时候，已经有了自己的答案，就是爱不能用钱衡量。能够用钱衡量的不是爱，而是秀，比如秀一颗多少克拉的订婚宝石，秀一场豪华的异国婚礼。真正的爱，你可以说它是无价的，多少钱也买不来；也可以说它一钱不值，不会使拥有它和得到它的人变富一点点。用什么衡量爱的价值，这个问题可以具体为：甲爱上了乙，乙用什么衡量这个爱的价值？主要看两点，一是这个爱的真实性，二是对甲这个人的总体评价。如果两者都打高分，不意味着乙一定也会爱上甲，但一定会尊重甲的爱。

第二题 婚姻

婚姻中的爱情是怎样的

问：请您说一说爱情和婚姻的关系。

答：好吧，不过说来话长，我就简单地说一说。爱情和婚姻的关系，我的看法有三条。第一，爱情不一定能够走到婚姻，两个人谈恋爱，谈了一段时间分手了，这是常有的事，也是正常的。不能因为分手就否定曾经的爱情，对于双方来说，那都是人生中一段美好的经历。第二，爱情能走到婚姻当然好，但是并不意味着大功告成，还会有发生变化的可能性。婚姻应该以爱情为基础，如果有一天互相不爱了，或者一方不爱另一方了，我认为应该解除婚姻。当然，实际情况会比较复杂，也许出于实际考虑还要维护这个婚姻，但是双方都不会幸福。第三，对于婚姻中的爱情要有正确理解。爱情不只是如痴如醉，这种激情状态不可能长久，不结婚也长久不了。所以，不能用有没有激情来评判婚后的爱情，能够作为婚姻生活的长期基础的爱情，我认为应该是一种亲情式的爱情。两个人是最亲的亲人，如果有这个感觉，怎么不是爱情呢？当然是的，而且是爱情的成熟形态。如果你只承认激情是爱情的话，那就干脆别结婚，而是去不断地去寻求新的激情，过一种艺术家的生活吧。

问：有句话是这么说的："80% 的婚姻是凑合过，20% 甚至更少的婚姻是相亲相爱的。"那么我们怎样从婚姻中获得幸福感呢？

答： 凑合过的婚姻当然没有幸福感可言，但是，我认为对婚姻的现状要有一个正确的估计。如果婚姻天长地久，十年、二十年甚至更长，恋爱时的激情肯定会消退，但不等于不幸福。其实两个人过日子，就是平常过，只要能感知到对方的牢靠，真正有了最亲的亲人的感觉，而且这种感觉能够长期地保持下来，在我看来，这不是没有爱情了，而是爱情修成了正果。恋爱是为了什么？恋爱并不是为了快乐一时，恋爱实际上是在寻找那个世界上最亲的亲人，找到了，真正觉得可以共度此生，恋爱的目的就达到了。所以对自己的婚姻状况要有一个客观的、准确的估计，不要把没有激情看成是凑合过。当然，如果真的是连亲人的感觉也没有了，我觉得就没有必要坚持，两个人都重新去寻找幸福吧。

问：有人说，婚姻是人生营销资源的战略性重组，一个男人娶什么样的太太，决定了他一生的事业高度。请问您认同这句话吗？

答： 在一定意义上，可以把现代婚姻比喻为一个公司，二者都是一种契约关系，以自愿、公平、诚信为原则。一个公司的经营成绩和效率，取决于合伙人之间资源的组合是否良好。与此相类似，在婚姻中，夫妻双方在广义的资源包括能力、性格、情感、家庭背景、人际关系等因素的组合上是否良好，也会对双方事业所能达到的高度发生重大影响。我强调的是双方的事业。你引用的这句话只说男人的事业，有男权主义之嫌。还有一点，婚姻有感情因素，而且这个因素至关重要，这是二者最大的不同。

是否要走进婚姻

问：到了适婚年龄，从没谈过恋爱，习惯单身，内心又不渴望与某个人相伴一生。请问如何改变心态，然后结婚生子？

答：从你说的情况看，到适婚年龄就应该结婚生子，对于你是一种来自习俗和舆论的规则，还不是你内心的愿望。你想要改变心态，说明你是希望适应这种规则的。你说你习惯单身，这可能有两种情况。其一，正是由于你从没谈过恋爱，对于单身和两人相伴在心理感受上的区别无从比较。如果有一天遇见了你可心的人，想法可能就会改变。其二，你的天性可能就是更适合单身而不是结婚。我猜你年纪还轻，不用着急，不妨等待情况明朗。如果是第二种情况，也不要认为自己不正常，优秀女子单身的多得是。总之不要给自己压力。

问：我想问一下关于婚姻的问题。以前年龄小，总觉得这是个严肃浪漫的话题，并且冥冥之中总会遇到合适的婚姻。但这两年年纪大了点，结婚成了一个迫切的事情，突然对以前的想法不肯定了，尽管反感也不得不参加相亲之类的活动，并且觉得一个人的生活开始没了目的性。是不是以前的态度太被动、眼界太窄了？合适的婚姻到底是什么样子的？一个人的生活又该怎样有意义些？请周老师接地气地讲一下您的看法。

答：在理论上，异性世界一定有一些人——或者说一个类型——是和你相匹配的。可是，在现实中，你未必能遇见他（她）们中任何一人。你相亲见了许多人，心知他们都不是你要找的人，但对于你要找怎样的人，往往是不清晰的。唯有真正遇到了，你的直觉会告诉你就是他（她）。那么，在这个时刻到来之前，你怎么办？如果继续等待，而这个时刻永远不到来，又怎么办？说实话，我也不知道怎么办。等待，是一种冒险。不等待，降格以求，和一个不太中意的人结婚，也是一种冒险。我只能说，事情取决于你甘冒哪一种险，对此你要想明白。我还要说，不管你如何选择，你都要把立足点放在自爱、自立、自强上，今后即使无奈独身或是婚姻不满意，都仍然要让自己活得有品质。这话尤其是对女性说的，你要去争取幸福的婚姻，但你一定不要把幸福的赌注全部押在婚姻上。

问：没有遇见自己喜欢的女孩，年龄却在增长，怎么办？婚姻是不是一道必答题？

答：还是把婚姻当作一道选答题吧，这样心情会比较轻松。祝愿你早日遇见自己喜欢的女孩，那时候再把婚姻当作必答题，你会很容易找到答案的。

处理好婚姻中的关系

问：我性格较自闭，不善言辞，有委屈只会哭。老公是初恋，常因为我表达不出自己的需求而两人闹矛盾，我想改变该怎么办？

答：你现在向我说的这些话，是否对你老公说过？事实上，你对自己的性格弱点做了反省，把老公和你闹矛盾的原因归结到了你的性格弱点上，如果你向老公也做这样的反省，很可能会是你们关系改善的开始。你不善表达，他也许把这理解为是你脾气倔，一旦知道了你为此多么苦恼，多么想改变，他应该会感动的，因此会好好配合你的。总之，你一定要把你不善表达的苦恼向他表达出来。如果口头表达有障碍，你可以像现在向我提问这样用文字表达，比如说给他发微信，看他怎么反应。试一试，好吗？

问：我现在很矛盾很迷惘，不知该如何选择自己前行的路。我是“90后”，毕业后在农村支教已两年多，现已担任校长。可我的爱人在省会城市上班，已买房还未装修，异地生活对于我而言很痛苦，我们也到年龄该考虑生育后代了，但放弃自己的事业我觉得可惜，继续坚持下去似乎也看不到出路。很想听听您的意见。

答：长期两地分居肯定不是办法，那样不但实际生活有诸多不便，而且可能影响感情。所以，我建议你去省会城市和爱人团聚。许多人往往把事业置于家庭之上，认为那样才崇高，我很不赞同。你要这样想：对于你的家庭，你是不可缺少的，而到农村支教和校长是别人也可以胜任的。可以看出，你很有事业心，那么你应该相信，一个人只要素质好，在哪里都能够找到适合的事业。

问：为了自己所爱的男人，一个女人背井离乡，离开原先工作的较大的城市，跟随男人到他工作的一个小城市，这样好吗？

答：如果可能，最好是男人迁移到女人生活工作的城市去，这样就两全其美了。当然，也许因为不可能，你才会提出这个问题。女人做这个选择，无疑是为爱情做出的牺牲，值得敬佩。我想提醒两点：

第一，你对爱情要有把握，确信你爱他，他也爱你，因此做这个牺牲真正是心甘情愿的。第二，你要有心理准备，今后你们相处时不会没有摩擦和争吵，在那个时候，你不可为你做出的牺牲后悔，更不可把它用作武器向他开火。摩擦和争吵是难免的，但不是后悔的理由。你自己做的选择，你要无怨无悔。如果这两点你都想明白了，就可以，否则请三思而后行，或三思而不要行了。

问：我不想要孩子。首先是因为自己过得舒服，觉得带孩子烦。并且我总认为，随着能源的枯竭，人口众多，资源不均，会有一场混乱，我的后代不一定能度过那场混乱。但又觉得生孩子似乎是一种责任，很困惑，求解。

答：你说了不想要孩子的两条理由。关于一，据我所知，许多人在没有孩子时都这么想，孩子生下来后就改变了。从旁边看别人带孩子，看到的往往是辛苦和麻烦，自己有了孩子，感觉会完全不同。性的浅层次是快乐本能，深层次是种属本能，有了孩子，后者才会觉醒。孩子带来的满足感，没有孩子的人是绝对想象不出来的，必须亲身经历才知道。当然，确实有人真正不喜欢孩子，因此不适合有孩子，但这样的人是很少数，你是否属于这种类型，要谨慎鉴别。关于二，你对人类的将来持悲观的看法，可能对，也可能不对，但都不应该据此来决定是否要孩子。我认为，在一定意义上，身后事是和自己无关的。自己死后人类是什么状况，后代是什么命运，既然自己不复存在，它们和自己还有什么关系可言呢？所以，在处理自己此生的事务时，不要把眼光放得太远，应该限制在有生之年，或许稍微超过一点点就可以了。

问：从您的作品里，我看出您的感情生活比较丰富，对人生也很有感悟。我今天早晨在公交车上听人聊关于“小三”的话题，在我们这个社会，“小三”成了常态。作为曾经年轻的女性，我们为家庭付出了许多。我在想，怎样才能让今天的年轻女性更好地经营她们自己的家庭，让我们规避一些危险？在我眼里，周老师是一个成熟成功稳重的男人，我想知道您的看法。

答：我可不敢当，我只是一个普通的男人。我理解你的心情。现在成功的男性面临很多的诱惑，而新一代年轻女性中，相当一些人在观念上和行动上很开放，对成功男性的家庭造成了冲击。可是，我不知道有什么好办法。说到底，这是一个需要自己来应对的事情，关键要看两点：一是既有家庭的感情基础是不是好，二是这个成功男性能不能自律。

问：婚姻中能不能容许异性知己的存在呢？这个问题一直在困扰我。我和我老婆从认识到结婚十四年，有两个孩子，她专职在家看孩子，我们感情还算挺好的，家庭生活也算幸福。但多年的生活中我们大多是针对一些相关物质的问题进行探讨，比如学区房，选择什么样的工作更能挣钱，我个人是不是应该争取更高的职位等，很少谈及精神层面的东西。最近半年，我在公司认识一个女同事，因为在一个项目组，和她接触较多，发现相互很多话题聊得很投机，比如对生活的态度，对生命的理解等。身边很少有朋友能和我聊相关人生的问题、生死问题、哲学范畴的话题，而我又非常渴望交流类似的问题，所以我觉得很难得。而且从接触中发现，这个女同事对我有一些好感，我也对她有略微的好感，但是我和她都绝没有想放弃个自婚姻的想法，我们只是作为聊得来的朋友相处。最近老婆偷偷翻看我的手机聊天记

录，看到了我们的聊天，她坚决让我断绝来往，否则离婚。我很苦恼，我并没有非分之想，放弃家庭和婚姻更是不可能。但是，丢失这样的友谊又觉得非常可惜。我个人认为婚姻和友谊根本不应拿来进行选择，或者因为婚姻放弃友谊，或者因为友谊放弃婚姻。我们是否应该摒弃偏见呢？我该如何处理婚姻和异性友谊之间的关系，做到既不伤害婚姻又不损失友谊？

答：两人结婚以后，各人仍有结交异性朋友的权利和自由，这在我看来是无可非议的。你现在的情况是，你妻子要你断绝与那个女同事的来往，否则就离婚，你面临两难选择。我从你的叙述中做出两点判断：一、你和妻子是很好的生活伴侣，家庭和睦，婚姻稳固，但缺少精神层面的交流。二、你和女同事有很好的精神交流，恰好弥补了婚姻中所欠缺的，这种友谊于你是可贵的。怎么办？我认为是有两全之法的，但前提是你要有较好的心理素质。请你把握好两点：一、你和女同事的友谊是你的私事，妻子本不应该干涉，她如此不能容忍，今后你就不要让她知道了。你这样做的时候，内心应该是坦荡的，因为你和女同事的关系仅限于友谊，是正大光明的。二、你和女同事要控制好你们之间的关系，使之保持为友谊。你说到两人互有好感，因此越轨的可能性并非完全不存在，你妻子多半也是担心这一点。你是珍惜现有的婚姻的，所以理应防止事情朝另一个方向发展。我看你是很恋这个家的，在这件事上，主要问题出在你妻子想不开，而这在很大程度上和她长期专职做家务有关，容易使她压抑多疑。应该尽快让她出去工作，有自己的社交圈，也有机会发展与异性间的友谊，这样就公平了，你也就解放了。

如何看待婚外情

问：请问您如何看待婚外情？我是指婚姻之外真实的感情。

答：我的看法是，第一，只要是真爱，都是美好的，对它不能做道德评判，说它是不道德的。第二，婚外情和现有婚姻毕竟难以长期共存，我认为还是应该尽早做出选择。如果你看重现有婚姻，就及时结束那段廊桥遗梦的小插曲，回归家庭。否则就选择离婚。

问：我有一个爱我的老公，但我对他已经没有爱情，只有同情。现在我又有了一个爱我的、我也很爱的情人，在老公和情人之间我该如何选择？

答：我一贯主张婚姻应该以爱情为基础，所以，许多人都会很武断地去选择那个爱你的、你也很爱的情人。但是，现实生活往往比抽象的原则复杂得多。我给你讲一个实例：我有一个女性朋友，她遇到和你相似的情况。其实她的家庭本来很稳定，有一个学者丈夫和一个孩子，可是她突然和一个也是有家的男人坠入了爱河，并很快就做出决定，和老公离了婚。而在离婚之后，她的情人却无意离婚，把她晾在那里了，她为此很痛苦，也很后悔。我不知道你和现在的情人相处有多长时间了，他的情况如何，是不是也在婚姻中。不过你既然能问到这个问题，说明你还是非常看重现有的婚姻，还是对现有的家庭和丈夫恋恋不舍，尽管爱情可能没有了激情。如果是这样的情况，我的建议是，你应该将这段婚外小插曲放置起来，用时间来淡忘掉，早日回归家庭。你不妨将你对情人的热情转移到家庭中来，将爱情转变为亲情。当然，如果你是一个率性而果断的女子，不爱就必须分手，那就另当别论。对人生重大问题作决定时，自己对于后果的承受力也是必须考虑的一个因素。

问：如果婚后遇到灵魂伴侣，该如何选择？

答：遇到灵魂伴侣是人生难得的幸运，而婚后遇到却使人生面临艰难的选择。天平的两边，一边是现有的婚姻，另一边是灵魂的知己，最后的选择将取决于哪边感情的分量更重，则天平向哪边倾斜。我说的感情，不只是指爱情，夫妻之间日久生成的亲情，如果有孩子，和孩子之间的亲子之情，都是感情，都是有分量的。所以，还是要由你自己来掂量两边的分量孰重孰轻。此外，我还想说，灵魂知己不一定非要成为生活伴侣，最好是能成为一种纯洁的友谊，相互欣赏对方，“可远观而不可亵玩焉”。历史上许多优秀人物的生平表明，异性之间的精神友谊不被琐碎的日常生活损坏，往往更纯粹也更能持久。

问：我的丈夫出轨了，我一方面希望他及时回头，我会把这个事情当成生活中的插曲；另一方面，如果他仍执迷不悟，那我就不再纠结，我会单独抚养孩子。可是，我最纠结的是，我现在内心已经有阴影了，就算这次事情过去了，以后会不会再出现类似的事情，我觉得很累很累。周老师，我该怎么办？

答：你做两手准备，我很欣赏你的态度。你说的内心阴影和担忧，我也很理解，这自然是会有的，没有才奇怪呢。不过，你要把目标定在前一种前景上，就是争取让这个事情成为生活中的插曲，为此你要淡化内心的阴影和担忧，尽量不把它表现出来。也就是说，鼓励和相信他不会再犯，这很重要，你的信任会对他发生作用。相反，如果家庭氛围是充满猜忌的，他在感情上必然会疏离这个家庭，从而增大再次出轨的可能性。当然，你的大度和努力也可能无效，如果真是这样，你再做分手的决定也不迟。不过我还是相信，“夫妻同心，其利断金”，你是一个睿智的女子，你能想到做两手准备，那么你一定也有智慧让你的丈夫再次忠于家庭。经历这次变故，我相信你和你的丈夫都会吃一堑长一智，再加上你的宽容和谅解，他定会更加珍惜你，珍惜这个家庭。

关于离婚

问：什么情况非离婚不可?

答：你说你移情别恋了，因此想要离婚？我劝你慎重，因为你有可能只是一时的迷恋，以后你会后悔的。你说你没有爱上别的任何人，但是觉得在现有的婚姻中没法过下去了，两个人之间不是冷战就是冷漠，气氛极其沉闷，心情总是压抑，看不到一点光明的希望？好吧，我劝你决断，因为这确凿无疑地说明，你们的婚姻已经没有了感情基础。

问：结婚五年，老公有家暴倾向，目前感情已全无，但是为了孩子不得不接受现状。在不离婚的情况下该如何解脱?

答：我认为，在你说的情况下，离婚是更好的选择。即使对于孩子来说，这个父母感情全无、父亲时有暴力行为的家庭，也是一个比单身妈妈坏得多的环境，其中充满了负能量。而单身妈妈不过是能量弱一些，只要你把心态调整好，可以都是正能量。如果出于种种考虑，你决定不离婚，则最好能和老公达成协议，维持家庭的表象，双方都善待孩子，同时互不干涉对方的事情。你必须有一个老公不能干涉的自由空间，在这个空间里，你可以自主安排自己的事情，包括工作、学习、娱乐、交朋友等。这需要老公的理解和配合，问题是他会吗？

问：请问对于一些离异家庭中缺失父爱的孩子们，单亲妈妈们应该如何引导孩子树立正确的人生观？

答：因为离异，孩子缺失父爱，这个缺憾不能单靠人生观教育来弥补，事实上也弥补不了。我认为，真正对孩子负责，离异的双方应该形成一个共识，就是要让孩子仍然最大限度地得到和感受到父爱。你们不是夫妻了，但仍是孩子的父母，完全可以做出安排，让父亲和孩子经常相聚，表达和享受亲情。父亲不配合怎么办？只能退而求其次，有两个办法。一是单亲妈妈自己同时承担起父亲角色，也从父亲角度思考和满足孩子的需要。二是由一两个亲密的男性友人承担起准父亲角色，多和孩子接触。总之，情感的缺憾必须用情感的方式补偿。

问：离过婚的女人，遇到自己钟情的男人，在什么时机坦白自己的经历比较好？

答：你钟情于他，他还没有钟情于你，这个时候一定不要说，如果他最后还是没有爱你，跟他说这个不是多余吗？如果你感觉他也是钟情于你的，我就认为晚说不如早说。离过婚是一个法律事实，他可以通过各种渠道知道或听说，一旦他发现你隐瞒，就会对你的人品发生怀疑。你告诉他，他就和你分手，怎么办？分手就分手呗。

第一，这是迟早的事；第二，心胸这么狭隘的男人不交也罢。还有一种情况，不是离过婚，是有过男友或者性经历，我的看法是基本不必坦白，因为这是你的隐私。作为他来说，尊重你的隐私是他应有的教养。

第三题 性与爱

性与爱的微妙关系

问：有心理学专家认为，所谓爱情实质上是男女荷尔蒙激发所致。您是一个哲学家，您是如何看待爱情的本质呢？

答：对人类生活的任何现象，不同学科都可以从自己角度进行研究和作出解释。用荷尔蒙解释爱情其实偏于生理学，心理学也分不同学科和流派，也许可以认为这是实验心理学的一种解释。爱情诚然伴随着荷尔蒙分泌增多而紧密，但荷尔蒙不能解释爱情的整体，就像正义的愤怒会伴随着胆汁分泌增多而燃烧，但胆汁不能解释正义感一样。哲学上如何解释，我只能非常简单地谈一下。我认为爱情有三个层面：在生理层面是性欲，叫作两性相吸；在心理层面是审美，叫作两情相悦；在灵魂层面是知己，叫作两心相契。

问：如何理解柏拉图式性爱，会高潮射精吗？

答：现在柏拉图式的爱成了一个符号，专门指没有肉体关系的精神恋爱，我认为这是一个误解，可能由柏拉图对理念世界的强调推演而来。其实柏拉图并不反对肉体关系，在《宴饮》篇里，他借苏格拉底之口说，爱情就是在美中孕育，通俗地说，就是看见一个美丽强壮的肉体，你会有和他（她）做爱生孩子的冲动。不过柏拉图说，对美丽的心灵也会产生亲近的冲动，结出的是精神果实。你的问题好像是意淫会不会高潮射精，应该会的，有这样的事例，但是意淫已经不是通常说的柏拉图式的爱了，恰恰是强烈的肉体冲动通过想象的方式得到满足。

问：在两性关系中，为什么老夫少妻往往容易被人接受，而少夫老妻却不那么容易被人接受呢？

答：我觉得可能有两个原因。一是生物学的原因，男性可生育的生理期限比女性长，老夫尚能生子，老妻就不能了。用大自然的眼光看，两性关系的目的毕竟是生育。二是社会习俗的原因，中国宗法社会的传统是重男轻女，女性被看作传宗接代的工具、泄欲的工具乃至玩物，这都要求女方必须年轻。破除了这个传统，人们对少夫老妻的不接受态度会大大减轻。事实上，在西方社会，少夫老妻的情形比我们多得多。最好的爱情完全可以超越生育的指向，我所见到的持久的少夫老妻都是爱情的模范。

问：您说过一个男人看女人，眼里脱离不了性。那么您认为女人看男人，眼里脱离不了什么呢？是不是事业心强的女人，更容易出轨？

答：其实，无论男人看女人，还是女人看男人，眼里都脱离不了性。我的意思是说，在正常情况下，都会有性的视角。不过，这只是视角之一，它占多大的比重，是因人而异的。而且，在男人和女人眼里，异性吸引力的重点也有所不同，男人更看重女人的美貌和妩媚，女人更看重男人的力量和成就。这只是一般而言，事实上，作为个体的男人和女人都是不一样的。是不是事业心强的女人更容易出轨？不能这么说吧。因为一心不能两用，事业心越强，给花心留的余地就越小。当然，这样的女人很独立，如果婚姻不满意，又遇到合适的机会，就不太会优柔寡断，在这个意义上可以说是容易出轨的。

问：男女之间有纯正的友谊吗？

答：在男女之间，凡亲密的友谊都难免包含性的因素，但不一定是性关系，这是两回事。这种性别上的吸引可以是一种内心感受。交异性朋友与交同性朋友，两者的内心感受当然是不一样的。

问：您如何看待一夜情？一夜情如何发展为长久感情？我在旅行中和一男孩很开心相处三天，分开后异地生活，我们有希望吗？

答：旅途上的一夜情，很浪漫啊，没什么不好。不过，要发展为长久感情，需要条件。第一，这一夜情的质量应该很高，双方都获得了身心两方面的高峰体验，留下了不可磨灭的印象，它就很可能成为长久爱情的美好开端。从你的叙述看，你们好像是这种情况。第二，我不知道那个男孩的感情世界里有没有别的女孩，如果有，而你对他的吸引力足够大，他就面临作选择的局面。当然，你不必被动地等待他选择，不妨稍微采取主动。异地生活是一个困难，但不是不可克服的，关键看双方感情强烈的程度，真正相爱，就会有一定要生活在一起的决心。当然，爱情是冒险，终归要有不成功的心理准备。

问：我是女生，在国外读书，与一个男生为室友，常彼此凝视许久，有性关系，可他却不时肆意摔门黑脸令我感到不被尊重。冷战期间他也不道歉，只将饮食日用全部换成与我一样，会帮我刷碗。该如何理解他这种行为？

答：异性做室友，关系比较微妙，不必恋爱，只要互相不讨厌，就可能会有性关系。如果是这种情况，你的室友有可能是用冷战来划一条界线，表明他只要性不要恋爱的态度。不过，性格也可能是一个原因，我猜他比较内向，不太开朗，不善言谈，好意和不满都是用行为来表达。你不妨多和他交谈，用爽朗征服他的孤僻。

管理好欲望

问：看见可爱的异性而动心是人的天性，为什么必须克制呢？

答：假设你有女（男）朋友，或者已经结婚，请你问自己两个问题。第一个问题，你能保证对别的异性毫不动心吗？如果你是诚实的，回答应该是“不能保证”。那么，第二个问题，你的女（男）朋友或配偶对别的异性动心了，你能容忍吗？我想回答基本上是“不能容忍”。由此可以得出一个结论：爱情的专一不是人的天性，而是理智的选择，如果你看重现有的爱情或婚姻，为了保护这个你珍惜的东西，就愿意约束自己，克制对别的异性动心的倾向。

问：一个已婚男人努力让家人过得更好，但又经常对别的女人有性渴望，身体想出轨又怕破坏家庭，这正常吗？

答：这很正常，大多数男人都这样，区别在于你敢于坦率地承认，并且把它作为一个问题认真地面对，而许多人则选择自欺和回避。对于这个冲突，有三种处理方式：一是为了维护家庭而克制出轨欲望。二是偷偷出轨，但一旦败露就会破坏家庭。三是夫妻达成共识，都有出轨的自由，但这要求段位很高才行，并且也不提倡。

问：在某部贺岁片中，有一句台词令人玩味："在一张床上睡了二十年，真的是有一点审美疲劳。"——很多人提到婚后生活难有激情与浪漫，更多的是一种习惯、道德和责任。我们如何克服一般婚姻带来的倦怠？

答：没有太好的办法。不过，无止境的浪漫会产生另一种审美疲劳，频繁地换性伴侣也会丧失性经验的新鲜感。也许最好是不变中略有变化，如同有节假日一样，双方都有出去自由一下的时候。但是，这个办法需要双方有很高的承受力和修养，也有很大的风险，所以一般不宜采用。

问：纵欲很容易，克制很难，理性的人要保持克制，克制真的幸福吗？

答：难道克制和纵欲之间没有第三条路吗？难道就是克制或者纵欲吗？可以对自己的欲望进行管理，可以在合理的范围满足，这既不是纵欲也不是克制，这里面还是有中道的。

性与道德

问：您怎么看性行为的道德和不道德？

答：就性行为本身来说，双方自愿是基本原则。因此，强奸肯定是不道德的，不但不道德，而且犯法，必须承担刑事责任。如果是诱奸呢？性行为的发生，必定会有色情引诱的因素，一方可能更主动，这是生理现象，与道德无关。但是，如果一方用欺骗的手段，比如虚假地许诺结婚，或者已婚者谎称未婚，使抱着结婚目的的对方和自己发生关系，这就是不道德的，因为欺骗是不道德的。其实这不是诱奸，而是骗奸。嫖娼或变相地嫖娼是双方自愿的交易，是不是不道德？这个问题比较复杂，不同国家和地区的法律有禁止或允许之别，因此在法律上有不合法或合法之别，但都不是道德上的判断。从道德上说，金钱交易是对自然的性行为的扭曲，终归违背自然伦理。至于婚外性行为，出轨者面对自己的配偶会有道德问题，一是违背婚姻契约中不成文的规则，二是可能衍生撒谎的行为。

问：您说过性遵循的是快乐原则，与道德无关。我同意前一句，不同意后一句。您怎么看？

答：我的意思是说，作为生理现象，性行为本身是无所谓道德不道德。两个人之间即使没有恋爱关系，或者没有结婚，只要是自愿的性行为，就不能说是不道德的。实际上现在这已经基本上是共识，社会舆论对于未婚男女之间自愿的性行为持宽容的态度，法律则完全不予过问。但是，实际的性行为总是发生在具体的人身上，会带进人与人之间的其他关系，这就可能涉及道德的问题。譬如说，你并不爱一个女孩，但为了使她愿意与你发生性关系，就谎称爱她，这就是不道德。在这里，不道德的不是性行为本身，而是欺骗行为。比较复杂的是婚外的性行为，我的看法是，婚姻是一种契约，其中或多或少包含着放弃婚外性自由的承诺，因此，婚外的性行为可以视为违背承诺，而不守信用是不道德的。不过，这里的不道德仍然不在于性行为本身，而在于不守信用。

问：我跟继母发生了不该发生的那种事，现在我每次回去面对他们内心很纠结、复杂、担忧，好压抑，我该怎么办？

答：用封建伦理的观点看，这是乱伦和犯上的大罪。但是，用自然伦理的观点看，儿子与继母之间并没有血缘关系，也没有实质上的辈分关系，一对男女接触亲密，一旦发生好感，突破警戒线就不是多么反常的事情了。当然，这种三人关系过于复杂，做儿子的必然会有面对父亲的犯罪感和害怕败露的恐惧感，严重损害心理健康，所以应该尽早摆脱出来。为此必须改变环境，和这个家庭分开居住，切断和继母的亲密接触。如果儿子和继母之间发生的是真正的爱情呢？我就不知道该说什么了，文学家会认为这是一个极好的小说题材。

如何看待同性恋

问：您在哲学层面如何看待同性别的恋爱？

答：柏拉图在《宴饮》篇里有一个说法：人类最早有三种人，都是圆球形状的，分别是雌雄同体、雌雌同体和雄雄同体。因为造反，宙斯惩罚人类，把每一种人都劈成两半，爱情就是每一种人都在寻求自己的另一半，要重新合为一体。这是我看到的哲学史上最早对同性恋的解释，它的寓意很明确，就是同性恋是天生的，而这个说法已经被现代科学证实，一个人是同性恋还是异性恋是由基因决定的。所以，我的结论是：同性恋虽然在人类性倾向中占据少数，但仍然是最自然的行为，理应得到尊重。

问：同性恋、异性恋的区别是什么？难道不是一样的爱吗？歧视是否永远无法消灭？

答：是的，同性恋、异性恋都是爱，都是美好的，理应受到尊重。其实，在古希腊和古罗马，同性恋曾经拥有光明正大的地位，只是到了中世纪，在基督教道德统治下，同性恋才遭到歧视。在中国，这种歧视也和封建道德的偏见有关。还有一个原因，就是对同性恋生理机制的无知，不懂得它是正常的自然行为，因此对它作道德审判。不过，你不要灰心，和二三十年前比，这方面有了很大进步，社会的宽容度也有所提高。这当然还远远不够，但我相信随着文明与法制的进步，同性恋会得到舆论支持和法律保护。

女性价值

问：在您的书里，您把男性和女性进行对比，说男性是理性的，女性是感性的；男性去奋斗，女性鼓励男性去奋斗。这是不是一种对性别的刻板印象？

答：有点断章取义了。我谈到两性问题的时候，其实有各种不同的说法，有一些可能还是矛盾的。这说明我也是在思考的过程之中，并无一定之见。男性和女性的区别是相对的，我还谈到过优秀男性带有女性特征，优秀女性带有男性特征。

问：您说过"男人用女人的肉体思考"，周先生您是"审美型晚

期直男癌”患者吗？

答：“女人用肉体思考，男人用女人的肉体思考。”此话是我三十年前写的，谢谢你还记得。意思是：女人感性直觉好，男人懂得这个长处，也可从中受益，获取灵感。诗人就是这样，有的哲学家也是这样，比如罗素。我的表达比较文学化，可以改成理论化的表达：女人的感性直觉是指引男人理性思维的伟大导师。这样听起来就不“直男癌”了，是吧？

问：您曾经在一本书里说，女人不必会写诗，只要她自己是诗就可以了。我想问一下，女人本身是诗和女人会写诗这两个矛盾吗？因为我会写诗，我有点儿害怕有一天我不是诗了怎么办。

答：不矛盾啊，我是说女人不必会写诗，没有说女人不可以写诗。你本身像诗一样美，又会写美的诗，这多好啊。会写诗不会损害女人的美，不会写诗的女人也不一定是一首诗，这里面没有因果关系。

问：请问您是如何看待有些国家的一妻多夫制的呢？您觉得以后女性有没有可能会颠覆几千年男权社会的弱势地位，成为“新主”？

答：男人有不受约束的权力，就会实行一夫多妻制，反过来也一样，女人有不受约束的权力，就会实行一妻多夫制。在两性关系上，今后的总体趋势是超越男权和女权，呈现个体化、多元化的形态。

调侃和回应

问：独立女性不愿凑合进入婚姻生活但又渴望做母亲，想生下孩

子独自抚养，不要男方承担责任，她有抚养能力，男性如何想？

答：这样的女性我很佩服，我相信有相当一些男人还会求之不得——有人给你生孩子，还不要你抚养，多好的事。一个女人作出这样的选择，表明了她的独立精神和能力，我很尊重。不过，如果是我，我可不愿意充当其中的那个男人角色。共同生下一个孩子，意味着我成为父亲，我对这个孩子有爱，因此有责任，这个责任不是外在的，是发自心底的。抚养不只是义务，更是权利和享受，是爱的释放和实现。是不是结婚倒不重要，但是把我排除在三人世界之外，让我只充当一个精子的提供者，休想！

问：周老师好，您现在见到美好的女子还会心动吗？

答：当然啊，你是不是觉得我已经太老了？其实，一个人老不老，主要在心态，当然这个心态和身体的机能不是没有关系的。我甚至认为，一个男人见到美好的女子动不动心，这基本上可以作为一把尺子，用来判断他老没有老。不过，有的人心动了不肯承认，而我只是愿意坦然承认罢了。歌德在七十四岁高龄的时候，邂逅一个十九岁的少女，两人疯狂地堕入了情网。我很佩服他，更让我佩服的是，他能够清醒地从中自拔，写出了他一生中最动人的爱情诗篇。心动是人生魅力和艺术创作的重要源泉，我不敢想象有一天我会失去它。

问：周老师，那么多女生崇拜您，您太太吃醋吗？如果是，那您怎么办？

答：如果只因为有女生崇拜我就嫉妒，心胸未免太狭窄了。可能关键在于是否以不当的方式享用女生的崇拜，如果发生这种情况，我估计谁做太太都会嫉妒的。现在我假定，太太在前一种情况下嫉妒了，那么我只能对她进行三观教育，没有别的更好的办法。如果她在后一种情况下嫉妒了呢？我就只有检讨和跪搓衣板的份了。不过我可以告诉你，我太太在这方面是个高手，基本上把和我有来往的女生都收编成了她的闺蜜，杜绝了不当方式发生的机会。

第二编

道路之问

北京四中 | 男生问：我常常想，做人一辈子至少要让自己满意才好。但是我又问自己，什么是我真正想要的？我自己到底想做一个什么样的人？其实我不清楚，就感到很困惑。

答：那是因为你还年轻，一个人要知道自己到底是个什么样的人，这是通过人生的阅历不断思考的结果。

追问：但是我不知道自己要什么，就可能会走弯路，我老了以后就会痛恨自己曾经这样，我特别怕后悔。

答：如果你年轻的时候没有走过弯路的话，我觉得你的生活就太简单了。但是如果你年老了还在走弯路的话，我觉得你这个人就太简单了。

第四题 目标与理想

人生中什么值得追求

问：在您的价值评断中，什么是排在第一位的？精神上的满足和快乐能排在第几位？

答：价值排序根据一个人的生活状况是会改变的。当生活没有基本保障的时候，毫无疑问物质生活是第一位的，你必须解决生存问题。在生存问题解决以后，精神上的满足和快乐理应上升到主要的位置。从我来说，我现在把两个东西都排在第一位，一个是家庭和孩子，一个是读书和写作，我觉得这两个东西之间丝毫没有冲突。

问：您认为人生最重要的价值是什么？

答：就两个东西，第一是生命，要让生命单纯而善良；第二是灵魂，要让灵魂丰富而高贵。

问：您说生命是最重要的价值之一。西方有一首诗：生命诚可贵，

爱情价更高，若为自由故，两者皆可抛。就是说自由比生命更宝贵，失去自由比失去生命更可悲。您怎么看？

答：这是裴多菲的一首诗，是中国诗人白莽翻译的。我认为二者不矛盾，自由是生命价值实现的一个前提，重视生命的价值不是说只要活命就行了，而是要活得有质量，活出人之为人的价值，自由就是不可缺少的。西方政治学还强调财产的权利，自由是生命权利的保证，财产又是自由权利的保证，三个东西不可分。

问：应该怎么样规划人生？

答：我对自己的人生从来不规划，只有一个方向，就是要做一个优秀的好人。

问：在《人与永恒》中，您说过一句话："无所追求和寻觅的人们不会有迷惘和失落感，他们活得明智而充实。"请问这句话该如何解释，我们应该有追求还是无所追求？

答：那句话你没有听出来是讽刺吗？

生存压力下的精神追求

问：如果您是一个刚毕业的大学生，面对社会的就业困境，面对高不可及的房价，您如何保持心灵的宁静？

答：我告诉你，我保持不了，我现在是站着说话不腰疼。我们当年不存在就业和购房的问题，工作由学校分配，住房由单位分配，虽然没有择业的自由，住房狭窄简陋，但是不用自己费心。你们面临的生存压力的确很大，我想提醒一点，在这种压力之下，你仍然可以不放弃自己的精神生活，通过阅读和思考，你仍然可以有一定程度的内在宁静。我大学毕业的时候，生存状态也并不好，从北大一下子放到了偏僻山沟里，虽然没有经济的压力，因为大家都过穷日子，但是有别的压力，比如很可能被环境同化，从此毫无作为，可是我仍然坚持读书和思考。所以，一方面要解决生存的问题，另一方面要坚持精神的追求。我相信，一个内心强大的人是更容易对付生存压力的，至少是更容易承受生存压力的。

问：您曾提到伯尔写的那个青年渔夫的故事，他躺在渔船上晒太阳，不想为了挣许多钱老是出海打鱼。这使我想到了前一段时间热播的电视剧《蜗居》，反映了当代中国一个很现实的问题，就是很多名牌大学毕业甚至硕士生毕业，奋斗多年后都没有能力去买一套房子，更谈不上精神世界的追求了。我产生了一个疑惑，就是如果不每天都去打鱼的话，就不能拥有晒太阳的时间和空间，在这样一个世界里，我们大学生应该如何来做呢？

答：那没办法，你就每天去打鱼吧！但是我觉得，什么样的条件允许你晒太阳，什么样的条件不允许你晒太阳，这个标准是相对的。这个青年渔夫觉得，有一条普通的木船，不必拥有大货轮，就可以晒太阳了，我同意他的看法。要说蜗居的话，其实我蜗居的时间够长的了。现在是商品房的时代，大多是自己买房，我到北京来读研究生的时候，都是单位分房。我分配在社科院哲学研究所以后，一直是没有住房的，房源紧张，我又不会和人搞关系，长期住在一个地下室里。就在这个地下室里，我写出了我的第一部著作《尼采：在世纪的转折点上》。现在人们对房子的要求肯定不一样了，让你住一间地下室，你肯定会觉得那是非人的待遇。所以我觉得这个事情要分两方面来说。一方面，这是政府应该解决的一个问题，就是对大学生也好，对普通居民也好，要落实廉租房、保障房的政策，让人真正负担得起。另一方面，你要看到，哪怕居住条件差，你仍然可以做自己人生的主人，仍然可以去追求你更看重的东西，并不存在绝对不可能这样一种情况。

问：现在很多“80后”被房子、车子困住了梦想，靠读书、学哲学开解自己，可以解决这些问题吗？对于被现实生活压得喘不过气来的“80后”们，你有什么想对他们说的？

答：现在的年轻人确实面临生存的压力，集中在买车买房上面，但是我觉得这里面有一个心态的问题，就是你把物质生活的标准定得多高。我想起我们年轻的时候，我考回北京读研究生，那时候没有买房的问题，都是单位分房子，我们单位房源紧张，没给我分，我在一间六平方米的地下室里住了许多年，也就能放下一张床和一张桌子。当然更没有车了，一辆破自行车骑了那么多年。但是，我的好多作品是在那样的条件下写出来的。我觉得物质上将就着过就行了，只要基本生活有保障，物质的贫困不会妨碍你的精神活动的，往往还会让你更专注。不妨把物质的目标定得稍微低一些，你就会发现，你在精神追求上始终拥有很大的空间和自由。

问：作为二十岁的学生，苦于找不到自己真正喜欢和追寻的方向，却又有不得不面对的经济压力。对人生的理解即便知道许多答案，但并不能应用于生活。一直在努力地充实自我，但依然很迷茫。请周老师给些建议。

答：二十岁，是迷茫的年龄，能在迷茫中坚持追寻和努力就好。我想起自己的二十岁，自己的大学岁月。那个时候，我对自己将来做什么完全没有概念，还特别多愁善感。但有一点是明确的，就是喜欢读书和写作，不问目的，和功课毫无关系，大量地读课外书，写只给自己和一两个朋友看的作品。家里穷，给我的生活费很少，我为了买书，就把菜金退了，只吃窝窝头。一种很强烈的心情，就是觉得精神生活高贵，物质贫困不算什么。时代不同了，但我认为年轻人在某种程度上都应该是理想主义者，精神价值至上主义者，陶醉于阅读和思考，至少在上学阶段不要过多考虑经济压力问题。你要相信，一个人只要真正优秀，总会有用武之地的，经济不是问题。对人生的理解没有现成的答案，靠你自己悟，只要你不断地充实自我，就一定能悟出自己的答案来。

问：看过一篇文章说"寒门再难出贵子"，我很有同感。现在随着资源的倾斜，是不是以后家庭条件不好的人，更难获得出彩的机会？有什么建议可以改变这种现象？

答：你触及了当今一个重大的社会问题。由于资源分配的不公平，尤其是教育资源分配的严重不公平，中国社会出现了等级固化的现象。这个问题的解决，当然要靠相关体制的改变。有理想的个人，可以为此出力，但也必须有强大的资源背景。比如说，我的一个朋友做公益，集合优秀师资，免费培养贫困县的有天赋的孩子，就是在为改变现状做点滴的贡献。现在的问题是，家庭条件不好的个人怎么办？我认为没有什么好办法，只有自己争气，要有志气，让自己具备好的素质。在任何环境中，积极努力总比消极放弃有更好的前途。没有一种体制可以把个人的自由完全消灭掉，在现有相关体制下，假设家境不好的人里面只有百分之一能够出彩，你也要下决心成为这百分之一中间的一人。一方面看清楚相关体制的弊病，另一方面靠自己的努力突破相关体制的限制，去争取成功。否则，你还能怎样呢？

价值观必须自己做主

问：现在中国人普遍追求物质的东西，经常谈论住多大的房子，开什么样的车，有多少财富，感觉整个社会有一种浮躁的心态。我们这个年龄段容易受到世俗东西的影响，您对此有什么看法？

答：重物质轻精神的确是现在价值观方面很大的一个问题，但是，每一个人对于自己的价值观是可以支配的，是有主动权的，要认识到这一点，不要跟着社会的大流走。价值观很重要，你支配了自己的价值观，你也就在这个限度内支配了自己的人生，支配了自己的幸福。你放弃了这个权利，实际上就是把你的人生交给了一种盲目的力量去支配，不可能活得幸福。

问：现代社会十分看重财富、名利等物质的东西，而且往往以这些来衡量一个人的价值。也不是不知道这是不对的，但社会就有一种力量推着你不得不去遵从这样的价值观。这种悖论，要怎么逃离？

答：不得不遵从？为什么？关键是你是否确立了自己清晰而坚定的价值观，如果确立了，你就不会被社会潮流推着走。在我看来，人在世上活的就是一个价值观，不同的价值观造就了不同的人生。因此，在价值观的问题上，一个人必须认真思考，自己做主。当然，现在许多年轻人都面临着巨大的生存压力，我不主张清高。生存问题不解决，是清高不下去的。但是，你自己内心要清醒，要有自己的精神目标，有没有是大不一样的。有精神目标的人，他在解决生存问题时仍能保持一种内心力量，不致被贫困压倒，也不致被诱惑败坏。而当他基本解决了生存问题之后，就能及时地走上自己的人生追求之路，不再是为谋生而工作，而是真正拥有自己的事业。

问：现代社会中很多人都会随大流，有一种跟风的风气，在这种情况下，怎样才能坚持自己的价值观？

答：为什么会随大流？就是因为没有自己的清醒的、坚定的价值观。你首先必须有，才谈得上坚持它。当然，也可能已经有一种比较模糊的价值意识，但不够明确和坚定，容易在外界影响下动摇和改变。那也没有什么好的办法，唯一的办法是让它明确和坚定起来。你必须有一个强大的自我，如果没有，必然会被社会的潮流裹挟着走。

问：在您的人生之旅中，是否也会有相互矛盾和冲突的观点？您是怎么平衡这种矛盾和冲突的？

答：只要你是一个认真对待人生的人，你在人生道路上必然会有矛盾和冲突的观点，它们甚至可能同时存在。但是，如果你的确是这样一个认真的人，在矛盾和冲突中必然会有一条主线，体现了你的基本价值和人生信念。我觉得自己是这样的。

问：大学毕业后，您在广西山沟里生活了许多年，我凭直觉感到，在那段生活中，您的价值观与当时整个社会的某些价值体系存在着极大的矛盾，那么我想，您当时很可能会产生一定的彷徨和痛苦。我觉得我现在也处于这个状态中，我想知道您是用什么样的方法来处

理这个矛盾，使自己最终回到平和的心境的。

答：首先我觉得，一个人有彷徨和痛苦，这说明他敏感，是有灵魂的表现。一个人灵魂觉醒了，有自己的价值观和精神追求，就不可能和周围世界不发生冲突。那段时间里，我的这个冲突是非常严重的，有时候会情绪失控，一个人在屋子里面又哭又叫，觉得忍受不下去了，自己的追求不被理解，而且没有一点出路。一辈子默默无闻倒也罢了，我这个人从来没有野心，不想出名，但是总希望看到自己的追求有一个结果。我当时最渴望的是有同道者，哪怕只有几个人能欣赏我，互相能交流就行，但是这样的人也找不到，真是绝对的孤独。你问我最后怎么样平和下来的，我告诉你，我达不到这个境界，经常有反复的。你们现在条件比我们当时要好得多，我们那种环境太封闭了，把你分配到哪里，你就被“钉”在哪里了，没有一点儿挪动的可能，换个地方、换个工作都是不可能的。我觉得你们现在真的好得多，至少允许你选择地方和职业。当然，你们有生存的压力，实际选择起来也不那么自由的。一个有志向的青年，和这个急功近利的环境一定会有冲突，仍然会有痛苦。我拿不出什么更好的办法，你痛苦的时候，就去找你的同道吧，和你价值观一样的人，包括现实世界里的，包括书籍世界里的。有时候读书是一种很好的安慰，比如我的这种追求，在那个小地方只是我一个人，很孤独。但是从人类历史的长河看，绝不是我一个人，我有很多同道，那样我就会感到一种安慰，内心会比较平静一些。

问：一个幸福的人要坚持做自己，而不是随大流。坚持做自己就意味着要对社会上很多东西说“不”，但什么才是真正说“不”？

答：说“不”的前提是你内心中有你坚信的“是”，有你清晰而坚定的价值观，这样你就会自然而然拒绝那些违背你价值观的东西。说“不”不是一种姿态，最高的境界是连“不”也不说，走你自己的路就是了。

问：当今价值取向多元，互相冲突，父母会从世俗价值出发对我提各种要求，您认为我应该如何从自我幸福感出发进行取舍？

答：我觉得有两条，一是你自己内心的价值观是不是明确，二是你的意志是不是坚定。如果你自己看得很明确，认为这样才能幸福，那你就要坚定，不要因为父母反对就放弃。你可以试着说服他们，说服不了的话，就先做出来给他们看看。

大目标和小目标

问：人的一生有限，我们总想把时间花在重要的事情上，那么如何判断什么是重要的事情？

答：首先要去掉“总想把时间花在重要的事情上”这个念头，这让人想到使命和责任，感到沉重；或者想到功利，产生烦恼。我觉得“重要”并不重要，喜欢、快乐、有趣比“重要”更重要。判断该做什么事情，我给你两个标准。第一，做的时候喜欢、快乐，做了以后一定不会后悔的事情。第二，做的时候未必喜欢、快乐，但不做一定会后悔的事情。有这两个标准基本就够了，而且它们很好掌握。

问：您谈到自主学习的能力，我的宿舍里有四个舍友，其中两人就有这个能力，我自己感觉和他们不是一个层次上的。我现在准

备考研，很多时间花在这上面，我也想达到那样一种境界，怎么样做到呢？

答：人在社会中生活也好，像你现在作为一个学生也好，要处理好两个方面之间的关系。一个是你内在的目标，一个人必须有内在的目标，按照我的概括就是优秀。另一个是外在的目标，那是带有一定功利性的，比如你现在考研或将来就业，这也无可非议，关键是怎么处理好这两个目标之间的关系。你不妨在某一个阶段在外在的目标上多花一点时间，但是你心里面要明白，你内在的目标是更加重要的，你要随时准备回到你内在的目标上来。我觉得你还是有内在的目标的，你知道自主学习的能力比考研更重要，这就好办，怕就怕有的人根本没有内在的目标，光有一个外在的目标。不过，你要有这样的意识，就是根据你的条件和能力逐渐强化内在的目标，增加所花的时间，把重心移到这上面去，有朝一日完全回到这上面来。

问：如何判断自己的目标是自己真正想要的？如果二十年后发现并不是，可能就太晚了。您有什么比较好的建议？

答：你说的应该是指事业上的目标。事业上的目标，可以分为大目标和小目标。大目标是最适合自己禀赋和性情的事业的一个方向，小目标是每一个阶段要做的事情。这两个目标是互相联系的。一方面，大目标规定小目标，如果发现小目标偏离了大目标，就要及时修正。另一方面，正是在做具体事情的过程中，根据做什么事情感到舒服，做什么事情感到不舒服，大目标就会逐渐清晰起来了。这会有一个过程，但你说的这种情况应该不太会发生，不至于朝一个大目标走了二十年竟发现错了，因为做事情舒服不舒服，你怎么会没有感觉呢？

问：人生最难的莫过于对必须处理的事却不知怎么处理。遇到这种情况，您认为应该怎么办？

答：必须处理的事，之所以觉得必须处理，可能有三种原因：一是出于利益，二是出于责任，三是出于信念。之所以不知怎么处理，也可能有三种原因：一是情况不明，二是条件不具，三是能力不足。所以，首先要分析一下自己所面对的情形，弄清是否真的必须处理，困难在哪里，才能作出选择和找到路径。不管出于什么原因，如果决定做，就要头脑冷静意志坚定。我一直认为，做自己喜欢做的事可以靠热情，做自己不喜欢但必须做的事就要靠毅力。

理想和现实的关系

问：我是一名刚上大学的新生，以前经常听老师和书上讲的，相信通过努力梦想总会实现等，现在反而被人嘲讽为鸡汤。所以现在自己感觉很迷茫，不知道梦想是不是真的能实现？那些大道理能不能信呢？它们真的只是大人用来哄骗小孩子的话吗？我爸爸跟我说，大部分人进入社会后梦想就会慢慢破灭，然后年轻的那个自己就会死掉。我很害怕，越长越大的自己就会丢掉一颗年轻的心。我要怎么做才好呢？

答：要分清梦想的两个含义。一是幻想，小时候的梦想大多如是。幻想并非虚幻无用，它抚育童年的心灵，使之憧憬真善美。但是，随着年龄和阅历增长，幻想必然被修正。是的，修正，我不说破灭。比如说，你看到了社会上的假恶丑，就要修正幻想中把社会想得太美好的成分。但对真善美的憧憬是幻想的核心，不应该让它遭到破灭。这就要转入幻想的第二个含义，就是理想。理想是人生和社会的精神目标，在复杂的现实中坚持这个目标，朝理想前进，是成年人的责任。

问：您的书从高中一直陪伴我到大学，非常感谢您。人的生命成长是分阶段的，每一个阶段能做的事情都不同，纯粹性也不同。在现在这个青年阶段，人是最不纯粹的，我发现我自己已经开始忽视纯粹了。我现在做一件事情，不管是恋爱也好，学习也好，总是会想很多，想以后会怎么样。对于我们这个时期，关于青春和纯粹，您怎么看？

答：你很可爱，我也要谢谢你。我觉得非常幸福的一件事情是，我的书能够走进现在年轻人的心灵，这是我没有料到的，很多文章是二十年前写的，对现在的青年仍然有作用，我感到非常欣慰，没有你们，我的书的价值要减掉一大半。你说的问题，只有心灵纯粹的人才会有这样的担忧，怕自己变得不纯粹，怕有许多世俗的考虑。我想，我们都在这个社会上生活，我们的心灵可以保持纯粹，但是我们的头脑不能不现实，这没有办法，所以在职业上、婚姻上有一些现实的考虑，我认为是合情合理的。要让核心保持纯粹，现实的考虑不要损害这个核心，这样就可以了。

问：很多学文史哲的人都有理想主义色彩，但是当我们带着这种理想主义色彩游走在现实生活中的时候，往往更多的是碰壁。您能不能给我们一些经验，当您出现这种情况的时候是如何化解的，或者说您认为什么样的人生才是精彩的人生？

答：关于理想，我觉得要区分两个东西：一个是那些真正值得追求的精神价值，它们永远不可能完全变成现实，而是为人生或者社会提供了一个目标、一个方向，比如真善美的理想为人生提供了一个方向，公正和正义的理想为社会提供了一个方向。我们不能要求这样的理想完全变成现实，然后才承认它们有价值，它们的价值正在于它们是高于现实的，因此能够指导现实，提供目标和方向。另一个东西，年轻人容易对现实抱不切实际的幻想，一旦接触现实，就会碰壁，觉得理想幻灭。我认为这个不叫理想主义，这个叫幼稚，因为幼稚而把现实理想化了。所以，第一，不要把现实理想化，现实可能有很残酷的一面，要正视它、面对它，随着经验的增长调整对它的认识。但是，第二，在现实中仍然要坚持精神追求的方向，不和坏的现实同流合污。至于精彩的人生是什么样的，我也不知道，因为我的人生并不精彩。我是满足于平凡的人生的，只有两条标准，一是做自己喜欢做的事情，并且能够靠这个养活自己；二是和自己喜欢的人在一起，并且让他们也感到快乐，如此足矣。

问：一直以来，我很希望成为像您一样的学者，可是在我人生的转折之际，很不幸，我的恩师告诉我一句话，他说在中国做一名学者或者要去做学问是不可能的，因为一些评审政策会限制你的学术思路。当时，我几乎面临整个之前所建立的价值观的崩溃，我无法找到自己的去向了。我很迷惘，希望得到您的指点。

答：你的恩师怎么能这样对你说呢？你是一个活生生的人，一个人是不是被体制化，主动权在他自己。在相关体制内，你完全可以成为一名学者。现在许多学者就是这样做的，也包括我。

问：请您讲一讲在人生道路上您是怎样选择的，有没有后悔。

答：人生的道路分内外两个方面。外在的方面往往由命运、时代、环境、机遇决定，自己没有多少选择的主动权。因此，我基本上是顺其自然，很少主动去争取什么。内在的方面，精神的取向和历程，我相信在很大程度上自己是可以支配的，我会比较执着。在人生的某种绝境中，真正发生的情况实际上不是难以选择，而是无可选择，所以也谈不上后悔。你应该知道我指的是什么。

第五题 兴趣与事业

兴趣是天赋的可靠标志

问：您反对攀比的心理，可是，一个人发现自己有异于常人的天赋，这不是人与人之间比较来的吗？

答：我反对的是在物质生活上攀比，至于一个人天赋的自我发现，肯定也不是比较出来的，根据我自己的经验，我觉得肯定不是。天赋就是独特，就是你和每一个人都不同的地方，你和谁去比较？根本没法比较，比来比去脑子就乱了。比较只能依据外在的方面，比如做的什么事情啊，是否成功啊，比来比去用的都是外在的标准。我觉得主要是一种内心的感觉，如果你在做一件事情的时候觉得是一种享受，你心里非常愉快，这就对了，说明你的天赋一定是在这个范围之内。兴趣是天赋的可靠标志，这句话是杜威说的，我觉得很有道理。当然，应该是真实而强烈的兴趣，不是出于外在目的，就是特别喜欢做这件事，欲罢不能。

问：我喜欢的和我的天赋发生了冲突，我该怎么选择？比如说我烧得一手好菜，我有能力成为一个大厨，但是我并不喜欢这样，我喜欢数学，想成为数学家，我该怎么样抉择？

答：首先我告诉你，天赋和兴趣一定是一致的，你擅长做菜，你就肯定是喜欢做菜的，否则你不可能擅长。所以，这不是天赋和兴趣之间的冲突，而是两种不同的兴趣或者说两种不同的天赋之间的冲突，因此需要从中选一个作为自己的专业。

问：我们这么久以来都是接受应试教育，好不容易考上了大学，但是发现很多人找不到自己的兴趣，找不到自己想要什么，精神生活更加无从谈起。我想问周老师，作为一个迷惘的大学生，如何找到自己的兴趣？

答：什么东西都不能无中生有，兴趣更是这样，它有一个酝酿和积累的过程，如果这个过程缺失，你硬要去找自己的兴趣，到哪里都不可能找到。你说的其实是一个很普遍的现象，因为整个中学时期都是应试教育，真正的智力兴趣没有培养起来，更谈不上发现自己的禀赋在哪里了。不过我想，找兴趣，永远都来得及，需要的是醒悟。你已经看到这个问题了。进了大学以后，以前应试教育的后果显示出来了，那么，你在大学里可以自己补这个课，真正在提高智力素质上用功，去读那些能够点燃你兴趣的好书，去寻找自己的兴趣方向。但是，具体怎么做很难说，没有捷径可走。

问：为了登上心中的高山，怎样做才能算是既不违背道德又能如愿以偿？如何正确定义心中的高山，从而找到自我？

答：据我理解，你说的心中的高山应该是指一个人心中最好的自己，也就是上天给一个人的最好的禀赋，应该找到它和实现它。对此我完全同意。但是，人受环境的支配，往往做着必须做而未必适合自己禀赋的事，那么怎么处理这个矛盾？这可能就是你说的道德困境。我的看法是，第一，做环境安排必须做的事是必要的过程，在这过程中，根据内心的感受，你才会逐渐知道自己的禀赋所在。第二，必须做的事就认真地做，真正的禀赋是任何事情阻挡不了的，一定会以某种方式表现出来。当你的实力积累到一定程度，你就自由了，可以直接攀登心中的高山了。

问：一个人的内在禀赋在哪一个阶段表现得比较明显，自己能够感觉到，或者被社会认可？社会的认可和人的内在禀赋是什么关系？

答：我自己的体会是，如果你知道什么事情是你不喜欢做的，你一做就烦；什么事情是你喜欢做的，做起来很愉快，你就大致知道自己的禀赋在哪里了。你提到时间的问题，我想这是因人而异的，有早有晚。我年轻的时候也曾经迷茫过，我觉得我比较清楚地知道自己是一个什么样的人，我的能力在哪里，大约是在三十来岁的时候，那个时候我就知道读书和写作是最适合我的事情。可能还有别的禀赋没有被我发现，可能就浪费掉了，这种可能性也有，但是我想到现在为止，我做的是我特别喜欢做的事，能够到这个地步也就很可以了。所以，我觉得不要着急，先让自己变得优秀再说，只要你的整体素质是好的，慢慢地你就会找对自己的路，找到那个你能够做得最好的事情。至于禀赋的实现和社会的承认之间的关系，我认为在很大程度上取决于社会的环境。在一个良好的社会环境里，两者可以最大限度地趋于一致。你做最合乎你禀赋的事情，当然能够做得最好，也就容易得到社会的认可。

问：我对理论性的东西比较感兴趣，有些人说“你是不是应该学以致用一下”，这个时候我是应该随着我的感觉来呢，还是接受别人的意见，去学一些实操性的东西？

答：在今天的时代，纯理论性的学科不受重视，但不等于没有价值。相反，从人类知识的发展历程看，纯理论性的学科是基础，比应用性的学科更重要。不过，对于个人来说，选择纯理论性的学科是一个冒险，一是因为在这个领域很难有突破和创新，二是将来可能面临就业的困难。比如说，学哲学的比学传媒的难就业，学数学的比学计算机的难就业。所以，关键是你是否真正有强烈的兴趣，如果是，我觉得你应该坚持，并且要有精神准备，甘于承受从功利角度看是吃亏的后果。走一条不合时宜的路，你可能会失败，得不到社会的承认；而走功利的路本来可以得到的东西也丢了，那个时候你的心态要好。我有很长时间就是这样的，我喜欢写东西，根本没有地方发表，在社会上也吃不开，不会和人搞关系，但是我就认了。因此，对于理论性的东西，首先看你是不是真喜欢，如果真喜欢，就要有一个好心态。

问：作为一名大二学生，即将面对考研和工作的选择，想问一个比较功利的问题：您觉得学历对学生重要吗？又或者说，如果仅仅是为了以后找好工作，应该继续考研吗？

答：你提的问题，可能是许多大学本科生面临的共同问题。我认为，青年人在作选择时，首先应该确立自己的大目标，对自己未来的事业方向有一个预估。预估的根据是对自己的认识——自己最感兴趣因而可能最有天赋的领域是什么。这个预估不一定很明确、很具体，但必须有。在人生的每个特定阶段，人还要确立小目标，那么，小目标的确立应该基本符合大目标，应该是走在你预估的事业方向上的。

就考研还是工作这个选择来说，我的看法是，在三种情况下，应该选择考研：一、你立志从事研究工作，想当学者、教授、科学家等；二、你对某个专业有强烈的兴趣，决心深造；三、你感兴趣的工作设立了硬性门槛，必须有研究生学历。除去这三种情况，我认为不考研亦可。仅仅抱着以后找一个好工作的目的读研，是一种赌博心理，因为事实上，研究生毕业找不到好工作的多得是。从长远来看，最重要的是要有真本事。人是要一辈子学习的，无论读不读研，都要坚持在自己感兴趣的方面自学，做自己学习的主人，从而做自己人生的主人。

问：我喜欢读书，对教育类书籍尤其感兴趣，读了若干教育学经典，对孩子也是发自内心的喜欢，我不知道这是不是天赋的征兆。但我的专业是法学，这是一门实用性强的学科，同学们都忙着司法考试和考公务员，为就业做准备，我却不知道何去何从，是否要通过考研改专业，还是和同学们一样考公务员？

答：你的专业是法学，现在你对教育发生了浓厚的兴趣，下一步该怎么走呢？从你的叙述看，我认为你对教育是有天赋和心得的。通过考研改变专业的先例有很多，不过考研是一个技术活，你是否马上考，要看是否已做好相关知识的准备。如果没有，不妨先工作，同时做考研准备。即使你以后不考教育专业研究生，你所读的书不会白费的。无论法学还是教育学，大的领域是人文社会科学，要在这个领域里有作为，专业知识固然重要，但更重要的是一种整体的智慧和识见，而这就有赖于博览群书。

生存压力下的职业选择

问：我是即将毕业的大学生，临毕业的时候总是会有一些迷惘和困惑，不知道毕业后该干什么，是考研还是考公务员，不知道自己喜欢干什么。请您给我们这些即将毕业的大学生一些建议。

答：将来的具体就业方向，我提不出什么好的建议，我只能建议你去争取你自己比较喜欢同时也比较有把握的那个方向，具体是什么职业，我不可能知道，你自己应该知道。我知道现在就业的竞争很激烈，青年人的生存压力很大，在这样的情况下怎么办？我只能说，第一，你要有足够的思想准备来面对生存的压力，争取在社会上立足，否则说什么精神追求可能都是空的，这很无情，但是没有办法。第二，在这个前提下，你还是要寻找和坚持自己真正的兴趣。如果说到大学毕业还不知道自己喜欢干什么的话，已经是大学教育的失败了，那么你就不要再这样失败下去，你还年轻，还来得及，不管是考研究生，还是找一份工作，重要的是找到自己真正的兴趣和能力在哪里，明确一个方向。我想只能这样，没有捷径可走。

问：我是高中生，马上也要面临今后人生走向的问题。我想问的是，当自己的兴趣和整个社会的环境发生矛盾的时候，该如何权衡？比如说，你喜欢做的事情在这个社会上并不能得到良好的发展，甚至不能让你维持基本的生存。

答：我首先要说明一点，一个年轻人，尤其是一个高中生，或者就算是大学毕业了，你所选择的专业未必就是你一辈子的事业。一个人要找到最适合自己的领域，这有一个过程。有的人早一些，有的人晚一些，但是并不是在学校阶段都能找到的。我自己也是很晚才找到自己的事业方向和写作方式。你主要谈的是生存压力的问题，现在的年轻人的确都面临这个问题，选择职业的时候是选择自己真正喜欢的工作，还是选择能够比较好地解决生存问题、挣钱多一点的工作。我的看法是这样的，生存问题必须解决，否则会很潦倒，最后你喜欢的东西能不能坚持下去都是问题。如果你确实在某方面有强烈的兴趣，这是非常好的，我发现很多人根本不知道自己喜欢什么，那就很可悲了。你很明确地知道自己喜欢什么，但是，如果你去选择这方面的职业，或者环境不允许，或者会承受很大的经济损失，在这样的情况下怎么办？我觉得应该权衡，并不是非此即彼的。如果让我来做选择的话，我可能会选择一个能够比较好地解决生存问题的工作，同时在业余时间坚持自己的爱好，然后寻找机会把业余爱好转变成我的主业，可以走曲线发展自己兴趣的道路。

问：对于一个即将要工作的人来说，将来的工作肯定会占用生活的大部分时间，因此工作对我们到底意味着什么？

答：我不那么清高、浪漫，我认为工作首先是要解决生存问题。这是最低目标，但不能只有最低目标，还应该有较高的目标，就是让工作成为满足自己兴趣、实现自己能力的领域，即成为自己的事业。

问：应如何平衡在金钱面前保持自由与追寻充实的内心、本真的自我？

答：在金钱面前保持自由有一个前提，就是基本生存的问题解决了。一个必须为生存而全力挣钱的人，在金钱面前肯定是不自由的。在这个前提下，就可以也应该把追寻本真的自我放在首位。举个例子，你为谋生做了一份自己不喜欢的职业，挣的钱足够生活几年了，这个时候就不妨做自己喜欢的事，哪怕挣的钱少一些。不过我相信，如果真正是做自己喜欢的事，兴趣是能力的可靠征兆，一定会做得好，迟早会带来经济收益的。最理想的情况是，做自己最喜欢、最擅长的事，把钱当作副产品，而这个副产品多多益善。

问：作为一个没有太多金钱欲望、经济条件也一般的普通人，我们到底该顺应自己的个性，还是不断挑战自己以匹配不断上升的物质需求？这两者我都觉得放不下，前者是内心需要，后者是客观需要，毕竟家庭的运营不是艰苦朴素就可以的。

答：你把自己的矛盾心理讲得很清楚，既想顺应自己的个性生活，超脱金钱，又想在经济上不断上升，过得好一点。我觉得两方面应该兼顾，但是这个度只能你自己来掌握。最理想的情况是从事一种符合自己个性的职业，在做事情的过程中既得到了精神上的满足，又能够赚到钱。我祝愿你有一天能进入这种状态，让你左右为难的这个矛盾就不存在了。

职业、事业和业余爱好

问：如何处理兴趣与职业的选择？喜欢的不一定成为工作，但是对于不喜欢的又无法有极大的热情投入进去。怎么办？

答：我们必须正视一个事实：在现实中，能够凭兴趣爱好谋生的人仅是少数。这有运气的成分，也有能力的问题。如果你在自己有兴趣的事情上并非能力出众，就不足以靠它谋生。我认为，谋生是每个人的基本责任，兴趣爱好不能免除你的这个责任。还应看到，即使你的职业并非你所爱，但仍可让你积累人生的重要经验，包括人际关系的处理，合作的精神，也包括培养做事的专注力和毅力。一旦机会和能力使你能够从事你喜欢的职业，这些收获都将发生作用。

问：很多“90后”现在普遍对自己的工作不满意、不喜欢，希望能够做一份自己喜欢的工作，有这样的困惑，怎么办?

答：这的确很普遍，对自己的这份职业不喜欢，工作得不快乐。我觉得这倒没关系，最重要的是，你一定要有自己真正喜欢做的事情，也许你现在还不能把它作为你的职业，但必须得有这样的事情。我发现很多人是这样的，现在这份工作不喜欢，让他挑一个喜欢的工作，挑来挑去最后就是工资高的工作，因为他根本就没有自己真正喜欢做的事情，那就没有办法了。所以我一直强调，最重要的是必须具备快乐工作的能力，而有没有这种能力，则取决于一个人的整体素质。

问：在感情和事业这两个方面，您认为坚持到什么程度，就应该果断放弃了?

答：这两个方面的情况不一样。如果在感情方面，你去追求一个女孩或者一个男孩，但始终得不到回应，在这种情况下你就应该看明白了，人家并不爱你，那你就没有必要再坚持去尝试了，说明你的缘分不在这里，你应该去找缘分所在的那个人。在感情问题上，人还是要洒脱一点，不要一根筋。在事业方面，坚持到什么程度很难说，这里面特别重要的是对自己的信心，对自己的了解。如果你确实喜欢某一个事业，而且有一定的信心，相信自己在这个方面是有能力的，就应该打持久战。不过，做一件事情条件的成熟是需要时间的，所以坚持的方式不一定就是说盯着这件事不放。可以选择曲线走向自己的目标，可能要做一些妥协，先去做一些你未必喜欢做但是你的生活需要你去做的事情。在这个过程中，你一方面积累自己的能力，积累自己的力量，另一方面不要放弃你所喜欢的东西。等待时机，当你的本钱充足了，机会就会向你开放。

问：如果一个人的一生就像您所说的哲学家那样，用好奇心去探索那些无解的问题，您觉得他的人生之路应该如何去走？他没有一个专业，没有所谓的一技之长，而是像孔子所说的那样，宁愿去做一个赶马车的车夫，这样的人该怎么生活？

答：那很可能是一个悲剧。他可能走火入魔，一事无成，然后就穷困潦倒，甚至疯了。作为一个有禀赋的人，你应该永远保持好奇心，但是仅仅这样是不够的，你还应该把你的好奇心按照你的禀赋向某一个方向发展，否则就会一事无成。哲学思考本身不能成为一个职业，你必须解决饭碗问题，有一个可以谋生的具体职业。

问：我最近迷上了做主播，但是收益很差，时有时无，不是很稳定，但是我很喜欢这份工作。我的困惑是，什么样的工作才是一份好的工作呢？我不知道我是否有能力靠这个养活自己，想听听您的建议。

答：如果你真的喜欢，不妨试一段时间，看有没有转机。如果始终不能靠这个养活自己，就不要坚持了，说明你或许不是这块料，或者已经错过了进入这个行业的时机。

问：现在有许多网络写手，他们真的喜欢写，但这个行业竞争特别激烈，除了早期特别出名的人，后期的写手难以出名，前段时间还有一个网络写手倒在了键盘上。我想问一下周老师，在生活压力巨大

的情况下，他们该怎么办?

答: 据我推测，网络写手赚大钱，取决于两个因素：一是确实有这方面的能力；二是进入得早，已经占山为王了。因为有人赚了大钱，你就往这个行业里冲，本来不是这块料，加上挤满了竞争的对手，失败得很惨是必然的。你如果真的喜欢写作，完全有别的路子可走。让我感到遗憾的是，现在有这么多年轻人想当网络写手，但是真正喜爱文学并且下了功夫的人少之又少。

第六题 成功与优秀

优秀第一，成功第二

问：如何平衡进取心和知足常乐的心态？

答：这个问题提得好。进取的目标可分为两类：一是精神性的，就是要让自己真正优秀，有真才实学；二是功利性的，就是要在社会上成功，拥有财富和地位。这两类目标并非不相容，但是如果把优秀当作主要目标，把成功当作优秀的副产品，得到了最好，没有得到也不在乎，就已经基本上是一种知足的心态了。相反，如果只有功利性目标，就不可能知足。用佛家的话说，优秀是因，成功是果，应该在因上进取，在果上知足。当然，如果生存压力很大，就不得不把功利性目标放在第一位。所以，生存问题基本解决是一个前提，才乐得起来。不过，可以把标准定得低一些，这本身也是知足常乐，“足”的标准越低，“乐”的阈值就越宽。

问：现在的社会具有很强的功利性，我们是应该陷入对功利社会

的绝望，还是应该站出来去改变它？我们应该有一个什么样的态度？我觉得自己是属于非功利的，我想看书，但是我妈妈就说我应该去学习、参加高考之类的。这个社会对于非功利的追求实在是太轻蔑了，我想知道您的看法。

答：这是一个难题。你让我说，我也左右为难，我怕害了你。我觉得在一般情况下，你说的功利和非功利应该尽可能地兼顾，我这个就比较圆滑了，是比较中庸的一种做法。你在这个现实的社会里生活，你可能不得不兼顾一下功利的一面。但是有一点，我相信如果你非功利的、纯粹的追求非常强大的话，功利的那一边舍弃了也没关系，我自己就有过这样的经历。所以我总是强调，从非功利来说，一个人应该追求的是优秀，而功利就是追求成功，应该把优秀作为主要目标，兼顾一下成功，能得到挺好，得不到也别太在乎。这是从人生的长期过程来说，应该把优秀作为主要目标。具体到某一个特定阶段，比如说你面临高考，可能就不得不多照顾一下功利的那一面。当然，如果你对自己充满信心——我考不上也没关系，相信我坚持走自己的路，我仍然可以成为一个优秀的人——你有这样的信心，当然放弃功利也没什么大不了。

问：您刚才谈的是成功与优秀的关系，那么幸福呢？幸福放在哪里？

答：成功和优秀的关系是这样的，一个人在确定自己人生目标的时候，应该把优秀作为第一目标，在优秀的基础上争取成功。那么幸福和这二者的关系是什么呢？是这样的，优秀加成功就是幸福。

问：促使您成功的最重要的品质是什么？

答：我从来不觉得自己是一个成功人士。我从小比较自卑，没有出人头地的野心，今天所获得的这些外在的东西，所谓名声之类，完全超出了我的预期。如果这算是成功，那么，我能得到它们，也许正是因为我没有把它们太当一回事，至少没有当作自己的目标。现在我的总结是，把优秀当作第一目标，而把成功当作优秀的副产品，这可能是最恰当的态度，有助于一个人获取成功，或者坦然地面对不成功。

问：我是一个"90后"，对未来感觉很迷茫，请分享一个人生经验，让年轻人从容面对以后的生活。

答：我从北大毕业后，被分配到广西一个小县城的政府机关工作，直到恢复高考，考研究生回北京，共十年。二十三岁到三十三岁，正是黄金岁月。小县城文化落后，机关工作无聊，前途不明，当时我迷茫的程度肯定超过现在的你。我喜欢读书写作，在当时环境里不但无用，反而被认为是没有改造好的证据。但我仍坚持，因为这使我感到生活还有一点意义。我相信，我后来取得的所谓成就，和当时的坚持有关。未来不可把握，迷茫是必然的，但不要放弃自己可以把握的，就是让自己优秀，有真实的能力，你的实力在未来一定会起作用。

问："经济的矮子"和"灵魂的巨人"老是在一个人身上挣扎，既要我去讨生活，又要跟随灵魂站起来，这就形成极大的反差。有时候不知道自己是谁，应该做什么，想请您分析一下。

答：我从你的表述里可以知道，你是一个很有精神能量的人。人和人之间的精神能量差别非常大，精神能量小的人可能不会有太多冲突，但精神能量大的人，身体与心灵、自己与环境会发生很大的冲突。我不知道出路在哪里，因为这样的人可能会成为悲剧性的人，也可能得到成功，那种成功就是大成功了。

问：现在好多因素逼着很多人放弃自己的兴趣，一味教人“厚黑”“成功”什么的，去抓住所谓“成功机遇”“改变一生”。你怎么看待真正的兴趣和机遇？

答：你提这个问题，说明你已经知道真正的兴趣和机遇与现在这种急功近利的“厚黑”“成功”完全是两回事。这是一个前提，唯有不受错误时尚的支配，你才能走上寻找自己真正兴趣的道路。怎样找到？我只能说，你必须让自己成为一个素质优秀的人，才能真正找到，这是一个艰难然而愉快的过程。

用什么衡量优秀

问：您说我们不必刻意去追求成功，而要做到优秀，但是优秀是很难衡量的，是自己衡量就可以了，还是也要做到别人眼中的优秀？

答：对优秀的判断好像是一个两难问题。如果只是用自己的眼光判断的话，可能是孤芳自赏，因为个人的感觉不具有客观性；但是如果用他人的眼光判断的话，可能又变成用成功来判断了，因为他人的认可往往是和成功挂在一起的。所以怎么办呢？就综合地考虑吧。首先自己的判断是重要的，自己也认为不优秀，这肯定不行，自己内心必须认可。他人的眼光可供参考，但是应该重视那些你心目中优秀的人、素质高的人对你的评价，不要太看重一般大众的看法，更不要用纯粹外在的成功来衡量自己。

问：您谈到优秀和成功的关系，我很认同您的观点。但是我有个问题，就是怎么样来区分成功和优秀？优秀是自己对自己的定义，成功往往是外界对你的定义，当你没有得到外界认可的时候，你说你很优秀，是否为一种盲目的自信？

答：我们一般所讲的成功，的确是指外界的认可，标准很明确，无非是名和利。优秀的标准应该是内在的，就是智、情、德各方面的素质，但是这个衡量起来比较复杂，不是主观的，不是自己说优秀就是优秀，也不是外在的，不取决于社会是否认可你。我的意思是，你要把优秀作为主要目标，在这上面下功夫，至于优秀到了什么程度，那是相对的，也是无止境的，没必要做界定。更没必要让别人都承认你优秀，那样的话，你追求的其实仍然是外在的成功。

问：您很看重优秀，将来你的女儿要是嫁人的话，他一定是个优秀的并且非常爱你女儿的人，所以我想问您，在您的心目中“优秀”这两个字是怎么定义的？

答：说起来好像很抽象，就是人的精神属性生长得比较好，有活泼、智慧的头脑，丰富的心灵，高贵的灵魂。当然，具体判断一个人是不是优秀，就要凭感觉了。如果将来我的女儿找了一个男朋友，带到我面前，问我这个人是不是优秀，我肯定不会死板地拿这些标准来测量他，这很可笑，反正看着舒服就行。

问：一个人对社会是否有价值的评判标准是什么？

答：一个人对社会是否有价值，可能的评判标准有这么几个：

一、自己内心的信念和自我评价；二、自己所敬重的人的评价；三、社会上公认的优秀人物的评价；四、大众和市场的评价；五、后代的评价。作为普通人，我最看重的是一和二。当然，最好是五个都得到，不过那样好像有点儿狂妄。

问：大城市和小城镇的生活环境差距很大，环境对一个人影响也很大吗？现在的年轻人一定要到大城市去，才能拓展自己的视野，实现自己的价值，从而更优秀吗？您当年离开广西资源县到北京，是为了寻求一个适合自己发展得更好环境吗？您对环境这个问题是怎么看的？

答：一个人是否优秀，天赋和努力起第一位的作用，环境起第二位的作用。在大城市里生活的人，平庸者也占大多数。在小城镇里生活的人，其中亦有优秀者。如果只求生活舒适，职业平稳，大城市不如小城镇。不过，如果你在天赋和志向上足够优秀，我就会劝你在大城市求发展。小城镇的缺点是，人们眼界和心胸比较狭窄，容易嫉贤妒能，压制优秀者。如同耶稣所说，本乡人眼中无先知。大城市则很少有这个问题，谁也不认识谁，人人基本凭本事吃饭。对于优秀者来说，大城市的重要好处是，比较容易遇到水平相当的人进行交流，也比较容易获得施展才能的机会。当年我在广西资源县，最痛苦的就是这两点，一没有水平相当的交流者，精神上十分孤独；二所做工作完全不能实现自己的能力，觉得是在虚度年华。如果不是改革开放，使我得以考研回到北京，很可能我就在那个小县城埋没一生了。就此而言，环境的作用又是决定性的。

今天需要什么样的能力

问：现在有一种情况，在机关里，做学问的不如做官的。你写了一本书，大家都无所谓，但是如果有人从处长提到了副局长，大家就去祝贺。这个现象您怎么看？

答：我觉得从来就是如此啊，中国人的价值观，学而优则仕，做学问是为了做官，如果不做学问就能做官，做学问就没有什么价值。不过，我相信，真正爱学习、有学问的人，他不一定能做大官，但他做官一定比较有品位。做官做得好，一靠人品，二靠能力，读书对两者都是提高。本来不应该有冲突，如果有冲突，说明风气不正，比如用人唯亲，通过搞关系升官。作为个人，就有一个价值选择的问题了，你更看重什么。我认识一些官员，有的职位也很高，是真正的学者型的官员，喜欢读书和写作，做官做得很好，生活得也比较充实，这样的官员不太会腐败。我一直主张，一个人应该把优秀作为主要目标，把成功当作副产品，在官场上尤其应该如此。

问：我今年四十四岁，三年前离开职场寻找下一个人生目标。经历过婚姻、事业的波折，逐渐走出徘徊。年初发现了一个创业项目，也是我的一个人生梦想。准备了半年多，产品还在开发中。请问周老师，我该如何用哲学指导创业？

答：这个很具体，其实我指导不了，但是前不久我讲过一个课，谈创业也需要一个哲学的准备。哲学的准备是什么？一个人的创业过程不是孤立的，我想会有两个问题。一个是什么叫创业？按照我的理解，首先是能力，这个能力是个基础，你是一个有某方面能力的人，然后创业就是要把你的这种能力和市场的需要对接起来，为你的能力找到市场。那么，英国经济学家哈耶克说过，一个人除了自己的这种专长以外，要在商业社会里得到成功，很重要的还要具备另一种能力，他把这种能力称为企业家式的能力，就是要善于给自己的能力找到市场。可能并不是人人都具备这样的能力，如果你的第一种能力即某一方面的专长非常强大，而第二种能力比较弱的话，就需要寻找合作伙伴，这个合作伙伴应该是企业家式的能力比较强，做你的经纪人也好，做你的CEO也好，这样合作来创业。另外一个问题，创业过程不是一帆风顺的，会遭遇挫折等，所以对于立志创业的人来说，很重要的是要把人生的问题想明白，要有人生觉悟，一方面很努力很执着地去追求自己的目标，另一方面遇到挫折的时候也想开一点，胸怀开阔一点。

问：在目前这个社会，行业跨界现象越来越多，对于人才的要求也越来越趋向于复合型人才，但没有人能精通多个行业，您觉得站在哲学的角度上，对于这种现象，我们应该如何去做以及怎样调整自己内心呢？

答：现在是互联网时代，技术发展很快，人们在职业上的变动也比较多。这样一个时代，确实需要复合型人才。按照我的理解，复合型人才并不是说你在从事某个职业以前，这个职业所需的各方面能力你都具备了，然后你去从事这个职业，这基本上是不可能的。为了从事这个职业，你也许学了很多知识，但是当你能够进入这个职业的时候，这些知识又过时了。所以，我觉得最重要的并不是你具备各种各样的知识，知识面非常宽，各方面知识你都能精通，这个是不可能的，最重要的是你要有一种学习的能力，一种根据需要不断自学的能力。但是，这种能力不是凭空而来的，实际上取决于你的综合智力素质，包括好奇心、独立思考、想象力等。如果你在学校教育阶段以及走出校门以后，始终保持着一种求知的热情，能够按照自己的兴趣和时代的需要来广泛深入地学习，有这样一种势头，就比较容易应对今天这个时代的挑战。

问：在阶层固化日益严重的今天，那些没有背景的年轻人该怎么做，才能让自己不会输得太惨？

答：由于教育不公平和畸形城市化等原因，阶层固化的确日益严重。本来应该问的是：应该怎样遏止这个趋势？但是，既然救世无力也无望，就只好寻求自救之途。答案也许是残酷的，在制度没有提供上行通道的情形下，你必须自己给自己打通一条路。你要让自己有真本事，还要善于为自己的真本事找到买家。你不但要成为千里马，而且要自己去寻找伯乐，而不是等待伯乐来发现你。哈耶克认为，在资本主义时代，一个人不但要有某种才能，而且要有把才能变现的能力，他称之为企业家式的能力。市场经济终归有这个好处，它给你提供体制拒绝给你的机会。市场不问你有没有背景，只问你有没有真本事。总之，一靠真本事，二靠市场经济。

第三编

身心之问

清华大学 | 学生问：刚才您上台的时候，我看见您穿一件短袖，轻易地跳上讲台，我是非常的惊讶，觉得不可思议。在我心里，您是一位长者，没想到您显得这么年轻，您的精神也非常年轻。这是不是得益于您的勤于思考呢？

答：我相信哲学对我的心态肯定有特别好的作用。一个人怎样才能年轻？就是你别世故，一世故，心思复杂，就会变老。哲学就是要让人不世故，通过想那些大问题，让你对小事情看开一些，糊涂一些，不去纠结。

第七题 心态与境界

让心静下来

问：我们处在一个比较浮躁和急功近利的时代，您是用怎样的方法让自己在这个世俗潮流中保持平静的呢？

答：总结起来有两个办法。第一，我觉得一个人在这个世界上一定要有自己真正喜欢做的事，如果你在做你真正喜欢的、有真兴趣的、能最好地发挥和实现你能力的这样一件事的话，自然就不会在乎别的事情了，也不会看到别人在做什么事，你也想去做什么事了。我在做我喜欢做的事，别人爱干什么就干什么吧，和我没关系。一个没有自己喜欢做的事的人，我觉得挺可怜的，也很可悲，势必被世俗潮流的价值观支配。所以一定要有自己的真兴趣，哪怕这不是你的职业，只是你的业余爱好，只要你真正喜欢，你在这个世界上就有了自己的家园，你就会心静。第二就是读书和思考，让自己有一个丰富的、充实的内心世界，你自己身上有了一个快乐的源泉，就不会老惦记着去外部世界里折腾了。

问：在现在快节奏的生活中，有人认为要达到幸福的境界太难了，于是倡议一种慢生活，您是怎么看慢生活的？

答：我非常赞同，我也觉得现在的生活节奏太快，应该慢一点。那么快干什么？那么快实际上是两个原因造成的。一个是你的目标太功利，太想得到它，所以你得快。还有就是互相攀比，互相影响，人家快你也快。但是你问一下自己：我这么快到底是想要得到什么？结果得到的很可能是一个渺小的东西，却把真正有意义的、能给你的生活带来真正品位和快乐的东西丢掉了。不要攀比，不要加入快步者的群体，那没有意思，走到最后发现什么也没有得到。不知道自己到底要什么的人才会这样，所以一定要想明白这个问题：我到底要什么？

问：如何在这个节奏越来越快的世界尽量地保持自己内心的平静？

答：人要有定力，我觉得定力来自两个东西：一个是明确的、坚定的价值观，清楚自己要什么，对于社会上的各种潮流有自己的判断。否则，不知道自己要什么，只能跟着社会潮流走，让社会时尚来支配你的价值观，这样你是不可能安静的。另一个是认识自己，清楚自己是一个什么样的人，你的性情、你的禀赋、你的能力在什么地方，要找到自己的位置。我相信一个人如果找到了自己的位置，就不会去和别人攀比。往往是找不到自己位置的人，在自己做的事情中找不到乐趣，就会变得很慌张。一个人找到了自己的位置和方向，社会上再热闹的东西，他也不会去追逐。所以我觉得关键是两条，一是有自己的价值观，二是有自己的兴趣爱好，也就是有自己的事业。有了这两条的人，一定是安静的，不会慌张的。

问：您经常谈到内心的丰富和充实，这和安静的心是什么关系？

答：一颗空虚的心是安静不下来的，安心的前提是这颗心足够富有，使得浮世的名利不再能诱惑你，因为你拥有的是好得多的东西。

问：您在一篇文章里说："不管世界多少热闹，热闹永远只占据世界的一小部分，热闹之外的世界无边无际，那里有我的安静的位置。"请问您拥有一个怎样的安静的位置？您在那个位置上快乐吗？

答："安静的位置"是一个比较诗意的表达，实际生活也许没有那么诗意。我觉得这个世界真是太热闹了，比如读书节，读书还需要一个节日来突出，这也是够热闹的。现在我自己的选择特别坚定，我确实觉得安静是一种特别好的状态，特别适合我。现在学术界也非常热闹，开各种研讨会，我一律不参加，绝大部分时间是在家里看书、写东西，我觉得这样过日子特别好。有时候让我出来参加一个活动，我心里挺慌的，因为自己特别喜欢的一种节奏被打断了。

问：有一本书叫《活出自己》，我看见您的话被用作推荐，您是怎么看这本书的一些观点的？

答：这本书我没有看过，而且我不知道我成了推荐人。在我不知情的情况下，用我的名字来给一本书做宣传，这种事情多了，我只好随它去。

追问：这本书主要说的是灵修，现在有很多培训课程也借鉴这种理念，就是跳出来看自己，完善自己。灵修有很多种学派，不知道您对这个是怎么看的？

答：灵修的书，我只看过《当下的力量》的中译本。我觉得有一定的道理，就是通过改变自己的思维方式，让自己和惯常的生活保持距离，回到一种更本真的生命状态。我自己没有试过灵修的方法，不知道效果如何，但是我觉得追求的目标是对的，就是回到更本真的生命状态。灵修可能是一个途径，不过我相信还可以有别的途径，比如来自哲学的感悟和思考。

问：您在2000年初做过一次南极考察，我有《南极无新闻》这本书，里面有一句话我印象深刻："在远离新闻的地方体验千古的荒凉。"非常想知道您在南极的那段时间中怎么样让自己充实，因为那个地方是很荒凉的，是不是只是通过写日记和读书这种手段，还是还有其他的手段？

答：在那样一个地方，光写日记或者光读书就可惜了，就真成了书呆子了，因为可能一辈子只有这样一次机会到那里去。其实，大部分时间，我是自己一个人，或者约一两个同伴，在野外探险，尽量走得远一点，与大海、冰盖、企鹅、海豹为伴，充分领略那种千古荒凉和独特景观。当然我也看了一些书，比如《圣经》，在那里看的感觉真是不一样，远离人群，离神就近了。

问：看得出来，您有一种非常平和的心态，您是如何保持的？您在生活中是否也会发脾气？

答：其实我经常发脾气，而且都是为一些小事情，发完以后特别讨厌自己，人就容易在小事情上发脾气。后来我看古罗马哲学家塞涅卡有一篇文章专门论愤怒，把"愤怒"分析得体无完肤，这是最渺小、最可笑的情绪。我读了以后深受触动，警觉了，一发脾气就觉得自己特可笑。总的来说，在生活中，我的态度还是比较平和的。怎么做到平和呢？就是和生活拉开距离，你别太计较，你经常想一想，其实所有的东西都是暂时的。当然你也别太悲观了。

问：我想请教您如何管理情绪的方法。您在遇到令人不愉快的事情时，有没有什么特别的方法？可否与我们分享呢？

答：不同的人方法可能不一样，但归根到底是两个办法，一个是面对它，一个是逃避它。逃避就是不要老想着这件事情，去换点你喜欢的事情做。面对就是去分析这件事情，我经常用的是这个办法，实际上就是靠写作。我遇到不愉快的事，遇到让我不愉快的人，我就觉得这是一个机会，分析这件事情，我可以去认识人性，认识社会，那么我就会写日记，记下自己对这件事情的感受和思考。

保护好生命的单纯

问：我们生活在这个社会中，如何做一个纯粹的人？我认为人不可能纯粹，动物生活在自然中，可以不穿衣服，但是我们必须穿衣服，必须有您说的那些社会性质的添加物。

答：说得好，我们必须穿衣服，这是我们和动物的不同。但是，应该有一个清醒的意识，你穿了衣服，哪怕是很漂亮、很名贵的衣服，衣服仍然没有你的身体宝贵，你不要把衣服看得太重要，不要把衣服当成就是你自己。我说的纯粹不是要你脱离社会而生活，是要你对财富、地位、名声等这些社会性质的东西有一个正确的态度，做到了这一点，就是做到了纯粹。

问：您说社会给了生命很多的堆积物，我们要追求生命的单纯

和内心的清静，要抖落这些堆积物。但是当我们抖落这些堆积物的时候，是不是对社会的一种不负责任啊？应该如何处理生命和社会的协调关系呢？

答：我说的堆积物是指那些功利性的东西，名声、地位、权力、财富、身份之类，我把它们称为堆积物，用了个贬义词，并不是指我们的社会责任。而且我相信，一个人如果能够保护好生命的单纯，没有很多功利的考虑，就更能尽社会责任，恰恰是现在很多人太功利了，所以才会对社会不负责任。

问：虽然我也感受到了孤独的快乐，但是夜深人静的时候会有更大的痛苦感，觉得这样生活下去，只是追求自己内心的快乐，不去想为社会做贡献，这就是所谓的幸福吗？

答：一个人追求内心的充实就是没有社会责任感了吗？我不这么看，恰恰是我们这个社会的很多人，包括很多知识分子，他们好像社会责任感很强，总要为社会做大事情，要干预社会的进程，但是自己修身没修好，齐家没齐好，就雄心勃勃地要去治国平天下了。一个人如果自己人生的态度没有端正的话，他去介入社会一定是受功利动机支配的，所以不是在对社会尽责任，而是在向社会捞取好处。我不否认一个人应该对社会承担责任，但是我想我们这个社会最缺的是什么？就是每个人对于自己的人生有一个正确的态度，如果这一点做好的话，我们这个社会一定会比现在好得多。不要老想去救这个世界，先把自己救好，每个人都自救，这个社会就有救了。

问：您说要活得单纯一些，追求财富使得我们的生活太复杂了。我想起小时候，比如我有一盒饼干，其他小朋友把我的饼干抢走，这

种感觉不是很好受。而我在做游戏的时候，能够得到其他小朋友的东西就非常开心。这是不是可以类比于我们追求财富，不一定是不单纯？怎么判断财富就不是人本身要追求的东西呢？

答：很有趣的类比。如果你能以一种游戏的心态去追求财富，我觉得挺好，可以说是单纯的。问题是你能不能保持这个心态，游戏有输赢，赢了很高兴，输了会比较沮丧，这时候你能不能跳出来想，这不过是游戏？如果能做到这一点，你的段位就很高了，可以说是一个哲人了。事实上，这意味着你有一个超脱的立场，一个比财富更高的立场，你没有把财富看作人生的目的，而是看作让人生有趣的手段。同时，我想人生不应该只有财富的游戏，还应该有更丰富的游戏，比如阅读、写作、艺术、登山、公益事业等。财富是不是人本身要追求的东西？我的看法是，从人生的总体来说，财富只是手段，目的是满足生命的需要和精神的需要。但是，在追求的过程中，人很容易把财富当作唯一的目的，忘记了本来的目的。所以，你可以去争取财富，但是不要忘记本来的目的是什么。

超脱的胸怀

问：您说人遇到烦恼的时候，要有一个超脱开朗的态度，请问这个超脱开朗的态度应如何去修炼？

答：首先我承认我自己并没有修炼好，人在遇到烦恼的时候要让自己从里面走出来，其实是不容易的。我想主要是两条吧：一个是平时的修炼，让自己经常对人世间的事情看开一点。我自己觉得，在这一点上哲学是帮了我的忙的。哲学是让你有一个开阔的视野，看整个宇宙，看整个人生，你这个参照系特别大的话，你身边的事情就会变得很小，实际上是让你和你所遭遇的事情拉开距离。这样的一种眼光，我是经常用的，这是平时的修炼。另一个是当时的警觉，就是说当你遇到烦恼的时候，你要马上警觉这个东西又来纠缠自己了，那就应该立即转移，先把这个事情放下，让自己脱身，以后再说。养成了这样的习惯，你慢慢会发现，时过境迁，让你烦恼的那些事情本身没有什么大不了的，纠缠在里面是很不值得的。

问：人生中有许多烦恼和苦恼，有来自工作的，有来自生活的，请问您如何运用哲学来解除自己的烦恼？

答：从哲学角度看，烦恼主要有两个根源。一是物质生活和人际关系的复杂。在物质生活上，如果欲望超出自然所规定的需要，就永无满足的一天，烦恼也就永无止境。在人际关系上，如果充满利益的计较和斗争，也就充满烦恼。所以，解除的办法是力求物质生活和人际关系的简单。二是与自己的外在遭遇零距离，把小事看得太大。事实上，人生的许多烦恼是来自在小事上的纠结，真正遇到了大事，反而就冷静了，会理性地对待。所以，解除的办法是站在高处看自己的外在遭遇，和它拉开距离，有超脱的心态，就不会在小事上纠结了。

问：什么叫出世和入世？

答：出世和入世的“世”，是指我们生活在其中的这个功利世界，那么，入世就是很投入，很在乎；出世就是超脱乃至舍弃。入世也有不同的情况，有的是在乎小功利，谋个人的私利；有的是在乎大功利，谋社会的公利。我想，作为一个正常人，终归是要入世的，入世终归是基本的状态。但是，最好在心态上还是有出世的一面，我自己是这样的，在投入的同时对我的外在生活保持一个距离，就是站在比较高的位置上，从人生、宇宙的大背景去看自己经历的事情。如果你能够常常站到一个大背景下去看世俗生活中的沉浮，就会有比较豁达的态度。总之，把入世和出世结合起来，在入世的同时保持出世的心态，我觉得是最好的状态。

问：在生活中你是一个当局者还是一个旁观者？当局者清还是旁观者清？

答：我想我们每个人既是当局者又是旁观者。我自己尽量做到两种角色能够时常调换。当你身为当局者无法忍受时，就要尽可能跳出来做一个旁观者，这样可以在一定程度上化解身为当局者的痛苦。

养心和养生

问：听闻您已经年逾古稀，但是我看您讲座，精气神十足，好像四五十岁一样。学哲学的人不是都用脑过度吗？请问您是怎么保养的？是不是有时候不思考也是一种思考呢？

答：我觉得主要是心态好，心态好是最好的养生。学哲学对我心态好起了很大的作用，小事情看开一些，烦恼就比较少。大烦恼会有，那些想不通的大问题，但是我发现想大问题不会伤身体，最伤身体的是为小事纠结和烦恼。

问：是不是您在平时的生活中挺注意养生的，有一些驻颜的窍门呢？

答：好多人问过我这个问题，觉得我看上去不像这个年龄的人，我就回答说，我的养生之道是抽烟、喝酒和熬夜。确实是如此，当然我也会隔段时间去游泳，每天步行，但是我觉得主要是我的心态好，我在做自己喜欢做的事情，这样过日子还是挺愉快的。写作和阅读，只要你真喜欢，就既能养心，又能养生。

问：如果说所有健康问题都有同一个根源，您认为是什么？为什么？

答：如果一定要给所有健康问题寻找一个共同的根源，我认为是心的问题。身心是一个整体，在多数情况下，心处于主导地位，如果心出了问题，就会导致身体也出问题。打一个比方，身体是一间屋子，灵魂是这间屋子的主人。如果主人是欢快活泼的，屋子就充满生气。如果主人是悲苦沉闷的，屋子就死气沉沉。事实上，许多疾病源于免疫力下降，而免疫力的下降，在许多情况下是由精神的压抑、忧虑、创伤造成的。在我们不知不觉之中，心指挥着对身体里不良基因和身体外病菌病毒的战斗，如果指挥官不作为，战斗必败。

问：关于中医争论的问题本质到底是什么？您的立场又是什么？

答：我认为所争论问题的本质是：医学的理论基础是哲学还是自然科学？事实上，古代医学是哲学，古希腊的希波克拉底、盖伦，阿拉伯的阿维森纳，同时都是哲学家，并且主张医生必须学习哲学。中医也是如此，是《易经》在医学上的运用，其特点是整体论，强调人与自然是整体，人体是整体，身与心是整体，疾病源于三者的失调，治疗则力求恢复其协调。现代医学是科学，力求通过各种技术精确地确定疾病的病理，制定治疗方案，好处是能够比较有效地治疗许多单一的疾病，弊端是丧失整体观。所以，应该把中西医的长处结合起来。

心理问题

问：我是一个很敏感的人，我应该怎样解除它对我的困扰？我在和人讲话时，常常听不清楚他们在说什么。

答： 敏感不一定是缺点。其实我从小也很敏感，容易受到伤害，怕见人。有一点我和你也特别像，直到现在，我常常听不清楚别人对我说的话，可能是沉浸在自己的世界里吧。我想一个人的性格是天生的，性格没有好坏，关键是要把自己的性格用好，在性格的使用上是有好坏的。我说过一句话，要把自己的弱点变成根据地。比如说我敏感，不善于交际，那好吧，我就一个人待着，多看点书，多想点问题，这样你的弱点本身的另一面就成了你的优点。

问：我时常不记得有没有锁门，不确定有没有闯红灯，总是要回头再确定一下。老公说我这是强迫症，我们起了争执，我觉得这只是思想懈怠，意识模糊。这种现象到底能不能称为强迫症，还是归属到习惯和记忆的范畴？

答： 我在家里的处境和你差不多，在我老婆和孩子眼中，我也是有强迫症的。我也是一个非常细致的人，生活的细节我会很注意，其实也不是特意注意，就是一个东西我一定要放在它固定的位置，这样容易找，这一类的习惯其实是我从小就养成的。所以呢，一旦家人不是这样，他们比较粗放，就会说我有强迫症。据说天才是不拘小节的，后来我就发现我老婆和孩子都是天才，唯独我不是。我想你在你家里也是这样，没关系，管它是不是强迫症。

问：您说到一个人内心有什么，看到的世界就会是什么。事实上诗人、作家、天才自杀的比较多，是因为内心阴暗面太多，所以对世界就看到太多的阴暗面，还是有其他的原因？

答：这是两回事吧。我的意思是说，一个人内心世界的丰富程度决定了他的精神视野的宽窄和深浅。天赋高的诗人和作家自杀比较多，原因可能是他们太敏感，太敏感就会很脆弱。但是具体的自杀原因很不一样，大多和亲身的遭遇有关，共同的是对人生绝望了，看不到继续活下去的意义。一般来说，完全沉浸在自己内心世界的诗人容易有自杀倾向，他们一根筋，梦一破碎就绝望了。像歌德这样的客观的诗人就活得很好，善于把握好情感和理智、理想和现实之间的平衡。

问：无数都市心灵走着走着就抑郁了，我们究竟需要怎样的成长蜕变哲学？心理学的根本哲学内涵与使命是什么？

答：你提的问题很有意义，其实已经包含了这样一种看法：都市人的心理问题不能只在心理学层面上解决，心理学必须有哲学的内涵。这就是对人生根本问题的思考，站在这个高度上看自己在人世间的遭遇，和它拉开距离，有超脱的心态，这样就不会为小事纠结。事实上，大量心理问题正是因为纠结小事造成的，而经常想大问题的人心理往往比较健康。

问：经常处于很焦躁的状态，怎么办？比如看书就会着急怎么还没有看完，连思考都觉得不能深入，觉得还有好多事情，这是个例吗？

答：我觉得有两种可能。如果你长期以来一直是这样，就可能是性格问题，你的性格偏于急躁，比较缺乏耐心，尤其不耐烦做需要长时间集中注意力的事情。如果你以前不是这样，一段时间以来才这样，就可能是患了轻微的慢性焦虑症，其特征是没有明确对象的紧张不安情绪，有时会伴随头晕心慌之类症状。不管是哪种情形，你都可以有意识地进行自我矫正，比如看书，你就规定自己一个小时只读二十页，反复读，做笔记。总之，有意识地训练自己进入慢、静、专心的状态。试一段时间，我相信会有效果。

问：请问是否年龄越大越怀旧？怀旧是否是人们厌恶不熟悉的事物才自我封闭？

答：年龄越大越怀旧，这是正常的心理现象，究其原因有二。一是在一生的时间里，过去所占的比例越来越大，未来所占的比例越来越小，因此就像一架天平一样，关注的重心自然地移到了过去。就此而言，你说的自我封闭是值得警惕的，要勉励自己的心胸仍然向未来敞开，去接受和体验不熟悉的新事物。二是记忆中的往事经过了时间的发酵，好像陈酿一样散发出了当时没有的香味。就此而言，恰恰是人生中的宝贵经验，值得欢迎和珍惜。

问：好的亲密关系是童年缺失的二次疗愈。请问疗愈是否必须在关系中进行？必须有他人配合吗？纯靠自我疗愈可否？

答：童年缺失应指父母离异或家庭关系不和睦造成的创伤，亲子关系的紧张或疏远，以及其他的苦难记忆。其中主要成分是爱的缺失，就此而言，好的亲密关系是重要的疗愈，它能够使你切身体验爱的温暖和幸福，如果没有，毕竟是一个遗憾。但是，这不是唯一的疗愈方式。在我看来，自我疗愈是更富有精神成果的方式，其要点是作为一个认知者与童年经历拉开距离，把它当作认识世界和体悟人生的素材。当你这样做的时候，你不再是背负童年缺失的受苦者，而是超越了它的智者。

问：我三天没休息，因为大脑无法停止思考。我思考的问题是：什么是思考？如何让思考停止？我想要答案！谁能救我？

答：听你说这个情况，我很为你担心。什么是思考？“心之官则思”，思考是大脑的功能，这是孟子给你的回答。你的大脑正在自动地执行这个功能，现在的问题是停不下来。如何让它停下来？既然不能硬刹车，就让它继续好了，但我建议你换一个问题思考，比如思考一下什么是爱情之类。这就好比刹不了车，就用多拐几个弯的办法把车速降下来。还有一个办法，就是多做体育运动，让身体疲劳，让大脑这个发动机停转。如果你的情况总是没有改善，我建议你去看心理医生。不要忌讳心理治疗，这在现在这个时代很平常。

第八题 自我与孤独

在世俗中活出自我

问：生活在世俗中，但还是想找到自我，活出自己的风格。现实中往往处处有违心之处，总有一种身体和心灵分离的感觉。在今后的生活中，如何既能守住初心，又能融入生活呢？

答：自我不可能远离世俗孤立地存在，人的使命是在世俗中活出自我。同样的世俗，不一样的态度和风格，体现不一样的内心和自我。违心做事有两种情况：一是做违背自己兴趣的事，这在职场上难以避免，就把它看作一种历练吧。二是做违背自己良心的事，这在任何场合都要尽量避免，就把它看作一种考验吧。

问：我觉得自己现在呈现的状态不是真正的自己，感觉像是自己看着自己演戏一样，如何释放真正的自己呢？

答：你已经有一个很好的开端，你真正的自己觉醒了，才会觉察到现在呈现的状态不是真正的自己。你说你感觉像是自己在看自己演戏，这前一个“自己”就是你的真我，后一个“自己”是你在社会上扮演的角色。许多人不会有这个感觉，因为他们把角色当成了真我。那么，如何释放真正的自己呢？我只能简单地说，就是在人生态度上要自己做主，不追随社会潮流，在事业选择上要自己做主，不和别人攀比。这两个大的方面自己做主了，就可以说是作为真正的自己在活了。小的方面不妨妥协，只要你内心是清醒的，就无大碍。

问：我感觉我和大部分人一样，没有自我，没有个性，很容易受到别人影响，别人的评价非常影响我做事情。我很困扰，怎么样才能更好地做自己？

答：我觉得你说的这些话证明你是有自我的。你要是真的没有自我，根本就发现不了这一点。完全和他人混同在一起，而且以此为乐，那样的人才是没有自我的。你是有警觉的，这已经是一个起点了，证明你的自我对于从众的状态不满意，很想改变这种状态。真正说来，怎么样成为自己，标准和方法是什么，做到什么程度就成为真正的自己了，这都很难说。我认为有这个方向就行，认识到自我的宝贵，不断地去充实自己。你真要说具体的方法，无非是我经常说的那些，通过写日记就会有越来越清醒的自我，通过读书就会有越来越丰富的自我，这不是很具体了吗？

问：今年上半年，我心情很不好，在图书馆里遇到了您的书《守望的距离》，顿时觉得通过这本书我遇到了自己，真正内在的一个自我。今年我二十七岁，我想在七十二岁的时候可能别人会来听我的讲座。我现在是一所名校的研究生，在别人眼里我非常优秀，但是我有一个困惑，我不知道自己是谁，应该怎么活。我现在站在人生十字路

口，下个月就要毕业了，我将走入职场，但是我不知道自己要干什么。我不希望自己在混沌的时候，在没有遇到那个真正的我的时候，在不知道自己想要什么的时候，就和别人一样地去工作、生活、结婚、生孩子，去老死，我不想这样，我想在清晰的情况下去做自己想要做的事情。请周老师给我指点。

答：谢谢你这么充满感情的陈述。你开始时说，你通过我的书遇到了你真正的自我，最后又说你害怕在没有遇到真正的自我的时候走上职场，从此过上芸芸众生的生活，前后好像是矛盾的，不过我明白你的意思。你已经有了做真正的自己的意识，方向已经明确，但是还不清楚通往这个方向的具体的路是什么，所以害怕会走上一条平庸的路，和大家一样的路，结果不能成为真正的自己。这个危险是存在的，但是你不要害怕，只要始终保持做真正的自己的意识，我相信你迟早能够找到具体的路的。我在二十七岁的时候也不知道自己到底要干什么，应该走哪条路。如果说你一定要想明白了以后再去做事情，那就恐怕到了七十二岁那天还没有找到你的路，未来的年轻人就听不到你的讲座了。具体的路是逐渐清晰起来的，你心里面只要有这根弦——我到底是谁，我要做什么——你心里面是在乎这个的，那么具体的路一定会越来越清晰的。正是通过你去做事情，去结婚生子，去过具体的日子，在这个过程中，你会有你的感受和思考，你的肯定的和否定的判断，你就会越来越明确自己是一个什么样的人，你的最合宜的位置在哪里。总之，不能等到清晰了以后再去做，你不去做就永远清晰不了，这是在做的过程中逐渐清晰起来的。

问：现在的社会越来越多元化，您觉得一个人是选择与众不同的生活方式好呢——当然这肯定要付出一些代价，还是应该去从众？

答：我觉得目标不在于是要独特还是要和大家一样，不应该这样来区分。把独特作为目标，未必是一个真实的自己，很可能是在表演。我认为还是应该问自己到底是一个什么样的人，到底想要什么。一个人一方面应该凭真性情来做人，另一方面应该凭真兴趣来做事，这是最重要的。你的生活方式是合乎你的真性情的，你在做自己有真兴趣的事情，这就行了。至于这个生活方式在别人那里是否也能看到，这个事情是否别人也在做，都没有关系，那不是标准，唯一的标准是你的真性情和你的真兴趣。

问：某座古希腊神庙上有一句话叫“认识你自己”，作为一个哲学家，您怎么理解这句话?

答：按照我的理解，“认识你自己”这个问题有两个层次：一个是作为人来说，我们从哪里来，会到哪里去，我们是谁，关于灵魂的来源、去向和本质，怎么活才有意义。另一个是作为个体，作为一个独一无二的自我，我的天赋在哪里，我是一个什么样的人，我到这个世界上来到底要做什么。一个是认识人生，一个是认识自我，这么两个层次。

孤独中的痛和快乐

问：常说人的本质是孤独的，那么人在孤独中如何感受幸福?

答：人的本质既是孤独的又是合群的。孤独这个概念，可以有三种理解。一种是形而上层面的孤独，就是说人在这个世界上的生存是没有根据的，不知道自己从哪里来，到哪里去，自己是谁。在无限的时空里，人的存在很渺小，因此感到孤独。我觉得这种孤独只能去面对，不要逃避，这正是一个人哲学意识觉醒的时候，可以让自己变得深刻。另一种是精神层面的孤独，就是你比较优秀，走得比较高，不被人理解。我觉得作为一个优秀者，这种孤独理应承受，其中有一种自我肯定和自信。这两种孤独，无论深刻还是优秀，都会让你痛并快乐。还有一种是普通的孤独，就是缺乏人间的温暖，这种孤独无幸福可言，是人的合群天性没有得到满足，只能靠实际的爱情、亲情、友情来解除。

问：您如何理解灵魂深处的孤独?

答：一个人的灵魂只要足够深刻，就会发现那藏在灵魂深处的东西就是孤独。你会发现，人世间的一切都是有限的，你面对的是无限的虚空。这是一种大孤独感。当一个人经历重大苦难的时候，这种大孤独感就会凸现出来。一个最简单的例子是死亡，每一个人只能自己去面对和承受死亡，在这个时候，父母、儿女都帮不了你。就此而言，人在本质上是孤独的。

问：我向来认为潜意识中孤独的素养是高贵的，而刻意求孤独却是无比贫贱，但我想问它依旧是潜意识的产物吗?

答：孤独感可以是潜意识中的，也可以是自己意识到的，但这与高贵与否无关，真正要问的是它是否真实。有的人是会扮演孤独的，在别人面前扮演，显示曲高和寡，是做作；在自己面前扮演，享受顾影自怜，也是做作。真实的孤独感绝不会贴上高贵的标签，所感到的是忧伤乃至绝望。

问：喜欢独处的人与浮躁的虚华世界格格不入，年轻人这样有希望吗？该如何选择适合自己的配偶？

答：其实我也是一个性格内向、喜欢独处的人。我一直认为，性格没有好坏，好坏在于使用，要用好自己的性格。比如说，性格内向，不爱交往，就可以有更多的时间读书和思考，让自己朝内在丰富和深刻的方向发展。说到底，年轻人今后有没有希望，不是取决于性格，而是取决于实力。至于如何选择适合你的配偶，我觉得最好是活泼而有内涵，活泼可以和你互补，有内涵则能够理解和欣赏你。当然，能不能找到这样的人，就要碰运气了。

问：每个人在不同的时期应该都会存在一些迷茫，感受到孤独，面对这些迷茫与孤独，您是怎样看待和解决的？

答：是的，迷茫和孤独是人生不同时期必然会有的情绪感受，分两种情形。一种是形而下的，由具体的情境造成，比如因为事业方向的不确定而感到迷茫，因为缺少人间的爱和友情而感到孤独。通过理性的思考和境遇的改变，这种迷茫和孤独应该能逐渐解除。另一种是形而上的，发生时往往似乎没有来由，实质上是因为突然发现了人生的无意义和人生总体目标的阙如而感到迷茫，因为突然感觉到自己在茫茫宇宙中的生存没有根据而感到孤独。我认为，这种时刻是思考人生的重要契机，要抓住这个契机，它会带你进入哲学和宗教，使你变得深刻。

问：您说“孤独源于爱”，我不同意，我觉得孤独源于无聊。

答：无聊和孤独是两码事。孤独是内心有很强烈的精神能量，没有地方去施展，积压在心里，没有接受者。不管是通过爱情还是写作来接受，反正这种能量是需要有人接受的，需要把它释放出去。如果没有人去接受它，这个时候你感到的就是孤独。无聊是你内在的精神能量比较微弱，你不知道自己要干什么，干什么你都没有兴趣，这个时候你就无聊了。爱也是一种精神能量，如果这种能量充足但无人接受，你就会感到孤独，所以我说“孤独源于爱”。

问：我今天早起到这里听讲座，和我同住一屋的人都在睡觉，因为他们从昨天晚上玩到今天凌晨两点才回来，我感觉到前所未有的孤独。当我坐在这里的时候，虽然周围都是陌生人，一个都不认识，但是我感觉到我并不孤独，反而很幸福。我想问您，幸福和孤独之间到底是什么样的关系呢?

答：这充分说明孤独是一种属于灵魂的感受，和灵魂迥异的熟人在一起也会感到孤独，和灵魂相通的陌生人在一起也会感到不孤独，反而感到幸福。这是一种情况，是在和他人相处的时候的灵魂的感受。还有一种情况，就是一个人独处的时候灵魂的感受。在我的词汇里，“孤独”是一个褒义词，是一个美丽的词。一个人在人群中可能感到孤独，在独处的时候却可能感到充实。如果你有丰富的内心生活，你在独处时会感到充实，会觉得孤独是一种享受。一个人能够享受孤独，我认为这是很高的层次，很多人所谓感到孤独其实不是孤独，而是孤单，甚至是无聊，一个人待着就觉得无聊，所以要赶快逃跑，赶紧去找别人。

关于自信

问：您自信吗？

答：我不是一个自信的人，甚至可以说是一个自卑的人。在一些公共场合，比如说参加什么讨论会的时候，我肯定是那个坐在角落里的人，生怕让我发言。因为我觉得自己说不出什么有价值的话，非常怯场，而别人往往很自信，说得头头是道。不过，后来这种场合经历多了，发现好多人激情满怀说的多半是一些老生常谈，也就觉得自己没必要那么自卑了。

问：我经常会在一些场合不会说话，周老师请您描述一次你曾经不会说话的经历吧。

答：好问题。和你一样，我经常在一些场合不会说话，感谢你提醒我做一点反思。我不想只描述某一次的经历，而想列举一下有些什么场合，这也许更有意义。一、研讨会上与会者纷纷对简单的问题发表深奥的意见，或者对复杂的问题下简单的论断；二、大家都在向某人献上夸张的赞美，尤其当那个被赞美者是我的时候；三、遇见陌生人对我说礼貌周全的客套话；四、遇见热心读者充满激情地向我请教大而无当的人生问题；五、不幸和某位名人意识强烈的名人单独相处；六、有幸和某位心仪已久的美女单独相处。

第九题 独处与交往

独处的时候做什么

问：青年学生应该参加到热闹的活动中，还是活在一个人的自在中？

答：我的体会是两者都需要。当然，因为性格和志向的差异，两者的比例可能是因人而异的。我不排斥与人交往和参加活动，关键是交往有没有质量，活动有没有意义。如果只是图热闹，怕孤独，我觉得你就应该反省了。卢梭说，独处是最美好的享受，最受不了的是跟人聊天。我和他有同感。我一直认为，独处也是一种能力，而且是比交往更重要的能力。不能独处的人，内心一定是空虚的，这样的人聚在一起，是空虚的相加，得出的仍然是空虚，会有什么意思？你应该是自己有了丰富的积累，然后去见同样也有积累的人，互相馈赠，彼此受益，这才是高质量的交往。

问：我也想学习独处的能力，现在很多年轻人独处的时候都是玩游戏之类，真正独处的时候应该如何去跟自己交流，有哪些方式？

答：玩游戏算什么独处？并不是你一个人待着就是独处，你在网上玩单机游戏，你实际上是在不停地和游戏的发明者交往，而且你是被动的，你和他斗智斗勇，不管输赢你都是输家，都在他的掌控之中。真正的独处是个人的精神生活，必定是有精神内涵的。你问应该怎么跟自己交流，我的办法就是写日记，我想不出更好的办法。阅读也是一个办法，有针对性地阅读，你最近有什么苦恼，在想什么问题，就找一本内容相关的书读，读的过程实际上也是在跟自己交流。一个人需要品尝一下这种自己安静读书、思考、写作的快乐。一开始会带有一点强迫性，这需要一个过程，慢慢养成习惯了，你就会觉得这种独处的状态非常舒服，是你的生活中不可缺少的。

问：您常常在书中提到思考、独处，可是现在很多人在提倡放空思想的冥想。我想知道您对冥想、发呆、放松等等的看法。

答：我没有练过冥想，想象它是一种让心从日常事务、利益、观念、情绪中摆脱出来从而获得宁静的方式，应该有一定效果。但是，如果没有对人生道理的透彻思考，其效果就不可能长久和牢固，回到日常生活中，心又会被扰乱。觉悟是修心的根本，所以，佛教在禅定之外更强调正见和智慧。

讲究交往的质量

问：我是个性格内向的人，但我希望自己能交到很多朋友，可是

自己往往不够主动，我该怎么办？

答：我和你一样，也是一个性格内向的人，但是我有很多朋友。我有一个经验可以介绍给你。在交朋友的问题上，我也不主动，怎么会有这么多朋友呢？后来我发现，在我的朋友中，有一位朋友性格豪爽开朗，他有许多朋友，因为和他来往，他的朋友中一些人也就成了我的朋友。所以，你不妨争取交到一个这样的朋友，就会发生滚雪球一样的效果，这是一个捷径。我还有一个特点，因为性格内向，喜欢一个朋友，羞于口头表达，我会给他写信。这是指以前，现在互联网发达，文字表达的途径就很多了，比如微信之类，你可以多用。

问：同事经常喜欢聊八卦，我自己对那些不感兴趣，但是经常不参与会显得自己不合群，要随波逐流吗？

答：其实这也是我从年轻时就开始遇到的问题，我的态度很明确，就是不参与。这的确使我得到了一个不合群的评价，何止是不合群，当时对我的批评是骄傲自满，脱离群众，但是我不在乎。一个人按照自己真实的样子活着，而不是根据他人的目光戴着一个面具，这是起码的要求，为此付出一点代价是值得的。你不感兴趣却参与，勉强坐在那里，其实别人会感觉到你的勉强，你仍然显得不合群，而且会让他们更感到不舒服。当然，你不参与就可以了，不要去评论他们的这种喜好，在总体态度上不妨随和一些。

问：人是具有社会属性的，我觉得独处的同时具备一些开放性可能会更好。人性中有光明也有黑暗，自己很难把握，在与人交往的过程中，可能会根据别人的观点做一点调整。为什么要避开社会交往呢？

答：我没有说要避开社会交往啊，独处和交往两者都需要。我理解你的意思，人通过交往才能更好地认识自己和调整自己，我同意这个看法。我强调的是要有高质量的交往。我自己就有体会，高质量的有思想含量的交往对我的思考是一个刺激和推动，这是不能缺少的。但是，不管交往多么必要，独处仍然是一个基础，在这个基础上才会有高质量的交往。

问：您说灵魂只能独行，既然如此，是否还存在灵魂之友？

答：我认为二者并不矛盾。只有在两个独立而优秀的灵魂之间，才可能存在灵魂层面的友谊，这是相互之间一种由衷的欣赏和敬重。然而，无论多么欣赏和敬重，他们都清楚，个人只能独立地走自己的精神探索之路，这条路在很大程度上是由个人的天性决定的，不可能一样。在这方面，歌德和席勒的友谊是一个典范。

问：在您的《爱与孤独》中，我读到一句话："心与心之间的距离是最近的，也是最远的。"我一直不明白这句话，能不能请您给我解释一下？

答：这句话只是表达了我的一个感觉，就是和有的人可以有非常好的沟通，你会觉得你们之间有一种灵魂的亲缘关系；和有的人却完全无法沟通，你会觉得你们之间的距离比人和动物的距离更遥远。

问：我看过您的一篇文章，其中说"对言辞理解的深度取决于对沉默理解的深度"，这句话您是通过什么感悟总结出来的？

答：这是我的一个总体观点，很难说是通过哪一次感悟总结出来的。一个人对世界和人生如果有很深刻的感悟和思考，他就一定会感觉到语言的局限性，很难用言词来表达最深刻的东西，最多只能尽可能地接近。在这个意义上，那些最深刻的东西就处在沉默之中了。但是，如果你自己对这些最深刻的东西也有所感悟和思考，你就会读懂作者勉强用言词所表达的东西。我说的是这个意思。人和人之间的沟通，事实上也是以此为前提的。两个人之间必须有共通的感悟和思考，语言才能起到传达的作用，不用说多少话，彼此就能明白，这就是所谓的默契、意会、心照不宣。否则，说多少话也没用。

问：高抽象词是最大的沟通障碍，停止使用抽象词，人与人才会实现和平共处、交流合作，从而消除孤单。是这样吗？

答：你的想法太有意思了。我也认为，人与人之间的隔阂和争斗，主要源于两个东西：一是利益的争夺，二是观念的争论。而观念的争论，则往往是抽象词和抽象词打架。政治上两军对垒，各方必会把某个抽象词当作战旗。还有一种情况，就是对于同一个抽象词有完全不同的理解，因此产生误解和争斗。但是，停止使用抽象词是可能的吗？大部分语词都是抽象的，只是抽象的程度不同罢了。可以做到的是，大家在交往中尽量回到事物本身，谈自己真正感觉和体悟到的东西，警惕概念的误导。我这样理解你的提议的实质，你觉得对吗？

如何处理人际关系

问：您是怎样处理工作中的人际关系？讲一个您认为好用的方法。

答：我给自己处理人际关系确立了一个原则，就是尊重他人，亲疏随缘。我相信人与人之间是存在缘分问题的，实际上就是心灵契合的程度，在接触或者相处的时候自然会显现出来，你自己也感觉得到。那么，是亲是疏，你就跟着感觉走，顺其自然，丝毫不必勉强，这样彼此最真实也最舒服。工作中的人际关系稍微麻烦一些，因为躲不开，常常还会影响自己的切身利益。不过，只要对利益超脱一点，这个原则仍然适用。

问：我对一个人或事情，在情感上无法认同、接受甚至反感，但在理性上面又应当包容，这种内心冲突该怎么办？

答：你提这个问题，说明你的情感和理性之间已经有比较健全的关系，不是一味放纵情感，你的理性在对情感做分析并且加以引导。如果说这是一种内心冲突，有这种冲突总比没有好。同时要看到，包容不是消极的容忍，其中包含理解。情感上不能认同的人或事有两种情况。一是反映了人性的普遍弱点，比如自私、嫉妒、平庸之类，包容就是基于对人性普遍弱点的认识的宽容。二是特殊的恶，比如违背公平正义、损人，作为个人你无法改变，包容就是不得已的妥协。这比较痛苦，只好尽量持一种超脱的心情，通过这些现象加深对社会的认识。

问：我相信您有一颗细致敏感的心，我想请教您，交友应该注意些什么？我有一个朋友，开始时觉得我们特别合得来，后来发现不是这么回事，就分手了，我为此很伤心。

答：其实这很正常，说明开始的时候你们互相并不了解嘛。西方有一句谚语说：我们因为不了解而走到一起，因为了解而分手。当然，如果总是出现这种情况，你就应该反省一下了，开始时是不是太轻率，后来是不是太苛求。年轻人交友容易这样，开始时把友谊想得很完美，然后就用这个完美的标准去要求友谊，结果一定出问题。在友谊中，不能没有宽容，要尊重双方的差异。

问：在您的书中提到“分寸感是一个人成熟的标志”。我们现代人在和朋友之间、同事之间，甚至和最亲近的人之间交流时，这都是一个非常重要的问题。但其实我们很多人在现实当中都是不够成熟的，把握不好人与人之间的分寸感和边界感。那么恰到好处的分寸感和边界感，您觉得是什么呢？

答：要具体划界其实是很难的，我觉得重要的是要有一个观念，就是人的尊严的观念。人和人之间的关系，有一层是灵魂之间的关系，你是一个灵魂，别人也是一个灵魂，所以你要自尊，并且要尊重他人。尤其是在亲密关系中，比如夫妻之间，亲子之间，情人之间，好朋友之间，要把对方看成一个独立的人格，这个角度非常重要。有了这个角度，你才会在具体的场合注意把握好分寸。

问：当我们进入职场，步入社会，有可能不可避免要奉承别人，对这样的行为您是怎么看待的？

答：人没有办法脱离社会生活，尤其是在职场上，人际关系不得不去维护。但是，我觉得你内心应该有清醒的认识，把握好尺度。正当的利益当然要争取，如果为了争取正当的利益就必须做违心的事情，这就面临了一个选择。从长远来看，我宁可选择利益受到损失，也不去做违心的事情，这样内心会比较安稳。当然说起来容易，实际的情况比较复杂，但心里有了一个基本的认识，会好得多。

问：我在上学的时候坚持认为人应该保持纯洁和宁静，但是工作

以后，我觉得人际关系是无法控制的，如果你想保持这样一种纯洁和宁静，就可能和为人处世的环境非常矛盾。我希望您给我指点一下，作为职场的年轻人，我们应该怎么样既保持纯洁和宁静，又不影响与人沟通呢？

答：你提的这个问题，我做得并不好，比如和人沟通比较少，所以很难教你什么。设身处地地想，我知道一个青年人刚走入职场，人际关系对他是重要的，会影响到职场的前途，所以不能不注意。如果和自己内心的准则发生了冲突，可能要去做一些违心的事情，这个时候怎么办？我想只有自己掂量，人生是需要妥协的，当你不得不做妥协的时候，你心里要明白这是被迫的妥协，仍然要保护好内心的那一块纯洁。有的人没有这个警觉，妥协的时候内心的东西也在改变，这就可悲了。另外一点，就是妥协的限度要掌握好，超出了一定的限度，你觉得如果那样做的话，不但是一种妥协，而且是一个污点，你精神上会很痛苦，这个时候就宁可在实际利益上遭受损失。给自己划一个界线，不要过线。我给你这两点建议。

问：请问如何理解"缘分"二字？怎样做到随缘惜缘，无缘时亦能保持一份释然宁静的心？

答：从哲学上分析，缘分是偶然性和因果性的统一。它具有偶然性，一切相遇，包括友谊、爱情、婚姻，都是凭借许多因素偶然地聚合到了一起。它又是因果性，冥冥之中，每次相遇都有着我们无法探知其究竟的前因后果，而因果有深浅的不同，因此缘分也有深浅的不同。从这两方面看，人都是无法支配缘分的，所以只能随缘。怎么样随缘呢？其实你已经说得很好。第一，遇到有缘分的人不容易，要珍惜；第二，人和人之间有没有缘分和缘分的深浅是基本确定了的，自己要心中有数，不强求任何人。你不能支配缘分，但是你可以支配自己的感情和心情，对吗？

问：一个人从自己的感受出发向别人表达自己，但是表达后如果没有遇到理解和共鸣，就会一直处在孤独的状态中，像两条无法产生交集的平行线，出现这样的现象应该怎么处理？

答：我觉得只有一个办法，就是别理他，沟通不是一个靠努力可以解决的问题。两个人的灵魂之间，用你的话来说，它是有交集的，就是有共同点的，这是沟通的一个前提，如果连这个都没有的话，那你要去沟通就是白费劲。所以，沟通和寻求理解，也要找对人才行。

问：您怎么看待吃亏是福？我觉得年轻的时候可以多做事少分利益，年纪大了，有能力了，自然就应该享受同等福利。

答：怎么看待吃亏是福，要看吃的是什么亏。有两种情况：一种是所吃之亏在可容忍的范围之内，你说的多做事少分利益就属于这种情况。之所以容忍这种小不公平，倒不是因为有老年的公平等着你，那实在是很难说的事。而是因为，多做事可以提高你的能力，不计较可以拓宽你的胸怀，都是收获，福就在眼前。相反，太计较既烦恼又无价值。另一种是所吃之亏超出了底线，是明显而巨大的不公平，在这种情况下就应该力争。如果力争不成呢？也只好容忍，但心胸仍要放宽。无论亏大亏小，都有好的心态，这才是真正的福。

问：别人投机取巧，损害了我的利益，在我无力改变的情况下，我是坚守正义、善良、自己吃亏，还是先保全自己再说？

答：你说的情况，我也遇到过，因此有所思考。对于损害了我的利益的不义之人，我的做法是在表明自己的态度之后，绝不和他纠缠。因为如果你与他斗争，无非有两个目的：一是让他不义的行为受到制裁，或者迫使他改变不义的品性，而以你个人之力都是不可能做到的。二是夺回被他损害的利益，而这会使你落到和他相同的水平上，不但投入大量的精力，而且极其破坏自己的心情。所以，超脱是最好的选择。我会把这样的人当作标本，通过他来分析人性，认识社会，这不但是保护自己，而且是提高自己，坏事就变成了好事。不和小人斗，并不是没有坚持正义，你内心的正义准则更加清晰了，会在你的整体社会态度和行为中体现出来。

问：在这个社会中，经常会遇到一些令人讨厌的人，比如有的人以骂人为乐，你不理他吧，他十分嘚瑟；理他吧，又觉得特别浪费时间。遇到这种人怎么办？

答：我和你有同感，遇到这种令人讨厌的人，会左右为难。不过，随着阅历增长，我总结出了一个原则，就是远离小人。孔子说，小人是最难对付的，和他近了，他就得意忘形；和他远了，他就怨恨。我的选择是，就让他怨恨吧，我的人生如此宝贵，我怎么可以让小人来占用我的时间，怎么可以把小人的怨恨当作我作决定的根据呢？在你说的这种情况下，我肯定会选择不理他，就让他十分嘚瑟好了，于我何损？可是，如果选择理他，让我觉得自己特别浪费时间和精力，我就实实在在地受到了损害。世界上小人多得是，你要学会屏蔽他们，蔑视他们，居高临下看他们，不让他们的行为影响你的心情。你要树立一个信念：你比他们优秀，和他们不在一个层次上，不可让他们来干扰你的人生追求。这绝不是阿Q式的自欺，只要你坚持这样做，真的会越来越优秀，有一天你会发现，你和这类小人已经隔了无限远的距离，他们的挑衅再也不能牵动你的情感了。我给你说的不是理论，而是我的真实体会。

问：我看您一直温和，是一个情绪不轻易受旁人左右的人。生活中有太多不公平，也有很多讨厌的人，我们该如何像您一样，做一个情绪稳定的人呢?

答：在生活中，我也跟大家一样，常有情感的波动。我会遇到我特别讨厌的人，那时候真是很愤怒，世界上怎么有这样的人，干这样的事，觉得无法忍受。可是，世界上有不义的人，这是一个客观事实，你改变不了这个事实，你也很难靠你个人的力量改变这种人，而你又不屑和他在同一个层面上较量。怎么办呢？我就翻开日记，把这种人的嘴脸描绘一通，做一番分析，这样心里就好过多了。当我这样做的时候，我就从使我纠结的具体事情中跳出来了，我的心就平静了，我比他站得高许多，是在他的上面观察他、分析他。我把自己当作一个认识者，把他当作认识的对象，当作一个标本，来解剖人性，认识社会，这样就把一次不愉快的经历变成了我的财富。

问：我习惯有个人空间，从上初中就住校，大学毕业后近十年才结婚，家人感觉我对他们有距离感。自己总认为人与人之间有气泡，很难有特别的亲密感。如今我快五十了，很困惑，怎样让自己进入亲密关系中呢?

答：从你自己的介绍来看，我觉得你是一个有独处习惯的人，你从初中就住校，而且比较晚婚，自己单身独处的时间比较长。你难以进入与家人的亲密关系中，这和你的经历以及由经历养成的习惯有关，但可能也和你的性格有关。我觉得你现在应该有意识地去建立和强化与家人之间的交流，要有意识地去做。事情往往是这样的，你如果是没有特别靠自己的意志力主动地去做，可能就做不成。现在你有了这个意识，可以向家人提出来，表达你的愿望，我相信他们会理解的。万事开头难，你要开这个头。

第四编

生命之问

山东大学｜学生问：当您一百岁的时候，您认为那时候您会追求什么样的幸福？

答：一百岁已经是幸福了，还追求什么呀？

浙江图书馆｜学生问：我有一个问题，什么是人生？

答：什么是人生？这个问题怎么回答呀？人生是一个最基本的词汇，往往到了基本词汇就没有办法解释了，我们往往用基本词汇来解释别的词汇。如果一定要回答，我只好说人生就是人的一生呗。其实真正要追问的是围绕人生的一些问题，比如人生的意义、人生的价值、人生的境界等。

第十题 幸福

什么是幸福

问：您怎么诠释“幸福”？

答：幸福是一个大题目，我只能简单地说一下。我认为幸福就是让人身上最宝贵的东西有一个好的状态。最宝贵的东西，一是生命，二是精神，幸福就在于生命的单纯和精神的优秀。生命的单纯让你享受到人生那些平凡的幸福，比如健康和平安，以及爱情、亲情和友情。精神的优秀让你享受到人生那些高层次的幸福，比如阅读、创造和事业。

问：你幸福并快乐吗?

答：我想把幸福和快乐这两个概念做一个区分。快乐一般是指某个欲望得到满足或者某个愿望得到实现时的情绪状态，与此相对应，痛苦就是指欲望或者愿望遭受挫折时的情绪状态。情绪状态是不断变化的，因此人有快乐的时候，也有痛苦的时候，还有既非快乐也非痛苦、处于中间状态的时候，我同样如此。和快乐相比，幸福是一个大词汇，人们常常用它来表达对自己生活状态的总体评价，就是在总体上对自己的人生是否满意。如果这样理解，我觉得自己是幸福的，因为对于人生的两个重要方面——事业和家庭，我是比较满意的。

问：周老师，我是读着课本中您的文章长大的，现在能面对面提问好激动啊。请问当人正值二十多岁时，最应该忙于什么而不虚度年华？

答：你好可爱。听你提这个问题，我回忆起自己二十多岁的时候，大学毕业后在广西一个小县城里工作，那时候我最想做的事是什么？一是渴望走出这个小县城，去看外面广大的世界。二是想读书，小县城里能找到且想读的书都读完了。三是期盼有一个我真正爱的姑娘。总之，看世界，读好书，谈恋爱，是这三件事。这应该有普遍性，我认为年轻时最应该忙于学习和恋爱，最不应该忙于谋生。

问：自我和无我之间应该怎么平衡？自己快乐更加重要，还是让别人快乐更加重要呢？

答：无我是一个佛教的概念，也叫无自性，是指世界上一切事物都没有一个不变的永恒的本质，从人来说，就是没有一个不死的灵魂。你把无我理解成利他主义了。自己快乐重要，还是让别人快乐更重要？我觉得最好是把两者统一起来。如果让别人快乐的同时自己感到很痛苦，我想别人是不会快乐的。真正说起来，一个人基础的东西还是自己快乐，我说的自己快乐并不是利己主义，而是说你自己热爱生命，享受生命，感受到人生的美好，这是一个基础的东西，只有这样的人才会给别人带来快乐。一个悲观主义者，一个苦行僧，我想他是不会给别人带来快乐的。

问：幸福中也包括一些磨难，是吗？

答：对，一个人真正幸福并不是说你运气多么好，能得到许多好东西。我觉得真正重要的是对人生的体验要丰富，其中必定包括对不幸和苦难的体验，而且你能够以正确的心态去面对它们。说到底，人生的外部遭遇都会随风飘去，在我看来都是形成内在体验的素材，真正的收获是你的内在体验。

问：有命运这回事吗？年龄越大逐渐相信有命运，有人很小就丧母，有人从小吃不饱，有人含着金汤匙出生，您怎么看？

答：一个人的外在遭遇，有一些是自己完全不能支配的，我们称之为命运。你说的出身的贫富，亲人的早逝，就是典型的例子。但是，一个人出生在什么家庭，并不能决定他一生的经历，穷人的孩子有出息，富家子弟境况悲惨，这样的事多得是。这就说明，给一生的遭遇算总账，其中相当一部分是人自己能够支配的，所谓通过努力可以改变命运，就是这个意思。说到底，一个人是不是优秀，比家庭出身重要得多。所以，不妨说，命运包含两种因素，对于自己不可支配的，就认命；对于自己可以支配的，就努力，这才是正确的态度。

问：我认为好人不一定幸福。定义一个好人是因为道德上的优秀，属于主观方面，而幸福往往包含外界因素，属于主客观方面，所以做好人是幸福的必要不充分条件，所以好人不一定幸福。老师您怎么看？

答：我同意。第一，道德是幸福的必要条件，一个坏人我们可以说他是不可能幸福的，因为他失去了做人最重要的幸福感，包括光明磊落、自豪、人生意义的体悟等。第二，道德不是幸福的充分条件，幸福必须有外在的善作为补充，包括基本的财富、社会的认可、比较好的运气等，有了这些，人生才是完善的。一个好人，一辈子穷困潦倒，你当然不能说他是幸福的。

问：幸福其实是一种心态。一直做好事的人，突然得癌症，难道就不幸福了吗？得了癌症也坦然接受，心态是积极的、阳光的，就是幸福的。所以，人是可以选择一直幸福的，您觉得对吗？

答：我基本同意。就人生的总体评价来说，人到最后都是走向死亡，所以不能看最后，应该看死亡之前人生的品质。这是其一。一个心态好的人遇到了不幸，不幸对他的杀伤力会小得多，实际上是减少了在幸福方面的损失。这是其二。

问：从生命的单纯到精神的丰富，我认为您说的是灵与肉的和谐，你也谈到人要追求现世的幸福，那么您怎么看待宗教中追求永世幸福所引发的某些灵与肉的冲突呢？

答：问题很好。人生意义的追求可以分为两个层面：一个是世俗的层面，世俗层面上的生活意义可以用“幸福”这个词代表；还有一个是超越的层面，就是信仰。宗教和幸福并非没有关系，其实它归根到底是要解决人在追求幸福时必定会面临的两大威胁。一个是肉对灵的威胁，如果人沉湎于肉体的、物质的快乐，就会堕落，从而无缘于精神的幸福。另一个是死对生的威胁，如果现世的幸福会被死亡一笔勾销，就没有什么价值了。宗教的主题是灵与肉、生与死的关系，就是要解除这两大威胁。但是，如果宗教推到极端，用灵否定肉，用死后的永生否定现世的生，就反而会更加损害现世的幸福了。所以，我主张中道，两方面达到比较好的平衡，我觉得这是可以做到的。

我们为什么不幸福

问：幸福和不幸福都只是关乎自我的感受，为什么大部分人会去在乎别人的看法，和别人去攀比幸福？

答：我也觉得奇怪，原因可能有二：第一是不自信，之所以不自信，又是因为对自己缺乏认识，不知道什么样的生活最适合自己，自己真正想要什么。第二是不会独立思考，在价值观的问题上没有确立自己的标准，所以就随大流，去和别人攀比。

问：我自己认为的快乐和幸福，在社会上常常不被别人认同，我应该怎么办？

答：这没有关系啊，说明你有自己独立的思考。如果你真正感到满足，就没有必要去管别人是怎么看的了。如果你过多地去关注别人的看法，这说明你不自信，你对幸福的认识还不坚定，发生了动摇。这可能有两种情况：一种情况是你觉得别人的看法好像有道理，你的看法好像有毛病，那你就要想清楚，如果确实是这样，就要修正你的想法。另一种情况是你仍然认为自己是对的，但是也许性格比较软弱，因为别人有不同看法，这种人际关系的氛围让你感觉难受，那我认为就不要太在乎了，坚持走自己的路，在这个过程中你会慢慢变得强大。

问：您讲的幸福的这些内容，客观上的一些因素，比如财富、事业的成功、家庭等，我觉得我都拥有了；还有内在的一些东西，比如素质和能力，我觉得我也做到了。在别人眼里，我是一个成功的女性。但是，在生活中，我又有很多苦恼，还比较浮躁，也有一些迷

惘，如果是这样一种状态的话，我怎么去面对生活？

答：我回答不了，因为我不知道让你苦恼和迷茫的是什么。不过我想，幸福不是一种没有痛苦的状态，最大的不幸是麻木和空虚，既没有快乐，也没有痛苦。你有苦恼和迷惘，这证明你有一颗活泼的心，不满足于现状，仍然有追求。另外，我建议你学一点哲学，人的内在素质不但是能力，也包括智慧，能够跳出来看人生，看得开，放得下，这样可以化解许多负面情绪。能力可以让你成功，智慧才可以让你幸福。

问：我三十一岁，在父母的生意基础上有车有房，年收入过百万，有一个儿子和一个女儿，但我却时常闷闷不乐，找不到自己人生的充实感和快乐感。我也困惑为什么会有这样的状态，时常羡慕别人，让别人的评论影响自己，担忧自己几年后还是这样，事业发展不好，没有热爱的事业。为什么我几乎感受不到快乐了？

答：你还年轻，家境很好，有儿有女，从外在的条件来说，我相信很多女孩子会羡慕你。可是你觉得不快乐，反而羡慕别人，为什么呢？其实你已经意识到原因是什么了，就是没有热爱的事业。人生在世，必须有自己热爱的事业，才能感到自己有价值，活得有意义。所以你现在应该着重解决这个问题，去发现和寻找自己热爱的事业。当然这会有一个过程，需要进行尝试，培养兴趣，加强学习，我预祝你成功。

问：问您一个关于快乐的问题。有那么一群人，他们学历很高，社会阅历很广，视野很宽，曾经在成长的历程中经历过不少快乐。到了如今，他们的笑点已经非常高了，怎么样的笑话都让他们笑不起来，因为这些笑话可能五年前或十年前已经让他们笑过了，因此似乎不容易找到让他们开心的事情。多大的成就他们也没有成就感，因为他们可能会觉得那是老板的一个恭维。这群人非常理性，对很多事情都看得通透，知道是怎么回事，是什么逻辑关系。我身边确实有太多这样的情绪反馈，很多事项都会很理性地梳理和分析，没有惊喜，他们做得好会觉得是应该的，凭什么做不好呢？全世界都说你会做得好。有智慧的一群人怎么样快乐起来？我想听周老师对这些人的建议。

答：你描绘的似乎是某一类精英的苦恼。曾经沧海难为水，什么都见过做过，非常优越，兴奋不起来。他们居高临下地俯视人世间平常的快乐，看那些芸芸众生：你们还在低级的快乐里面折腾，我们都经历过了，都看明白了，都不在乎了。可是，你讲的多半是职场上的感受，职场成功，得到承认，别人羡慕，前景一目了然，等等。我觉得这个层面还是比较低的，职场成功就可以藐视一切了？眼界太窄了吧。应该超越这个层面，幸福不能只在职场上面找，可能要去开发新的快乐源头了。我还觉得，人应该保持一颗童心，太成熟了不好，要返璞归真，这样可以重新获得一些天真的快乐。

问：现在幸福感是一个大家都在谈论的话题，近些年也有城市幸福感的评价指数排名。您去过很多城市，觉得住在哪座城市最有幸福感？

答：我不了解这个幸福感指数的具体排名，我的发现是，哪座城市竞争不那么激烈，那里人们的幸福感就强，比如成都、昆明、杭州，物质领域的竞争是很破坏幸福感的。我喜欢的城市，应该是自然环境和人文氛围都好。不过，从有利于思考和写作来说，我看重一个城市的文化分量，所以就住在北京。

问：我在读一本书，美国人伊丽莎白写的，翻译过来叫《诗、祈祷和爱》，里面有一段话是这样写的：你面对人生中三四件最重要的事情去想一件事，如果这件事情与其中另一件事情有冲突的话，那么一辈子注定不幸福了。现在我们一方面提倡回归自然，另一方面社会要求的是经济发展，但是经济发展是以改造自然为前提的，所以人类是不是注定不幸福的呢？

答：你提的是若干正面价值彼此发生冲突的时候如何选择的问题。但是，正面价值并不是它们的价值就都是相等的，还应该根据它们对于人类幸福的重要性排出一个次序。如果互相发生冲突，比较次要的价值应该服从比较重要的价值，这样做就是在最大限度地争取人类的幸福。相反，如果为了比较次要的价值牺牲比较重要的价值，人类就肯定会不幸福。保护自然和发展经济二者都是正面价值，但是对于人类的幸福来说，保护自然无疑比发展经济重要得多。人的糊涂就在这一点上，社会和经济庞大了以后，就忘记了自然是自己的来源。按照现在的势头发展下去，人类的前景堪忧。

问：我有一次出差，途径纽约的曼哈顿，到西非的一个岛国。在曼哈顿看到了日进斗金的精英们脚步匆匆，在非洲的岛国看到衣不遮体、食不果腹的黑人手里拿着木棍，在太阳的炙烤下悠闲欢快地跳舞，他们大多是文盲。不知道您认为谁离天堂更近？

答：天堂实际上是指精神乐园，离天堂远近当然要用精神指标来衡量。耶稣说，想上天堂的人必须回到孩子，强调精神上必须单纯。我觉得还应该加上丰富，一个人在精神上应该既单纯又丰富。物质越多，越陷在物质里面，离天堂就越远，所以耶稣又说，富人进天堂比骆驼钻针眼还难。不过，你提的问题比较复杂，牵涉到文明的双重价值，既有正面价值，又有负面价值，如果你要杜绝后者，前者也会失去，只能是尽量减少文明的负面价值。

平凡和不平凡

问：您说我们应该回归本然，感受平凡生活的幸福。什么是平凡？我查过《现代汉语词典》，它的解释只有五个字，就是“平常、不稀奇”。看了这个解释，字面上好像是理解了，但是我还是很困惑，不平凡的生活和追求非凡的成就是矛盾的吗？我们应该如何权衡？

答：我觉得不矛盾。我想强调的是，追求非凡可能只有少数人能做到，所谓非凡是比较出来的，可惜一比较大部分人就都属于平凡了，用非凡的标准看是平凡的。所以，从幸福的角度来说，就不能把非凡作为一个目标，否则大多数人就都不幸福了。第二我想强调，哪怕你做出了非凡的成就，我仍然认为，你的平凡生活过得好不好是比非凡成就更重要的。平凡的生活是最基本的，不可或缺的，非凡的成就是可有可无的。

问：谈论幸福问题，您很强调自然和生命，为什么？

答：我认为现代人的生活有两大毛病：一个是离自然太远，甚至掠夺自然，毁坏自然；另一个是活得太复杂，失去了生命的单纯。对于人来说，自然和生命永远是最根本的，善待自然和生命是人类世界的第一要义。

问：对普通大众而言，最好的人生是什么样子的？

答： 用一句话概括，就是安居乐业。安居，就是有和睦的家庭。乐业，就是有称心的职业。早上高高兴兴去上班，因为知道等着自己的是八小时愉快胜任的工作，也许有困难和挑战，然而是自己乐意应对的。傍晚欢欢喜喜回家，因为知道等着自己的是合家的欢聚，餐桌上的欢声笑语，也许有小小的争吵，然而是自己愿意谅解的。这的确很平凡，但这平凡的幸福却是人生最珍贵的幸福。其实，不必是普通大众，即使是精英，最好的人生也不能缺少这平凡的幸福，否则就不能称作最好。

问：我们都知道爱因斯坦和牛顿这样的人物，但是我们却可能不知道自己爷爷或者爷爷的爸爸的名字。我想知道人活着的意义是什么。看来人有两种生命：一种是肉体生命，百年之后就结束了；还有就是精神、灵魂，那些伟人的精神持续地影响着这个世界。这是两个不同的方向，一个是笑傲江湖，无欲无求；一个是留名青史，永垂不朽。作为一个年轻人，我想问您，该如何抉择？

答： 我不主张把人生概括为无欲无求或者千秋功名这样两个方向，在这两者之间做抉择。事实上你也无法做这个抉择，你想留名青史就能留名青史了吗？而且这个东西也不应该作为一个目标来追求。就是爱因斯坦这些伟人，他们也不是做了这个抉择、有了这个目标，然后才取得了伟大成就的。爱因斯坦自己说过，他是怀着一种宇宙宗教感情来从事科学研究的，他想知道上帝在创造这个世界时脑子里的蓝图是怎么样的，他想描绘出世界的完整图景。在这样一种伟大的求知欲的推动下，他是身不由己，乐在其中，从而做出了伟大的创造。我敢断定，身后功名绝对不在爱因斯坦的考虑之中，否则他就不成其为爱因斯坦了。我还认为，无论伟人，还是普通人，都应该珍惜生活中平凡的幸福，在这一点上没有本质的区别。爱因斯坦是无欲无求的吗？才不呢，他的欲望超出常人，一生中谈过许多次恋爱。同时，普通人虽然不能留名青史，也仍然可以并且应该尽自己所能有精神上的追求，享受精神性质的快乐。

问：在我看来，幸福可能有两种：一种是经过了思考，在建立了一套比较完整的认识以后，那时候对幸福的感知。另一种来自本来的无知，比如在我们年幼的时候，或者在我们生活水平很低的时候，没有更多的思考，那时候感受到的一种快乐。在您的定义中，您认为这种无知的快乐可以算作幸福吗？

答：我认为是幸福。我的定义是，幸福包括两个方面，生命本身的快乐和精神的快乐。在无知状态中，其实恰恰可能是生命本来的需要没有被扭曲，能够得到比较好的满足，不过我想那个精神方面的快乐可能会比较欠缺。在你说的第一种情况下，精神层次的快乐可能会比较多一些。但是，思考得多了，也可能把你引错了方向，损害了生命的快乐，反而不如无知状态中那样原汁原味。所以，幸福是一个复杂的问题。我希望两个都要，一个也不能少。

知足常乐与精神追求

问：中国古话说知足者常乐，现在很多人抱着不知足的心态，我想问，您怎样看这两种不同的心态？

答：就看在什么事情上知足，在什么事情上不知足，这个大不一样。我觉得在物质生活上应该知足，“知足常乐”这句古话是对的。但是，在精神的追求上，人就应该不知足，那本来是无止境的。

问：您觉得我们现在这个社会从根本上说是缺钱还是缺德？

答：到底一个社会有多少钱才算够，一个人有多少钱才算够，这个标准是相对的。古希腊的人，或者我们中国春秋战国时期的人，孔子、庄子那个时代的人，他们能有多少钱？如果把他们的物质生活水平折算成钱的话，肯定比我们少。和他们比，我们一点儿不缺钱。但是我们太缺德了，这个德是广义的德，指精神上的高度、精神上的丰富，我觉得我们比他们差得多。所以，我们未必比古人幸福。

问：我想请问，怎么样才能超越财富，是不是我们学会了理财就能超越财富？

答：停留在财富这个层面是找不到幸福的，要找到幸福，超越财富是一个前提。解决了生存问题以后，人应该有更高的目标，不要再把财富作为主要目标。所谓超越财富，是这个意思。理财是另一回事，当然理财理得好，财富会增加，但是光靠财富增加并不能超越财富，还是要靠境界的提高。

问：在当下社会，当一个网红是一个非常不错的选择，都觉得名气要比学识重要，金钱要比经历重要，您怎么看？

答：如果没有学识和经历的积累，当网红的那个名气和赚的快钱都只能是昙花一现。当然，如果你不在乎，就是想赚快钱，又有合适的机会，那么你就去当网红吧。

问：思想水平没有那么高，但是理解你的人很多；另一种是你的思想境界很高，但是理解你的人很少。哪种情况比较幸福？

答：最好是思想境界高，理解我的人也多，如果做不到，我就宁愿站在高处，就让理解我的人少一点好了。

问：您在广西工作时精神上很苦闷，想出来，从哲学层面上您如何评价这种想法？

答：我觉得这是本能，用不着从哲学层面上去评说。人当然是追求快乐、躲避不快乐的，但关键是快乐的标准不一样。广西其实也是一个很好的地方，风景很美。可是，待在那里时，我一直觉得我的生活应该是在北京，为什么呢？因为在北京，我有更开阔的视野，有更加水平相当的精神交流。这是我最看重的那种生活。如果你让我永远生活在一个落后闭塞的地方，精神生活相对比较贫困的地方，我会感到痛苦，我是从这个角度上说的。如果光从物质生活、吃喝玩乐出发的话，现在许多地方都不错，不必待在北京。

第十一题 苦难与逆境

人生必定有痛苦

问：人生是苦，可人生的现实目的是追求幸福，幸福是否必然有苦相伴？幸福的反面是什么？

答：快乐的反面是痛苦，幸福的反面是苦难，这是从词义上来说的。从现实的人生来说，这正反两个方面是交织在一起的，不存在纯粹的快乐和绝对的幸福。如果把我们人生目的定位在过一个有意义的人生，那么，你会发现，苦难也是有意义的。

问：您曾经说不经历苦难的人生是浅薄的，但我宁愿我的人生永远没有苦难和失败，您如何看？

答：我相信没有人主动去选择苦难、挫折、失败，问题是这些遭遇是人生中难以避免的，一旦遇上了，应该以怎样的心态去面对。如果你总是怀着侥幸或害怕的心理，一心躲开这样的遭遇，那么，第一，你在走人生的路时就会谨小慎微，成为平庸的人；第二，你很可能仍然躲不开，那时候你就会埋怨、屈服，甚至一蹶不振，成为一个真正的失败者，从而丧失了苦难本来可能给你的那些正面价值。

问：我们生活中会遇到很多痛苦，事业路上常会迷茫。请问如何苦中求乐，迷茫中寻找豁达？

答：生活中遇到痛苦，我觉得不能靠找乐子的办法解决，因为这只是暂时的逃避和遗忘，其实痛苦还在。痛苦有两类：一类是为小事烦恼和纠结，其实烦恼和纠结的根源在自己，因为心胸狭窄，就把小事看大了，因此在乎；另一类是真正的苦难，比如天灾人祸，这时候就必须面对。在这两种情况下，关键都是要提高人生觉悟，使你对小痛苦放得下，对大痛苦想得开。事业路上迷茫，也可能有两种情况：一种是不知道自己该从事什么事业，这就要培养兴趣，找到自己兴趣之所在；另一种是知道，但环境和条件不允许，这就要寻找机会，创造条件。

问：您说幸福是身体无病痛，灵魂无烦恼，可是烦恼好像是无穷无尽的，一个解决了，另一个又来了。那么请问怎样才能做到灵魂无烦恼?

答：这句话不是我说的，是古希腊哲学家伊壁鸠鲁说的。人当然不可能绝对无烦恼，人的烦恼有两类：一类是自己给自己造成的，比如贪欲和妄念；另一类是生命本身固有的，比如生老病死。哲学可以在这两方面帮助我们，一方面让我们有正确的价值观，不要自己给自己制造烦恼；另一方面让我们有一个超脱的立足点，对于生命本身不可避免的烦恼，就不要和它们去较劲了。

如何面对苦难

问：如何面对人生中的苦难？

答：基础的方法是忍受，更高一点的境界是超脱。苦难总会以各种不同形式出现，是对我们生命坚韧度的考验。随着时间的流逝，创伤会慢慢愈合，慢慢结痂，人不可能总在创伤里生活。你陷在创伤里不能自拔，是活不下去的。我说的忍受，就是等待创伤慢慢愈合。而所谓超脱，就是用哲学来解救自己，看得开一点，生命本身就是暂时的，苦难更是，一切都会过去的。

问：我们都很怀念妞妞，也特别尊敬《妞妞》这部不朽的名作。她已经离开人世很多年了，至今对您还有怎样的影响？

答：妞妞是我人生中特别重大的经历，这个经历对我的影响一言难尽，其中有许多无奈的东西。从外表上来看，我仍然活得好好的，又有了孩子，但我不想说这是对我那段经历的补偿，这是两回事。人生中有很多无奈的东西，存在于内心最深的地方，它会翻起来，在那个时候你是绝望的，但是你不能沉浸在那里面，必须出来。就是这样，我必须有世俗的一面，这样才能生活下去。

问：关于妞妞这段沉痛的人生经历对您的思想和生活态度产生了怎样的影响？

答：这段经历让我更加明白了两点：第一，人生是苦。这是佛家的看法，而这个看法是有道理的。我对人生的苦难有了切身体验和较多思考，苦难是人生的题中应有之义，因此承受苦难是人必须具备的能力。第二，人生是梦。是的，无论多么痛苦的经历，当它成为过去，渐行渐远，你回想起来就会觉得像是做了一场梦。当然，快乐的经历也是一样，一切都会消逝，所以不要太执着。这种态度好像比较悲观，但它有积极的作用，让我和任何外部遭遇保持距离，受苦时不会痛不欲生，享乐时不会忘乎所以。

问：很多时候，人好像是注定不能超脱苦难的，是不是有的人天生只能纠缠于苦难之中，达不到解脱？

答：超脱苦难有不同的途径。通过智慧来化解苦难，和苦难保持距离，这是哲人的方式；和苦难搏斗，这是英雄的方式；凭借信仰而坚忍不拔，这是圣徒的方式。不能超脱苦难，我认为不是先天的原因，而是觉悟的问题。觉悟不是先天的，就像佛家说的，佛性人人都有，但是真正把佛性开发出来，成为觉悟，要靠智慧、信仰和修炼。

问：请您总结一下，人遇到重大苦难时应该怎么做？

答：就是两条：第一是接受，不较劲，因为较劲没有用。我是经历过大苦难的，当时觉得泰山压顶一样，但是既然已经落到了你头上，多么沉重你也只能承受。佛教强调一个“忍”字，刀刃扎到了心上，你怎么办？只能忍。在忍的过程中，你是表现了一种尊严的，大苦难压不垮我，是这样一种尊严。第二就是超脱，你站在整个宇宙的角度，想一想人生不过如此，一切都是过眼烟云，包括你正在经历的苦难。人不能只有执着的一面，没有超脱的一面。一个只有进取这一面没有超脱那一面的人，看起来好像很强大，其实是很脆弱的，很容易被苦难打败。

问：经历过灾难的人会格外恐惧灾难的到来，应该怎样调顺这种心理？

答：抚慰受过灾难创伤的人，可以有哲学引导和心理疏导两种方式。心理疏导是很细致的工作，不能只讲道理，也不能用刻板的模式，在很大程度上要靠心理专家个人的体察能力和性格魅力，不过这样的心理专家实在太少了。对于成年人来说，我觉得哲学引导的方式可能更有效，就是用自己的理性来面对人生和人生中必有的灾难。人人都有理性，理性一旦被唤醒，人人都可以是哲人。

具体案例回答

问：我想请教您，如何尽快从突然失去至亲的痛苦阴影中走出来？

答：我想告诉你，你不要有尽快走出痛苦阴影的想法，越这么想就越痛苦，越走不出来。丧亲痛苦的逐渐平息需要一个自然过程，突然失去至亲，痛苦格外强烈，尤其是这样。按照中国的一些地方风俗，给亡灵超度从头七到七七共四十九天，给父母守孝则要三年，其中都包含了让痛苦自然平息的用意。往往最痛苦的是亲人已不在，心中却充满他生前音容笑貌的记忆，你不要回避这些记忆，我的做法是把它们记录下来，仿佛仍在和逝去的亲人对话。替逝者想，他也不希望你很快把他遗忘，你的怀念是对他最好的安慰。

问：孩子先于大人离去，自己尝试各种办法走出来过上表面正常的生活，但另一半却没有办法走出来，自暴自弃，帮助无果，怎么办？

答：我有过同样的经历，很理解你们的境况和心情。你能够勉强自己从巨大灾祸的阴影中走出来，我知道有多么不容易，但这是唯一的出路。你说过表面上正常的生活，说得很准确，但这仅仅是表面上正常，内心的伤痛只能靠时间让它慢慢愈合和结痂，而过表面上正常的生活也有助于这个内在修复的过程。不同性格的人，从灾祸中走出的时间长短是不同的，你丈夫需要的时间可能会长一些。你不要着急，对他的自暴自弃不要责备，而要同情和理解。你要相信，你的帮助并非无果，会在不知不觉中起作用，有一天你会看到成果的。衷心问候你们！

问：前半生工作进取，家庭幸福，却患上了不能治愈的疾病，正值美好中年，应该如何排解内心的隐忧，看待未来的命途，重树自信，让每一天都充满阳光？

答：我不知道你患了什么病。我的朋友中也有人遇到这样的情况，可以说天降灾祸，一位很活泼的艺术家突然变成高位截瘫，一位很有才华的年轻设计师突然得了渐冻症。人遇到这种灾祸的时候往往会想，假如没有落到我头上该多好。可是，人生没有假如，遇到了就是遇到了，人生从此有了新的规定性。在这个新的规定性下怎么走好人生之路，哪怕人生这盘棋变成了残局，也要尽力在残局里面走出一条新路，这是唯一的办法。

问：一个同学在一次车祸中失去了两个孩子和自己的老公，她现在很痛苦绝望，我应该如何安慰她呢？作为那么好的同学，我心痛得无法呼吸，觉得没有心理能量去安慰她。

答：看到你的问题，我很犹豫要不要回答，因为我觉得自己没有能力回答。但是，我不回答，又怕你失望。这么巨大的灾难，设身处地想，什么安慰都是无力的。我只能说，首先只能忍受，巨大灾难之后必定有一个哀痛期，要等它慢慢过去。其次，一定要改变环境，面对熟悉的环境，天天触景伤情，容易勾起记忆，太令人绝望了。我们只能寄希望于时间和空间的改变，使悲痛渐渐淡薄。最后，既然活着，就要面对未来，建设新的生活，以后还要有新的家，如果可能，还要有新的孩子，就当作是经历了一个轮回，去开始第二个人生。现在这段时间，你的关怀对她很重要，是她在苦海中的一个救生圈。她和这个世界的联系已经很脆弱，你是一条重要的纽带。我相信，友情的责任会给你力量。

问：我因为在生孩子时遭遇变故，孩子不幸夭折，自己也无法再生育，还患上了慢性肾病。我和我老公很相爱，自己也很痛苦，为了他，我坚持要离婚，可老公不同意，我该怎么办？

答：你的这个经历是很让人伤心的，谢谢你信任我，在这个时候向我咨询。你为了老公坚持离婚，说明你非常善良，但我认为你们不应该离婚。你和老公很相爱，这是最重要的事实，也是第一宝贵的。无法再生育是很大的遗憾，但和你们的相爱比，就显得比较次要了。只要真正相爱，没有孩子也可以幸福，这样的例子很多。如果你坚持离婚，在你会是一个永远的创伤，在你老公也会是一个长久的阴影。希望你尽快从这个悲剧性事故中走出来，和老公携起手来，共同面对今后的生活。只要爱情在，两人共同面对，就没有什么是不可面对的。

逆境中如何自处

问：我今年三十岁，遇到不可抗力的原因需要对人生重新选择，虽然我正面应对困难，可心中总难平静。又怕平静了心灵却丧失了斗志，请周老师给予指点。

答：我不知道你面临的具体情况是怎样的，但我相信，一般来说，人生需要重新选择，这既是挑战，又是机会。这句话是人们常说的，用在这里很合适。人是容易有惰性的，不可抗力迫使你打破惰性，从头开始，走出一条新的路来。你说你正面应对困难，说明你是积极迎接这个挑战的。在这个关头，心中必定难以平静。你也不应该要求自己平静，但应该要求自己镇静。镇静是一个战士的心态，仍然斗志昂扬，但务求看清形势，做正确的决定。三十岁还很年轻，这个年龄重新开始，是充满希望的。我的人生是在三十三岁重新开始的。祝你成功。

问：今天我看到一个创业者自杀的新闻，感到很惋惜，您对此有何看法？

答：我不了解具体情况，只能简单说一点想法。现在政府提倡创业，就理应为创业者提供一个良好的制度环境，包括创业者遇到巨大困难时的救济方式。从个人来说，我觉得你要创业，第一必须理性，不可以头脑一热就跳进大潮，启动一个项目至少应该有七分把握。第二必须坚强，要有承受失败的决心和勇气。无论如何，自杀是最坏的选择。

问：您在一生中遇到过很多的挫折，其中最大的挫折是什么？其对您的人生有什么样的影响？

答：人生中的挫折和苦难其实很难比较，遭遇的时候都是最大，度过了以后会觉得不过如此。就悲伤的程度来说，最让我感到痛的，一是青年时期失去好友郭世英，二是中年失去女儿妞妞。这些我就不说了，因为不可说。我说一说可说的，就是人生道路上一个非常苦闷的时期。从北大毕业后，我被分配到广西的一个山沟里，加上在这之前到农场劳动锻炼，加起来是十年，这是我非常苦闷的十年。我在县委宣传部当干事，用现在的话说是公务员，同一年分配到那里有六十多个大学生，只有我一人留在县政府，其他人都分到下面去了。如果我当时很看重外在的成功的话，是有条件走仕途的。但是我做不到，因为我太喜欢读书了，一有时间就关起门来读书写作，结果得到一个评价，说我这个人的“知识分子臭毛病没有改，脱离群众”。我当然也想得到提拔，改变自己的处境，但是我发现这和我的性情是冲突的。事实上，当时完全想象不到有一天我能从这个小山沟里出来，看不到这个前途，以为一辈子就在那里了，但是我下定了决心，他们认为的我的所谓缺点我是改不掉的，我就这样过一辈子吧。虽然读书写作毫无实际用处，写的东西完全不可能发表，但是这让我感到生活仍然是有意义的。在县委宣传部待了几年以后，他们觉得我这个人实在没有提拔的价值，就又把我放到了县委党校，不在县城，是在一个乡里。我生在上海，在北京读书，然后就到了这个偏僻的地方，当时不知道还能不能出来，心情是很悲凉的。但是，对我人生的影响，我觉得是利大于弊，有过那一段经历以后，我对名利的东西更看开了，而且很能吃苦，那么寂寞艰苦的日子都过了，外界的诱惑和压力对我起不到多大作用了。

第十二题 生与死

恐惧死亡是本能

问：请问对死亡的恐惧，是源于生命的本能，还是对未知的恐惧，抑或是对生的眷恋？一个人应如何平静面对死亡？

答：对死亡的恐惧源于什么，你设定了三个答案，这三个答案都对。首先是源于生命的本能，凡生命在面临死亡时都会恐惧，动物也如此，人因为能够预知死亡，所以提前恐惧罢了。人为什么恐惧死亡？因为眷恋生，这是一回事。当然，对死亡的恐惧还包含了对未知的恐惧，活着的人都没有经历过死亡，对于活人来说，亡灵的世界始终是一个神秘的领域。那么，如何平静面对死亡？我也不知道。有一位哲人说，我们不能克服对死亡的恐惧，但能够克服对恐惧的恐惧。就是说，去正视和思考这个让我们恐惧的死亡，这就在平静面对死亡的路上走出了第一步。

问：知道死亡不可抗拒，那为什么绝大部分人还会害怕？

答：恐惧死亡出于生命的本能，明白不可抗拒是理性的判断，理性并不能消除出于本能的恐惧。相反，人有理性，能够预知死亡，这还使人提前恐惧，不像别的动物死到临头时才恐惧。不过，在死亡这件事上，理性也有好处，可以使我们对这件不可抗拒的事情寻求一个恰当的态度。当然，无论怎么正视和思考，恐惧仍然存在，但是，用理性去控制恐惧，总比我们完全被恐惧控制住要好得多。

问：你是否还和十岁时有同样的心理？对死亡的恐惧感是否还存在？

答：当然，不过在年轻时，对死亡的恐惧感要比现在大得多，这说明年龄越大越麻木。也许这是大自然的一种安排吧，在让你一步步走近死亡的同时，也一点点适应死亡，越来越不那么敏感，等到死亡来临时，也就不那么痛苦了。

问：我是一个心理咨询师，想提一个有关怎样认识死亡的问题。我认为死亡属于人生的一部分，由生到死是自然的过程，不应该以一种悲壮的态度去面对。

答：死亡是自然的事情，也是悲痛的事情，这并不矛盾，为死亡悲痛也是自然的。至于悲壮，你可能是指尼采的酒神精神，对待生命和死亡的一种审美态度，我认为这种态度也是很积极的，没有必要排斥。因为死亡是自然的事情，就只能理智地接受这一种态度，这个逻辑未免太简单了。事实上，真正面对死亡，人们的心理是很复杂、很微妙的，作为心理咨询师切忌把它简单化。

如何面对死亡

问：假如在生命的最后六十秒，你最想说些什么？

答：我希望到时候我有这么说的权利：我一生都在为这最后60秒做准备，以求在这个时刻心情是充实、平静、安详的，现在我可以满意地说，我做到了。我的心情是充实的，因为我的记忆里积淀了此生所有美好的经历和动人的爱，我将带着丰富的宝藏去往另一个世界。我的心情是平静的，因为我一直做着我喜欢的工作，工作是永远做不完的，现在下班的时间到了，我就像平时每天下班那样轻松地回家吧。我的心情是安详的，因为我早就知道这个时刻必定会到来，在心中把它默想了无数遍，对它已经很熟悉了。我要对爱我的人们说：你们放心吧。

问：如果生命只剩下最后一天，你想怎么安排这一天？

答：要回答这个问题，前提是在生命的最后一天，我足够清醒，有自主安排的能力。如果是这样，我要做两件事：一是和亲友告别。可以相视无言，也可以随便说点什么。真正告别的话是不用说的，双方了然于心，所以无论说什么都是在告别。一定不要有哭泣，哭泣是最糟糕的告别。二是向上帝报到。我说的上帝，是即将要去的那个神秘世界的象征。我必须有一段独处的时间，酝酿一种适合上路的心情。这些只是现在的想象，可以肯定的是，我不会惦记未完成的工作，更不会抢着完成，在我看来，工作到生命最后一刻是天大的糊涂。

问：周老师，我本人非常尊重和佩服您，问这个问题没有任何不敬，就是百年之后您希望自己的墓碑上写什么样的墓志铭？

答：好，问得有勇气，我也要拿出勇气好好回答。第一，百年之后，我不要坟墓，不留骨灰，因此也不会有所谓墓志铭；第二，假定有，就这么写：人们，在这里是找不到他的，请到他的作品里去寻找吧。

问：现在医疗技术这么发达，很多时候我进入 ICU 病房和医护人员聊，看到有些病人是被迫活着的。我认为，让人在临终的时候走向自然死亡是一种有尊严的离开方式，您对这种有尊严的死有什么样的观点？

答：我同意你的观点，在医学已经确定生命不可挽救的情况下，应该让病人有尊严地死去。西方现在在无痛医疗和临终关怀这两点上非常发达，让病人一方面减少最后的肉体痛苦，另一方面在心理上和生活上得到很好的照顾，我觉得我们也应该这样。依靠人工器械和药物，人为地延续已经没有意义而且很痛苦的生命，我是反对这种做法的。亲人往往好像是为了安慰自己的良心，但是我认为你让他有尊严地死去是更有良心的做法。

死后去哪里

问：您曾谈到您的女儿曾问你，妈妈肚子里还没有她的时候，她在哪里。这是一个非常深刻的问题。我想知道，对于我们生前和死后的不存在，我们应该怎样去看待？难道幸福只在生存的过程中吗？我是一个不怕死的人，但是我害怕死后的不存在。

答：这是非常哲学和宗教的问题，很深刻的问题，这个问题也是困扰我的问题，我承认我还没有解决。哲学家们总是试图从逻辑上来说服我们，让我们接受死后的不存在，但是这不是一个逻辑的问题，而是一个灵魂的问题，是灵魂不愿意接受归于虚无。所以我觉得，这个问题无法从哲学上来解决，只能靠宗教。宗教说到底就是要解决生死问题，在佛教中叫作了生死，就是看透生的虚幻，从而能以安详的态度面对死亡。基督教是另一种思路，让我们相信灵魂不死。我很希望灵魂真的不死，死后并非虚无，但对此我不能确信。现在我的态度第一是存疑，不下结论，因为我确实没有这方面的经验；第二是宁信其有，这至少有一个好处，就是给了我一个标准和目标，活着的时候把灵魂看得更重要，为人处世的出发点是要让我的灵魂变得更好，这样，到时候或者是带着一个好的灵魂去见上帝，或者是用一个好的灵魂给人生打上句号。只能这样了，否则还能怎样呢？

问：我们传统的教育是唯物主义，按照唯物主义来理解生命。而肉体是由很多元素组成的，失去生命以后这些元素就转化为地球上的其他物质了，也是做了贡献，这样理解生命是不是更可以被接受？

答：我不能断定人死后灵魂是否还存在，但是我认为应该有这个假设或者说信念。你所描述的唯物主义对生命的解释，我本人觉得过于简单。如果说人死后只剩下了那些组成生命的物质元素，我看不出这对于我、对于每一个在这个世界上生存过的人到底有什么意义。为什么会有唯心主义？并不是因为缺乏科学知识，而恰恰是因为不能接受把生命归结为物质的解释。

问：我经常在想，物理世界是运动的，宇宙是运动的，那么从精神世界来说呢？我们的思想是运动的，哪怕是在睡觉的时候，也还在

做梦，那可以得出一个结论：精神也是在运动的。死亡的时候，组成我们身体的物质也在运动，转换成其他的形式存在，那么有什么理由说，我们的精神却突然终止了呢？

答：我不知道怎么样用科学来解释，人死了以后，人的精神和灵魂的去向。我觉得科学无法解释这一点。你讲的那个推论，由死后物质的身体转化成另外的形式推出精神也转化成另外的形式，这是一个类比，一个假设，对此我们无法证明。按照唯物主义哲学来讲，精神不过是物质的一种功能，思维不过是我们头脑的一种功能，随着物质的解体，它的功能也就不存在了。我本人不相信这样的解释；但是，我也没有证据证明肉体不存在之后灵魂仍然存在。现在有很多举证，比如说濒死体验、死后复活、前世记忆等等，但这些东西我只能姑妄信之，没有办法判断。我只能说，我希望灵魂不会随着肉体的死亡而死亡。

问：问您一个经典的问题：我是谁？我从哪里来？我要去哪里？

答：我曾回答德鲁克的经典五问。第一问我是谁，我的回答是：千古疑案，至今迷惘。第五问后半生的目标和计划，我的回答是：弄清我是谁。现在我想说，对于人生的这个千古之问，我仍然迷惘。人生的两端，生前和死后，皆是不可知的神秘，而不知两端，也就不知夹在两端之间的我是谁了。我希望的答案是：我从神那里来，要到神那里去，我是永生的灵魂。但最接近真相的答案可能是：我从无中来，要到无中去，我是无常。

问：请问您是怎么看待平行宇宙理论的？经常有人用莫比乌斯环来比喻人生，那么链接开端和结尾的是什么呢？难不成是奈何桥吗？

答：也许可以把佛教的生命轮回学说看作最早的平行宇宙理论。佛教认为，每个人的生命是一条贯穿许多生的长河，每一生只是长河里的一朵浪花。佛教没有规定这条长河必须在我们这个宇宙里流动，它完全可以流经不同的宇宙。但是，大多数人已经完全遗忘自己的每一个前世，在这个意义上，可以说连接人生的莫比乌斯环之开端和结尾的是奈何桥。对于这个现象，佛教的唯识学有详细的解释，大意是第八识“阿赖耶识”是每个人生命轮回的载体，其中储藏着无始以来的生命经验，但都深藏在潜意识之中，所以，浮现到意识中来就只能是个别的特例了。

问：您相信生命的轮回吗？生命究竟的意义是什么？

答：据说有的人有前世记忆，但这样的事若不是亲身经历，就只能将信将疑。我曾向一位高僧讨教轮回，请他举出证据。他说，有三个问题，一是人的天赋的差异，二是人的命运的不同，三是人与人之间有无缘分和缘分的深浅，如果生命是轮回，就都很容易解释通了。我觉得有道理，不过，这样说实际上是把轮回当作一个假设，而不是一个事实。当然，生命是神秘的，一切皆有可能，包括轮回。佛教的终极目的是断轮回，从生命的轮回中彻底解脱出来。根据我的理解，这就是否认生命有究竟的意义。

问：人类或有可能在二十五年内实现永生，您觉得可能吗？

答：我不知道你这样说的根据是什么。在我看来，不要说二十五年之内，即使两千五百年之后，人类也不可能实现永生。永生是人类的古老梦想，中国的道教在这方面最下功夫，试图靠炼丹、练功等方法使肉体永生，但好像没什么结果。现代科学无论多么发展，必定有它的边界，不可能改变大自然的基本规律，其中包括有生必有死这个规律，只可能大大延长人类的寿命，在这方面或许会有惊人的突破。所以，我的看法是，肉体的永生只能是幻想，可以是科幻小说的题材，不会成为事实。我们只能期待灵魂的永生，就看你信不信了。

真的有灵魂吗

问：我有一个关于灵魂的问题想请教。您知道在不同哲学体系里，关于灵魂的结论是完全不同的，也可以说是基本对立的。灵魂是不是存在？灵魂是不是不灭？人作为一个个体有没有前生？是不是有来世？灵魂在这个过程中起到什么作用？是一个什么样的状态？灵魂和人本身是一种什么关系？

答：你想得很深。关于灵魂的问题，我也困惑。其实全部问题可以归结为一个问题，就是灵魂和肉体的关系。唯物主义认为，人的所有精神属性都是肉体的一部分，即大脑的功能，随着肉体的死亡而不复存在。实际上它是否认灵魂的存在的。我们谈灵魂，一定是把灵魂看作和肉体不同的东西，在一定意义上是高于肉体，独立于肉体，不会随同肉体死亡的。这基本上是宗教的看法。在这方面有一些现成的答案，比如基督教认为灵魂不死，来自天国也归于天国。佛教不说灵魂，但认为生命不随同肉体死亡而死亡，会在相当长时间里转世轮回，这个转世轮回的生命当然不是肉体，也应该是类似于灵魂的精神性的东西。我承认我回答不了这个问题，因为这个问题是不可能通过思考来得出答案的，同时我又没有相关的经验可以帮助我做出判断。据说有的人有相关的经验，比如说可以看见自己的前世，或者看见死去亲人的鬼魂，但是我没有这样的经验。所以，我的立场只能是既不肯定，也不否定。我要特别强调不要否定，你没有对某个事情的经验，不等于那个事情不存在。我们长期受唯物主义教育，只承认看得见摸得着的东西，轻易否定我们没有经验到的东西，这样一种思维方式是很成问题的。

问：您经常提到灵魂，您对灵魂的看法是什么？灵魂是指精神中一种高尚的情操吗？

答：我的确经常谈论灵魂，人们在谈论灵魂的时候，那个概念是很不一样的。我的概念很接近你说的精神中一种高尚的情操，或者说是发动人的精神追求的一个内在核心。困难在于怎样阐明人的这个内在核心的来源，它和肉体是什么关系。基督教或者哲学中的某一派，比如说柏拉图唯心主义那一派，都认为灵魂和肉体是两码事，灵魂是超越肉体的，它另有来源，肉体是自然的产物，灵魂是一个更高的存在的产物，这个更高的存在，柏拉图把它叫作理念世界，基督教把它叫作上帝。我对这个意义上的灵魂是不是相信呢？我只能说我不知道，所以既不肯定也不否定。不过，我的态度是宁信其有，宁愿相信灵魂是超越肉体而存在的，这可以让我对人生有基本的信心，不至于太虚无了，还可以使我在活着的时候更加关注灵魂。肉体肯定是要死的，灵魂有可能不死，那就好好照料它，让一个优秀的灵魂去见上帝或者进入轮回。佛教讲业报和六道轮回，基督教讲灵魂要受最后的审判，我认为这都是比喻和象征的说法，作用就是让你在活着的时候好好关注灵魂，让你的灵魂是一个好的灵魂，起到这个作用就可以了。

问：请教周老师三个问题。一、灵魂是不是人和动物都拥有的？二、是不是每个人都有灵魂？三、灵魂的哲学解释和通俗解释有什么不同？

答：这是一个很好的问题，三个问题是一致的，就算一个问题了。灵魂这个概念的确有不同的用法。佛教讲轮回，轮回的主体不一定是灵魂，但也和灵魂差不多。六道轮回，主要在人和动物之间轮回，在这个意义上，动物也是有灵魂的，所以佛教主张善待动物，不可杀生。我从哲学角度讲的灵魂，是指精神追求，人不但要生存，而且要生存得有意义，是一种对意义的追求。这个意义上的灵魂，动物是没有的，动物只有生命的知觉，对环境的简单认知，没有达到精神的层次。基督教讲的灵魂，是指来自天国又回到天国的一种不死的精神实体，这个意义上的灵魂也是动物没有的。有没有不死的灵魂，我不知道，既不能证明也不能否定，有这个可能性。我的态度是宁信其有，相信它存在对人生是有好处的。按照灵魂不死这样的假设来生活，你就会更加看重灵魂的修炼和提高，把它放在物质生活之上，你的人生会更有格调。

问：真的有灵魂存在吗？一个人存在的价值是什么？

答：在基督教看来，肉体会死，灵魂不会死，它的来源和归宿是上帝。我不知道这个意义上的灵魂是否真的存在。我的文章常常用"灵魂"这个词，含义有所不同。人是有精神追求的，人身上应该有一个发动这种精神追求的核心，我用"灵魂"一词表示这个核心。换一种说法，自古以来，人类是有一个精神生活传统的，我用"灵魂"一词表示这个传统在个人身上的存在。虽然我不能肯定人有不死的灵魂，但是，在我看来，一个人能够用自己的精神追求延续人类精神生活的传统，这就是他的存在的最大价值。

由死看生

问：我最近看了于娟写的《此生未完成》，序是您写的，这本书是她生命的最后一年写的。里面谈到，她觉得自己拼死拼活争职称和名利，生命走到尽头才认清活着的意义。您在序里好像很赞扬她热爱生活的态度，可是，她的这种态度不就是在追寻职称或者更好的生活中体现出来的吗？她又说如果再给她一次机会，她不会去这样做，那你觉得看穿了好呢，还是看不穿好？

答：我不认识于娟，在这本书马上就要下厂之前，出版社找到我，希望我写个序，我看完书稿后很感动，就写了这篇序。于娟是复旦大学的青年教师，我们都知道，现在青年教师在学校里面临的职称竞争的压力很大，她当时也比较看重，为这费了不少力气，但心里比较郁闷。在生命的最后阶段，她有一个反省，看穿了这种名利的东西的无价值。你问看穿好还是看不穿好，问题是应该看穿什么，是那些浅薄的功利的东西，比如于娟说的职称、津贴这些东西，不要太在乎。至于生活中真正的乐趣，比如爱情和亲情，不是看不看穿的问题，而是应该珍惜。于娟临死时最舍不得的是孩子和丈夫，对此我完全理解。真正热爱生活，恰恰就是要看淡名利，珍惜生命中本质的东西。我觉得你没有看懂我的序，把这个关系搞颠倒了。

问：您在《失去的岁月》中对时间有一种很好的阐述，现在我很想近距离听您阐述对时间的认识。

答：关于对时间的认识，你提到的那篇文章可能是我能说出的最好的话了，再多我也说不出来了。从哲学的角度谈时间，其实是和人生的有限性密切相关的，如果人不会死，就无所谓时间的流逝，就不会有时间的概念。时间的流逝使人悲伤、迷茫和困惑，其实那篇文章表达的也是迷茫，不要说我，你去看奥古斯丁的《忏悔录》，那么大的哲学家、神学家，他也感到迷茫。

问：请问如果人可以不死，会有人主动寻求死亡吗？

答：你的问题很有意思。人之所以自杀，当然有各种不同的原因，但一个总体情况是，深深陷在人生的苦难和困境中，看不到出路和希望。这个情况的一个前提是人生有限，根据有限的人生时间来判断有没有改变的希望。那么，如果人可以不死，人生有无限的时间，我相信大多数自杀者会选择不自杀，宁愿等待境况改变的机会。不过，如果人真的可以不死，人生的许多魅力也会失去。法国作家波伏娃写过一部小说，题目是“人总是要死的”，就是写一个不死的人因为人生的单调而绝望，但欲死不能。

第五编

灵魂之问

清华大学｜学生问：在今天的课堂上，有一些老师妄谈人生的意义，在座的各位同学哪个没有受过类似的教育？我们可以说为了各自喜欢的事业奉献自己的无悔青春，但我们面临的却是这样一幅光怪陆离的社会图景，一方面是世博会、奥运会、春节晚会，另一方面是地沟油、假疫苗。我们仿佛奔向天堂又仿佛走向地狱，而您说哲学是走在路上，对很多问题没有终极的解答，我既无法走到信仰中皈依，就只能在虚无中感受痛苦，那么这样的人生有什么样的意义？我今天真诚地想问您这样一位哲学家，人生有没有意义？如果您告诉我说人生有什么样的意义，那么我不虚此行；如果您真诚地告诉我说不知道，我同样觉得不虚此行。

答：我选择后一个答案——不知道。倒不是因为你用诗一般的语言描绘的当今社会的某些荒谬图景，这个图景是对我们的良知的挑战，但不是对人生根本意义的挑战。困境有两种，一种是时代性的，一种是人生本来就具有的，解决了时代性的困境，人生本来具有的困境仍然存在，所以我说“不知道”。我很欣赏你对人生意义问题的立场，就是必须真诚，只说自己真正经过思考的结论，或者承认经过思考仍然没有结论。在我们的课堂上，的确有一些老师在讲着自己也不相信的谎言，丑化了“人生意义”这个最严肃的话题。

第十三题 追问意义

因为认真，所以追问

问：是什么让您能够将生与死、灵与形、爱与孤独、执着与超脱、苦难与幸福等问题思考得如此深刻？这需要忍受常人无法忍受的某些精神上的压力吗？换言之，您为之付出了哪些代价？

答：其实，对于我来说，你提到的这些人生大问题完全不是抽象的，它们都是我的生活中和灵魂中的问题。因此，我不是刻意去想这些问题，而是无法回避，必须开导自己，为自己解除困惑。我不认为我的思考有多么深刻，事实上，许多困惑仍在，我做到的只是比较真实罢了。既然是我自己的问题，我就不能骗自己，给自己一个虚假的解决。我不觉得这个过程给了我多大的精神压力，或让我付出了什么代价，问题已经在那里，你不去想，它们成为隐痛，更受折磨，不如坦然面对它们。

问：您这样的哲学大师，目前在研究中有什么疑惑吗？您在如此

深刻理解这个社会之后，觉得更孤独还是快乐呢?

答：研究中的疑惑，如果是指学术上的疑难，那总是会有的。不过，你肯定不是这个意思，而应该是指精神意义上的困惑。我可以和你说我的一个感觉。你把我称为哲学大师，我绝对不是，但我读过许多哲学和文学大师的书，在读他们的书的时候，我一边惊叹他们思想的深刻和精神的丰满，一边会悲哀地想，这么伟大的灵魂竟然在人世间也只是昙花一现，永远地消逝了。然后我会感觉到一种莫名的空虚，一种造化弄人的屈辱，怀疑世间万事包括精神追求的意义。这种感觉往往是一闪而过的，但会重复出现。我这样说，你可能会得出结论，认为我是更孤独了。其实并不是，大多数时候，包括阅读的时候，我是快乐远远多于悲哀。

问：我想和您探讨一个我觉得比较严重的问题，就是在我的印象里，很多艺术大家，就像尼采、海子，都是我深爱的人，但是他们的生命都是一个悲剧性的结束。您谈尼采，他骨子里面是孤独的，但是他内心又不断地与悲观作斗争。我就发现当代很多人内心也比较孤独，我希望大家不要像尼采那样，到最后疯了。您可不可以从尼采的哲学里带给我们一种思想的力量，让我们向往这个现实的世界，就像罗曼·罗兰说的，在发现了生活的真相之后依然爱生活。

答：其实尼采的人生态度是很积极的，他的酒神精神强调的是，虽然这个人生是有缺陷的，我们仍然要肯定人生，为此要把人生的缺陷也接受下来。他后期提倡一种积极的虚无主义，把这个道理说得更清楚。后期他对欧洲传统形而上学作了系统批判，他说在世界背后并不存在一个精神本质，可以为人生提供终极根据，我们必须承认人生是没有终极意义的。人本来是一种寻求意义的生物，这是人的伟大之处，人和动物的根本区别。但是，最后你没有找到意义，你仍然敢于把这个无意义承担下来，仍然积极地生活，就更证明了人的伟大。所谓积极的虚无主义，就是虚无主义也不能把人打倒，这证明了人比虚无主义更强大。这跟你提到的罗曼·罗兰的话是差不多的，实际上罗曼·罗兰受尼采的影响非常大。真正的考验是，在没有信仰的情况下，你能不能仍然坚定地过一种高贵的生活，一种有灵魂的生活。信仰的本义就是过灵魂的生活，你看重灵魂，过灵魂的生活是你的内在需要。如果没有这个东西，你信仰什么都只是一个标签。现在的问题就在这里，大家都不过灵魂的生活了，好像这是很不合时宜的，少数有这个需要的人就很孤独，要偷偷地过，不能让别人知道，好像只有在社会上奋斗，去争取财富和成功，那才是光荣的，造成了这么一种潮流，对灵魂生活的一种压抑。

问：记得罗曼·罗兰说过，真正的英雄是那些在看透了生活真相之后仍然热爱生活的人。阅读您的作品，我觉得您是一直在奋斗而且走得很远的人。在探讨人生真谛的路上，您是怎么做到面对种种困惑而不愤世嫉俗的?

答：我想我还没有做到这一点，我仍然在奋斗的路上艰难行走。应该说我的天性是比较悲观的，这和我的性格有关。我从小很内向、敏感，在外界受了挫折，郁闷往往不能发散。我也很早就考虑过死亡的问题，心中有绝望的感觉，仿佛看到了人生虚幻的真相。我和尼采相同的一点，就是我不甘心如此，我一方面对人生有悲观的看法，另一方面还是觉得人生太美好了，我太想经历人生的各种可能性了。我觉得这种对人生的爱不是一种理论的东西，而是一种本能，我相信这说明我还是很有内在生命力的。这样两个矛盾的东西促使我更深入地思考。正如尼采所说的，看到人生意义阙如，这对一个人的生命力、意志力是一个考验；看清了人生的真相，你仍然勇敢地跋涉在虚无的荒原上，这是一种凯旋。其实这还真不是一个理论问题，我是尘缘未尽，生命的本能在起作用，就是爱这个人生，归根到底是因为这种爱，所以能保持一个向上的状态。另外，看到人生虚无也有好处，使我在热爱人生、执着人生的同时，能够保持一种超脱。多么热爱人生，我仍看到它是有限度的，因为这个限度，我不会太沉溺在里面，一旦遇到了挫折和苦难，我能够跳出来看，心想不过如此，人生的一切悲欢都是暂时的，反正结局都一样。有超脱的一面很重要，反而可以保持比较好的心态，不容易被生活打败，反而能够让我继续爱人生，这是一种辩证的关系。

问：我想问小时候想过的一个问题，可能很傻，怎么看待死亡？

答：这个问题一点都不傻，是一个特别聪明的问题。我也是很小的时候就开始想这个问题。一个人如果从来不被死亡的问题所困扰，我就怀疑这个人到底有没有灵魂，一个有灵魂的人一定会关心有限生命的来路和去向这个问题。人类为什么有宗教和哲学？说到底就是为了解决这个问题，各有其解决的方式。我可以向你坦白，这所有的方式对于我来说，迄今为止都还不能成为我的解决方式，我和你一样还没有想明白。

问：人为什么而活着？生命的意义到底是什么？我知道，当我问您这个问题的时候，可能您会觉得我这个人是不是真的没意义了。

答：你向我提这个问题，我丝毫不觉得你这个人没意义了，相反我知道了你是一个对人生的意义很认真的人，这是可贵的素质。大家都活着，许多人是不想为什么而活着的问题的，其中一部分人是麻木，另一部分人是盲目自信，你比他们强，对人生感到困惑是灵魂觉醒的征兆。不过，我无法用几句话回答这个大问题，只能简单地提示两个思路。一是从生命过程中的种种美好去体会生命的意义，这是艺术的方式。二是赋予生命某种神圣或超越的意义，这是宗教的方式。尼采把这两种方式分别称作日神精神和酒神精神。

对终极意义的追问

问：我一直有一个困惑，按照达尔文的进化论，人类其实是很偶然诞生的一个生物，我们人类活着究竟有什么意义？有没有一个终极的意义？我也对宇宙学感兴趣，霍金认为地球外智能生命体存在的可能性很大，并且可能比人类智商更高，请问您对此有怎样的看法？

答：第一个问题我回答不了，也许所有的哲学家都回答不了，这是永远的困惑，而哲学存在的理由可能就在于此。人类生存的终极意义，或者我们每一个人人生的终极意义，这是哲学一直在追问的问题，但是目前给不出答案，如果给出了一个答案，你会发现那一定是宗教性质的答案。说宇宙是一个物质的宇宙，人类是这个物质宇宙中非常偶然的产物，这是自然科学的解释，按照这样的解释，就的确没有终极意义可言。所以，面对终极意义的问题，哲学只好向宗教求援，也就是相信宇宙具有一种永恒的精神本质，这个东西保证了人类存在具有永恒的精神意义。第二个问题，关于高智商外星人存在的可能性，我说不出什么看法，我希望它们不存在，否则人类的生存就更没有意义了。

问：人终有一死，最长一百多年就是一个生命的全部长度，几个世纪中它就是弹指一挥间，上下五千年里，它就是很小的一个点。而从宇宙起源到现在，它连一个微小再微小的小点都算不上。一旦死亡，我们便不会存在，人生的意义究竟在哪里？只是存在过吗？

答：千古之惑。德国谚语说：只活一次，等于一次也没有活。所以，人类才必须有哲学的思考和宗教的信仰，动机都是为了解决这个千古之惑，让自己相信人生是有意义的，相信一个与上述德国谚语相反的命题：只要活过一次，就等于永远活着了。我也在努力让自己相信，否则怎么活得下去呢？

问：您谈到生命两边都是悬崖，不能回避对生命意义的追问，这一点我很赞同。但是您又谈到尼采批评学者不去关注更高的问题而去数花蕊，这一点我有些疑惑。我觉得并不需要所有的人都去追问终极问题的答案，这样享受一下生活未尝不可，一般的学者去数一下路边的花瓣也是很好的事情。

答：尼采在这里并不是反对享受生活的乐趣，他针对的是当时德国大学里的哲学教授，批评他们不思考人生的整体问题，只钻在枝节问题里面。一个以哲学的名义从事教学的学者，如果他避开悬崖和深渊的问题，只是去数路边的花瓣，那就未免太肤浅，完全称不上是哲学家。即使一般的学者，对于自己的研究课题，至少应该知道为什么要研究这个，而这也不能没有整体性的哲学思考。

问：我爱好哲学，悟性差又走火入魔，总陷在生命的意义、世界的本源这些终极抽象问题里，又找不到认可的答案，心里很纠结，请问应如何破解？

答：我很理解你的感觉，因为我自己曾经也是这样，很熟悉这种感觉。原因不在于悟性差，而在于像世界的本源、生命的意义这类终极抽象问题本来就是无解的。现在我得出了一个认识，就是对于这类无解的问题，应该与它们和解，不要非求得一个解决不可。这样想，就好像得到了一种解放，心情轻松多了。另外，自己不要钻牛角尖拼命想，不妨看看哲学家们的不同说法，可以拓宽思路。我现在是把世界的本源问题彻底放下了，生命的意义问题，我知道生命并无终极意义，因此仅限于思考生命的相对意义，就是怎样把有限的人生过得尽可能有意义。

问：我记得您说过："我将永远困惑，也将永远寻找。"现在距离您写这一段话过去了许多年，我想问的是，在您现在这个人生阶段，您对人生价值有没有新的感悟？我们应该怎样为自身的存在寻找价值？

答：那句话是这样的："我将永远困惑，也将永远寻找，困惑是我的诚实，寻找是我的勇敢。"我要向你承认，许多年过去了，我的进步不大，在人生的根本问题上，彼岸的问题上，仍在困惑和寻找。我不知道，在我的有生之年，我能不能解决这个问题，我希望找到一个终极的信仰，但这不是想就能做到的事情。我这个人可能有内在的矛盾，喜欢思考，相信一个东西就必须有根据，这对宗教信仰是不利的。但是，解决终极问题的只能是宗教，哲学永远是在解决的途中，永远是没有走到终点的。不过，在现实生活中，我觉得自己对人生的态度比以前平和多了，大约是知道了终极问题不可解，就采取了一种和解的态度，也许和解就是一种解决吧，一种了犹未了的解决。

问：人类有什么细思极恐的事情？

答：细思而极恐，这个表述有意思。我认为，从人类来说，细思而极恐的事情莫过于人类在宇宙中存在的偶然性和毁灭的必然性了。宇宙在时间和空间上都是无限的，用宇宙的眼光看，人类只在其中一个极小的点上存在一瞬间。当我们沉浸在人类高尚的或平凡的事务之中的时候，突然想到这一点，发现人类的存在其实没有根据，怎么会不感到恐惧呢？正因为此，自古至今，人类必须用神话、宗教、哲学安慰自己，勉励自己，让自己相信人类的存在是有根据的，甚至具有永恒的意义和价值。

问：您说哲学家是解决永远无法解决的问题，请问您在思考这些问题的时候，有没有坠入无尽深渊的感觉呢？又该如何应对这个感觉继续深入思考下去呢？

答：你说的很有意思，我相信你自己会有这个感觉。我这个感觉最强烈的时候，是想到人类在无限宇宙中存在的偶然和短暂，想到自己死后的永远灭寂不复存在，真的就觉得坠入了无尽深渊。如何应对这个感觉？唯有赶紧逃离，不让自己往下坠，回到日常生活的岸上来。人在深渊里是无法继续思考的，思考需要有参照物，比如哲学和宗教，深渊里没有，哲学和宗教是人世间的事物。

人生的相对意义

问：追求意义的人在追求什么？

答：从字面看，追求意义的人不就是在追求意义吗？你好像是明知故问。不过，既然明知还要故问，一定有你的道理。我猜你实际上问的是，人所追求的这些所谓意义到底是什么东西。这个问题很难回答，因为不同的人心目中的意义很不一样，而且在许多情况下，自己也未必说得清楚。但有一点可能是共同的，就是不想没有意义地生活。这有两种情况：一是不想像动物那样仅仅是活着，然后就死掉，就此而言，可以说是在追求高于动物性生存的价值。二是不想按照社会上多数人遵循的同一个模式活着，就此而言，可以说是在追求自我的价值。你不认为人应该有这两种追求吗？

问：我也在为活着寻找一个意义，除了责任没有找到其他理由，活得没有激情，该怎样为这样的情绪寻找一个出口呢？

答：我一直认为，一个人最根本的责任是对自己的人生负责，因为世上只有一个你，你只有一次人生，你理应在这唯一的一次人生中实现你自己的价值，否则绝没有第二次机会了。你说你在为活着找一个意义，你不认为实现你自己的价值也是意义吗？不爱自己的人是不可能活得有激情的。我推测，你可能承受了太多太重的对他人的责任，被这些责任所困，因此没有精力体会和反思对你自己人生的责任了。如果是这样，你应该对自己好一些，想一想你有什么长期被压抑了的愿望，然后不顾一切地去实现那个愿望，那也许就是一个出口。

问：请问听着凤凰传奇跳广场舞，与听着欧美劲歌金曲蹦迪，这两种人生有什么区别吗？

答：我觉得人生可以从三个层面去说。从自然的层面说，的确没什么区别，无论跳广场舞还是蹦迪，人生无非是生老病死的过程，广场上的大妈和迪厅里的靓女都是芸芸众生。从社会的层面说，二者之间有文化趣味和群体心理的不同，当然这个不同未必是高低之别。从精神的层面说，人生有没有意义，不取决于一个人是喜欢跳广场舞还是蹦迪，而是取决于平时如何做人，有没有充实的精神生活。所以，我的看法是，跳广场舞和蹦迪称不上是两种不同的人生，人生的真正区别与此无关。

问：《钢铁是怎样炼成的》里那段名言大家都很熟悉，我借它来问您一个问题，您觉得人的一生应当怎么度过，才不枉来这世界走一遭呢？

答：如果在一生中已经尽我之能品尝了人生的美好，也承受了人生的苦难，就可以说不枉来这世界走一遭了。然而，正因为如此，只走一遭未免太少了。一个好的人生留给人的既是最大的满足，又是最大的依恋。

问：人终有一死，我们人生中的一切都是过眼烟云，很多东西不必去计较，也不用太多地去进取，如果这样的话，人生的意义究竟在哪里？

答：人终有一死，使得人生的终极意义成了问题，但这并不能否定活着时所做的一切具有相对的意义。也许人生只有相对的意义吧，立足于相对意义的存在，你仍然可以进取；立足于绝对意义的缺失，你就必须超脱。

问：你在生命困惑、情感苦恼、伦理冲突方面给予了广大读者莫大的帮助和启示。请问你自己也无法超脱的事情是什么呢？

答：超脱有两个方面：一是对人生中不太重要的东西要看得

开、放得下，比如金钱、利益、名声。这方面的超脱其实也是相对的，总体上看得开、放得下了，但是，一旦遇到具体的事情，比如自己合理的利益受到侵犯，或者受到不公正的攻击，不可能做到心如止水。不过，因为在总体上有一个超脱的态度，就比较容易恢复平静。二是对自己无法支配的事情要顺应，不要较劲。这尤其是指落在自己头上的重大苦难，包括必然会到来的死亡。如果你一定要我说出我无法超脱的事情是什么，我就说，对于能否真正超脱死亡，我还没有十分的把握。

第十四题 信仰与精神生活

时代的状况和人类的未来

问：您如何看待当代青年学生普遍存在的浮躁心态和信仰缺失？

答：心态浮躁的重要原因是信仰的缺失，就是自己没有明确的正确的价值观，人生没有一个目标和方向。在这种情况下，往往是社会上什么东西热门就去追求什么，于是浮躁。所以，解决的办法是好好反省价值观，想清楚人生中到底什么东西是重要的，根据这个来确定自己到底要什么。一个知道自己到底要什么的人，一定是安静的，一定不会浮躁。

问：这是一个什么样的时代？

答：我们更要问，我在这个时代应该和可以做什么？这是一个急功近利的时代，但有些人仍然在仰望星空。这是一个末法时代，但有些人心中仍然盛开莲花。尼采说，哲学家的使命是在自己身上战胜时代，我认为这也是每一个注重精神生活的人的使命。中国处在社会转型时期，命运将取决于转型是否成功。为了转型成功，中国最缺乏也最需要的是法治和信仰。作为普通百姓，我们至少可以让自己成为一个有信仰的人，做人有良知，做事有诚信，而这本身就是为法治建设做出了贡献。

问：头上信仰黯淡，脚下离大地渐远。在这个人造的科技时代，人们秉持什么才能走得踏实，感觉到意义？

答：我们越来越生活在一个人造的科技世界里，不再仰望星空，也不再脚踏大地。星空是信仰，大地是自然，人的灵魂不能没有信仰，人的生命不能远离自然，人生的意义无非得自这两个方面。现代科技极大地改变了人的生活方式，带来了以前梦想不到的许多方便和新鲜体验，我们在享受这些成果的同时应该警惕，做到取其利而避其害。科技发展的潮流不可阻挡，但是就个人来说，有没有这个警惕，意义大不一样。

问：人类最终的发展结局是什么？从现有的历史轨迹看，假设地球永恒，人类自身的发展终点在哪里？

答：这个问题很有意思。假设地球永恒，也假设不发生任何足以毁灭人类的自然灾难，这个问题实际上是问人类文明本身会把人类导向何处。有三种可能的回答：一、科技发达，物质丰富，精神和谐，世界大同，地球成为人间天堂。这个回答之幼稚，基本上无人相信了。二、人类将被自己创造的文明毁灭，其方式可能是核大战、失去控制的基因工程、超级人工智能等。这种可能性不能说没有，但很小。我比较相信三，就是人类文明会处于历史循环之中，按照一定周期发展、衰退、复兴。不过，这个答案比较平庸，其实回避了终局问题。如果排除掉地球毁灭和人类自我毁灭，我真的想象不出人类的终局能是什么。人类文明史迄今不足一万年，我不得不承认，不用说假设地球永远，即使是未来一万年的人类状况，也是我想象不出来的。

问：如果有上帝或智慧特别高的外星人，你最可能向他们请教的一个问题是什么？

答：在上帝或智慧特别高的外星人眼里，我提的任何问题也许都是可笑的。不过，我还是勉为其难，就提一个可笑的问题吧。作为人类，我们有生有死，有悲有欢，因此思考和感受着人生的意义。上帝是不生不死、无悲无欢的，所以我想问他，他是通过什么来体会自己存在的意义的。至于智慧特别高的外星人，如果这样的异类真的存在，我感到好奇的是，他们的智慧究竟高在哪里。因为从现在的大片看，好像无非是星球大战之类，不过是人类的科技和技能的放大，没有超出人类想象的范围，总应该有一点本质完全不同的东西吧。

问：您曾去南极考察，它使您真切地感受到人应该对大自然肃然起敬。我们应该怎样正确对待人与自然的关系？“人定胜天”有它积极性的一面，是不是也有荒谬性的一面？

答：南极是地球上基本没有受到人类干扰的唯一一块大陆，面对大自然原始而又壮丽的面貌，任何人都会生出敬畏之心。我认为人定胜天在许多方面是荒谬的，人是大自然的产物，人怎么应该又怎么能够战胜自己的源头呢？

什么是信仰

问：我是一名大学生，最近一直在想“信仰”这个词，一直在想信仰对于一个人有何意义，人在什么时候会拥有信仰。有人信仰宗教，有人信仰主义，不知道一句话、一个词、一个字能否成为一个人的信仰？

答：你最后这句话问到了点子上。向自己重复一句话、一个词、一个字，就以为自己有信仰，这是常见的情形。当然，这不能算有信仰。信仰不是对某个抽象概念的认定，而是体现在你的全部生活中的一种自觉的精神态度。

问：在当今这个浮躁的社会，我想问，中国的信仰在哪里？

答：信仰问题一直都存在，不是现在才这样的，只是现在这个问题更加尖锐了。信仰有两个层次：一个是意识形态层次，就是维系一个社会的思想体系，这是在相当长的历史时期中形成的；另一个是人生观层次，人活着为了什么，应该怎么活，这个问题是要每个人自己来解决的。这实际上是一个人的灵魂生活，是每个人自己对于人生意义的思考和信念。在这个层次上，我强调信仰的自觉性和多元性。信仰第一应该是自觉的，是个人对灵魂生活的重视；第二应该是多元的，你最后找到了基督教或者佛教都可以，你什么宗教也不信，但是在精神生活问题上，在人生意义问题上，你是认真的，也可以。我现在就是这样，你问我有什么信仰，我不信任何宗教，也说不出什么具体的形态，但我觉得我对精神生活是看重的，是认真的，所以我认为我是有信仰的。

问：一个孤独的人与自身的欲望是很矛盾的，请问当思绪涌上心头的时候，怎样去调整和把握自己的心态，以便能更好地生活在这看似美好的世界上？是不是需要一个信念？

答：你这个表达很诗意，一诗意就比较费解了，所以我听不懂你的问题。就说说我对信念的理解吧。我觉得人是不可能刻意给自己营造一个信念的，一个人有向善向上的愿望，在生活的过程中就会自然而然地形成一些基本的信念。当然，有信念的人也会有孤独或迷惘的时候，这不矛盾。

哲学、宗教和信仰

问：您有宗教信仰吗？如果有，是什么？如果没有，您认为哪个宗教接近您的人生体验？

答：我不是任何宗教的教徒，但是我对基督教和佛教都感兴趣。《圣经》和佛经我都看，我不是作为一个教徒，而是作为一个人生思考者来读这些经典的，是把它们当作人生智慧来学习的。我真的觉得，无论是佛经里佛陀的言论，还是《圣经》里耶稣的言论，都充满了人生智慧，对于我思考灵肉问题和生死问题大有启发。从我自己的人生大困惑来说，我觉得佛教能解决得更好。

问：是否您内心足够强大，所以不需要宗教信仰？

答：哲学解决人生问题的功能是有限的，我的确认为人生问题的彻底解决要靠宗教。但是，对于我来说，要走入宗教有很大的困难，就因为宗教所反对的那个理性在捣乱，理性在我这里是太强烈了，我一定要把问题想明白才行。基督教诉诸信仰和启示，佛教诉诸一套艰难的修炼功夫，让你的心进入一种状态。我有一个疑惑，就是如果我进入了那种状态，只怕不是想明白了，而是不思考了。我还是要想明白，这也没有办法，也许这是学哲学的人的毛病吧。

问：哲学与宗教的关系如何？应该怎样思考信仰这个问题？

答：我认为哲学和宗教所要解决的问题是相同的，说到底都是人生的意义问题，包括两大问题，一个是灵魂和肉体的关系，一个是生和死的关系。但是解决的方式不同，哲学是要通过人的理性来求得一个答案，而宗教认为人的理性是有限的，靠理性解决不了，要靠信仰，或者要靠一套修炼的功夫。说到信仰，我是这样看的，宗教已经到达了信仰，而哲学永远走在通往信仰的途中，永远到达不了终点，这是哲学的悲哀，也是哲学的光荣。

问：每一个宗教都有修行甚至苦修。有一种修行是有目的的，比如说朝圣者去拉萨、去麦加。另外一种修行没有目的，像达摩祖师在山上蹲了三十年，这种修行的最终意义在哪里？可能会说是精神上的升华，但是升华到哪里才是个头？

答：你说的那种有目的的修行，所谓目的指的是一个具体的目的地，但是我想，你说的另一种没有目的的修行，虽然没有一个具体的目的地，仍然是有目的的，比如达摩，他的目的应该是证悟和解脱。一切宗教，无论基督教还是佛教，修行都是为了解决两大问题，一个是灵和肉的问题，一个生和死的问题。这两个问题的关键都是肉体，灵和肉的问题是要让灵魂摆脱肉体的束缚，不让肉体的欲望支配灵魂；生和死的问题是要让灵魂摆脱对肉体的依恋，坦然面对肉体的死亡。

问：一直让我困惑的两件事：第一，涅槃修道超俗者，他们的心中到底是空无，什么都不想，还是一直在沉思？如果是在沉思，那么沉思的内容到底是世俗的事物还是形而上的真理？第二，拥有很高境界甚至是天地境界的人，就是虽是宇宙之子却有着宇宙之父的心的人，当一个无知的人冒犯他的时候，我知道他在外在是会忽视这个人忽略这件事的，不会责怪别人。但他的内在呢？他内心是怎么想的？是告诉自己说，这是一个无知的人，不需要理睬，还是什么都不想，就当什么都没发生过，包括自己的思维也没发生？如果说一个人先是前者，然后变成了后者，那么到底是以前者的习惯使他变成这样，还是他真正又提高了境界变成这样？

答：问题很有意思，你想得很细，涉及宗教心理学。我非得道之人，只能猜想。前一个问题，我想两种情况都存在，有的人什么也不想，有的人在形而上之沉思中。宗教家里有一些人同时具备思想家之气质，而且留下了著作，即是后者存在之明证。后一个问题，对于无知者的冒犯不予理睬，应该是先自律，后成习惯。成习惯本身就是境界的提高，认识化为血肉，成了本能。这是由德向道的转变，由宇宙之子的心向宇宙之父的心的转变。

问：您相信上帝吗？

答：这要看所谓相信上帝是什么意思。据我分析，相信上帝有三种原因：一是有神秘的体验，得到了上帝的启示。二是出于情感的需要，让心灵有一个依靠。三是灵魂的渴望，希望灵魂的追求有一个来源和归宿。我在第三种的意义上相信上帝。

佛教是深刻的哲学

问：您认为佛教的智慧是什么样的？

答：宗教的共同特点，是认为人的思维实际上妨碍了你认识真理，而不是帮助你认识真理，基督教和佛教都是这样看的。佛教通过戒、定、慧，要把你的这种习惯性的理性思维，这种实际上是在社会里形成的东西给解除掉，回到心的清净的状态、原本的状态，那样你就能见性了，你原本就有的佛性就显现出来了。这可能有道理，但是这种状态到底是回到了本性，还是进入了一种非正常的特殊状态，这种特殊状态是好还是不好，我都无法判断。你想一个人闭关许多年，不食人间烟火，心态肯定会变的，当然对人世间的事情都不在乎了，超脱了。我是一个俗人，用俗人的眼光看，这样做是不是太极端了一点？你生而为人，人世间世俗的价值，包括爱情和亲情，你都应该放弃吗？好像不应该啊。

追问：有的大师境界很高，闭关出来之后智慧更高了。

答：对，悲智双修，既能对人生看得很明白，又能从普度众生的立场上关注社会，我很敬佩。任何宗教里都有最高境界，我是够不到这个境界，而不是否定这个境界。只有真正进入了这个境界，我才会知道是怎么回事。我不知道你进入了没有，反正我还没有进入。

问：既然佛教是一切哲学中最深刻的哲学，那就学习佛教好了，以专注修静定，启迪内在智慧，一通百通。涉猎太多还容易迷惑，您说呢？

答：当然可以。不过我的看法是，佛学博大精深，对于初学者像一个迷宫，有了西方哲学的基本训练，就比较容易找到路径。同时，佛教有神秘主义成分，有了西方哲学的训练，就不容易陷入其中。

问：希望您谈一谈心理治疗和佛法。我的理解是，心理治疗有方法和步骤，在现实世界中通过不断与人交流达到改变自己的目的；佛法讲究了断对世间的所有欲望，回归自己的本性。在中国，在当下，我看不到这二者对普通大众做了什么，人们普遍感到迷茫，您的看法呢？

答：关于心理治疗和佛法的区别，我觉得你的理解基本是对的。它们属于两个层面，佛法是宏观的，心理治疗是微观的，二者有同有异。佛法在本质上是哲学，要你看明白世界和人生的真相，破除迷惑，从人世间的痛苦中解脱出来，回归清净心或者说觉悟的本性。同时，佛法有一套修炼的方法，帮助你达到这个目的。心理治疗针对的是具体的心理症结和疾患，通常的做法是引导你回忆和倾诉，找到症结形成的原因，进行疏导和释放，必要时用药物和其他医疗手段来减轻症状。我本人认为，多数心理疾病的根源在于人生的迷惑，因此佛法和哲学可以起根本的救治作用。宏观的问题不解决，在微观上再用力也没有用。佛法在很大程度上也包含心理治疗的成分，佛法分析痛苦的原因是贪、嗔、痴，可以把它们看作是一些心理疾病，而对治的方法戒、定、慧则是治疗手段。至于你说看不到这二者对普通大众做了什么，我的看法是，一个人真正要获得心理健康，关键是要做自己的心的主人，通过学习、思考、修炼来建立一种内在的秩序。真理就在那里，它能否照亮心灵，就看各人的造化了。

问：西方有句谚语："人类一思考，上帝就发笑。"您曾讲到，对于哲学的一些本原问题，靠人类的理性思考是无法得到答案的，而

宗教的信仰可以在一定程度上给人类提供解决办法。那么是不是说，宗教这方面比哲学更有效？

答：是的，宗教在解决世界和人生的终极问题上是更有效的，给了一个答案。哲学家们或者是在那里争论，各说各的答案，或者就承认不可能有答案。在宗教中，基督教和佛教的情况很不同。基督教靠信仰来解决问题，上帝和天国的存在，经验无法证明也无法反驳，只是一种信仰。佛教不是靠对上帝或某一个神的信仰来解决问题，它本质上是一种博大精深的哲学，要开发我们内在的觉悟，把人生的道理真正想明白，从虚妄的认识中解脱出来。佛教强调戒、定、慧，慧就是智慧，就是要想明白人生的道理。但是，和哲学不同，佛教也认为人仅仅靠理性是不可能想明白的，必须进入一种状态，戒和定就起这个作用，要排除掉欲望、杂念、成见对你的内心的干扰，真正进入本真的思考中去。光靠理性的思考，往往你自以为想明白了，其实只是逻辑的推演，你内心并没有真正觉悟。比如说死亡，你认为你想明白了，知道死是必然的，人生是虚幻的，不要太在乎，但是你还是在乎啊。所以，佛教要有戒律和禅定，帮助你进入一种看破生死、解脱生死的状态。

问：我是哲学系的学生，您谈到信仰的问题，说中国没有本土的宗教。可儒家文化已经深入到了每一个中国人的意识当中，您不认为儒家文化是一种宗教？还有道家算不算中国的本土宗教呢？中国人信的佛教、道教都是很实用的，你信仰它是对它有所求，而西方人似乎比较空灵一些，中国人的确比较务实一些，但是为什么我们这种务实的信仰就不是信仰呢？

答：我要反问一句，务实的信仰还是信仰吗？信仰一定是务虚的，解决的是灵魂的问题，终极意义的问题。这样看，我认为儒家和道家都不成其为宗教，因为它们都不是灵魂对终极意义的追问。你说道教务实，的确如此，它想通过炼丹、练功做到长生不老，追求的是长生不老、肉体不朽，无关乎灵魂，这恰恰说明它不具备信仰的品格。但是佛教不同，佛教本来是十足务虚的，是要透彻地想明白人生的道理，它是被我们中国人尤其是现代的人弄得实用了，离佛教的本义已经很远了。

问："世间安得双全法，不负如来不负卿。"如何看待这句话？

答：这是六世达赖的诗句吧。他是一个大情种，却偏偏被选中为转世活佛，就必定会陷在爱欲与禁欲、天性与身份的冲突之中了。不过，如果不是这样，我们也就读不到他的独具一格的情歌了。撇开他的特殊境遇不说，这句话有普遍的意义，就是色与空的冲突。那么，色与空如何两全？其实佛法已有解答，叫作色即是空，空即是色。色和空的统一，就是无常。因为无常，所以要珍惜，尽情地和爱卿云雨吧。因为无常，所以不要执着，诚心地向如来皈依吧。爱女人不是负如来，信佛法不是负女人，心中开朗，即已两全。

精神生活和精神现象

问：您说人有两个自我，一个是小我，一个是大我。我想问的是，当小我遇到世间的迷惑和各种痛苦的时候，要怎样以最快的速度激发那个大我，让小我跳出痛苦的境地？

答：所谓小我大我是一个形象的说法，小我是身体的自我，大我是精神性的自我。一切宗教和大多数哲学家都认为，每个人身上有这样一个精神性的自我，基督教称为灵魂，佛教称为佛性，哲学家们称为理性。你提的问题很有意思，就是小我纠结的时候，怎么样能尽快找到大我，让大我给予帮助。我想为此应该做到两点。第一是要让你的大我经常处在一种在场的、清醒的状态，如果它总是躲起来，总是在昏睡，那你需要的时候就找不到它了，或者说它该醒的时候也不醒了。所以，你不可以遇到问题才去找它，你必须经常去找它，也就是说，经常和自己的灵魂对话，让自己的灵魂经常在场。我有一个办法，是写日记，通过写日记经常与自己的大我对话。第二是要让你的大我强大，这样它才能真正帮到你。为了让它强大，一个有效的方法就是阅读，经常去读那些伟大的书，写出这些书的人都是大我非常强大的人，他们可以给你加持，给你发力，让你的大我也变得越来越强大。

问：您说要有一个超越的自我，我想问，这个是不是就是道家所说的真我？这个超越的自我就是我们精神追求的终点吗？

答：不同的宗教和学说可能会有不同的名称，比如基督教说是灵魂，佛教说是佛性，道家说是真我，亚里士多德说是理性，总之是一个精神性的自我，区别于肉体的自我或者社会性的自我。不能说这个超越的自我就是精神追求的终点，精神追求永远没有终点，只有方向，这只是一个方向。事实上，你仍然有一个世俗的自我，而这个超越的自我的存在也始终是通过你的世俗的自我的行为体现出来的。

问：我经常意识到生活碌碌，精神生活荒废，因此感到惶惑。请问周老师您有精神惶惑的时候吗？

答：当然有。精神惶惑不是坏事，说明一个人有精神上的欲望和追求。分两种情况：一是如你所说，意识到生活碌碌，精神生活荒废，因而产生一种警醒。这是转变的契机，你要抓住。二是对重大精神性问题发生疑惑，这是已经走在精神探索之路上的明证。愿你由第一种精神惶惑进入第二种精神惶惑。

问：请问真、善、美这三者逻辑上的关系是怎样的？最高境界是美吗？为什么真已经这么难了？普通人该如何修炼呢？

答：和真、善、美对应的是人的三种精神能力，就是理性、意志、情感。理性寻求真，意志寻求善，情感寻求美。这三个东西有没有逻辑上的次序和等级上的高低？我觉得很难说，不同的哲学家有不同的看法，比如说亚里士多德认为真最高，康德和费希特认为善最高，席勒认为美最高。在我看来，三者是一个整体，是一个人内在自由的不同表现。理性的自由是独立思考的能力，意志的自由是道德上自律的能力，情感的自由是超越功利感受美的能力。这三种能力，普通人都是可以培养的。

问：孔子、释迦牟尼、耶稣、苏格拉底……他们都述而不作，为什么呢？

答：一个最简单的回答是，因为他们都不是作家。成为作家的前提是对文字之美有特殊的爱好，对于这四位精神导师来说，这种爱好似乎太奢侈了。孔子是吹鼓手，苏格拉底是雕刻匠，耶稣是木匠，释迦牟尼虽然贵为王子，但古印度一个小国的王子和中国过去一个地主也差不多。当然，这么说多少带调侃的意思。也许真正的原因是，这四位都是相关精神传统的始祖，即最早的悟道者，当务之急是传道，要招收弟子和信徒，而在书籍稀缺、没有阅读风气的古代，言传身带就是最有效的方式。

第十五题 道德

道德与人性

问：人是有社会属性的，您说道德教育的目标是善良和高贵，这和我们现在讲的社会道德包括公民教育是什么关系？

答：道德教育应该以人性为基础，公民教育同样如此。人性不是抽象的，比如说同情心或做人的尊严，这两个东西丝毫不抽象。亚当·斯密说，最基本的社会道德有两个，第一是正义，第二是仁慈，而这两者都是建立在同情心基础上的。做人的尊严，自尊并且尊重他人，也是现代社会中公民觉悟的一个基础，有尊严观念才会有诚信，才会自觉地遵守公共规则。所以，我认为这里面不存在矛盾。

问：按照您的说法，灵魂本来是高贵的。但哲学上有人性本善和人性本恶的不同说法，不知道您认为哪一种是对的？

答：我讲的灵魂高贵不牵涉人性善恶的问题。哲学家们讲人性恶，实际上指的是人的生物性；讲人性善，实际上指的是人的社会性。而我讲灵魂的高贵，指的是人的精神性，我认为与人性善恶问题的所指不同。

问：您谈到高贵的灵魂，我想问，这高贵的灵魂是先天就有的，还是教育出来的？

答：我认为种子是先天的，发芽、开花、结果是后天的过程，与教育有关。按照孟子的说法，人有四端：恻隐之心，仁之端也；羞恶之心，义之端也；辞让之心，礼之端也；是非之心，智之端也。仁、义、礼、智是精神品德，这些品德在人性中都有萌芽，或者说种子，就是先天的同情心、羞耻心等。

追问：先天的种子是平等的，还是本来就有高贵和低贱之分呢？

答：也许不能用高低贵贱来说，那是一种社会的评价。但是我相信种子的品质是有区别的，后天的表现可能是向善或向恶的倾向，也可能是能量的大小，成大善大恶还是成小善小恶。从小生活环境相近，但精神生长悬殊，这是常见的现象。

问：您说人性的高贵和尊严是道德的根本，但是现在中国不是知识分子的人还有很多，如果要让农民提高自身的道德，您会如何向他们解释人性的高贵和尊严？

答：其实很多没有文化的人，包括农民，他们对人性的高贵和尊严已经有自己很朴素的理解，他们会说这个人不是人，人要像人，不能做不是人做的事情。

道德与觉悟

问：当今社会道德下滑，你是否在有意识地为提高人们的道德水平做一些事情？

答：至少一开始不是。我只是自己对一些问题感到困惑，努力要去想通，并且把想的结果写了下来。发表后才发现，也许对社会有些积极作用。我相信苏格拉底的一句话："美德即智慧。"一个人如果经常想一些世界和人生的大问题，对于俗世的利益就一定会比较超脱，不太可能去做那些伤天害理的事情。说到底，道德败坏是一种蒙昧。当然，这与文化水平不是一回事，有些识字多的人也很蒙昧。

问：人怎样才能较好地控制自己的私欲？平时总会有一些自私的恶念可能伤害到别人，自己觉得很恶劣，怎么解决这个问题？

答：你已经不错了，能够反省，很多人伤害到别人就觉得没事一样，你会感到内疚，说明你是有良知的。我提供一个角度，就是很多所谓道德上的问题，包括你说的不能控制私欲，常常不是因为你有多么坏，而是因为没有想明白人生的道理，因此把一些小事情、小利益看得太重，佛教称之为无明，就是心里没有明灯，是黑暗的、糊涂的。学哲学就是要把人生的道理想明白，所以学哲学吧。

问：有人说欲望是一个天使，也有人说欲望是一个魔鬼。我想问周老师，我们作为年轻的学生，在欲望面前应该怎样选择？是克制还是放纵？

答：欲望既不是天使也不是魔鬼，它就是人性，是人的本能，对人的本能不能做道德的判断。但是，在满足欲望的时候，如果涉及他人，就可能发生道德问题。你可以去满足你的欲望，前提是不能损害别人，在不损害别人的前提下，你的欲望怎么满足都是你自己的事情，别人都管不着。如果你损害了别人，道德和法律就会来管你。这是一条界线。还有一条界线，是你自己要斟酌的问题：满足欲望是为了快乐，但是如果你很不理智，只图眼前的快乐，因此给自己埋下了痛苦的祸根，那是划不来的。所以，从个人自身快乐和痛苦的角度来说，应该用理智的方式满足欲望。

问：一位师傅说，每个人都有与生俱来的福报命数，做生意若总想着去索取，那就是没有社会责任感，因此应该时时有利他之心。请问老师您怎么看？

答：佛教认为，每个人这一世的生命是以往无数世生命的延续，来到世上时已经记录了往世的行为和由此造成的品性，而这将决定这一世的果报。因此，每个人都有与生俱来的福报命数。我把这个论断看作一个假说，但认为相信它有一个好处，就是既然福报命数是确定了的，我们就不要太在乎自己在人世间的遭遇，包括赚钱的多少。不过，做生意总要以赚钱为目的的，不能说这就是总想着索取，关键是赚钱的时候要遵守规则，赚了钱要造福社会。做到了这两点，也就可以说是时时有利他之心了。

要做聪明的好人

问：都说要做一个善良的人，但面对这个社会时，善良的人总是

很弱势，善良的人总是被算计，被伤害。如何不做一个恶人，在坚守善良的同时又不被伤害？

答：理想情形是有良好的社会制度和秩序，能够基本上保证善有善报、恶有恶报。我们离这个理想情形还比较远，我有一篇文章，题目是“不敢善良”，就是谈这个问题的。在现有情形下，我认为应该这样要求自己：一、不做恶人是底线；二、清醒地认识到社会上有恶人，要提高识别这种人的能力，善于保护自己；三、相信多数人是好人，不因为社会上有恶人就不敢善良。总之，人是可以既善良又足够聪明的，你说是吗？

问：我读过您的《善良·丰富·高贵》，然后就做了一件令我的家长认为很愚蠢的事情。在大街上经常会遇见乞讨的人，那天我去上学的路上就遇到了这么一个人，他看着我径直朝我走过来，说他是××地方的人，发生了××事情，希望我能借给他一点钱，我就毫不犹豫地拿了一百多块钱给他。他说会还给我的，还要了我的手机号，但是他后来再也没有联系我，我就想是不是被他骗了。后来我听说这种骗子还是挺多的，但我立刻就批判自己，说：你怎么能这样想？人的本性都是善良的，你怎么能把人往坏里想不往好里想呢？为此很郁闷，很纠结。我回家和母亲谈这件事情，她也说我傻，但是我就是想不明白一点，在当今的社会上，你善良是正确的，可是你善良有一种“君子容易被小人欺负”的感觉，我想问，您对现在社会上这种现象是怎么看的？

答：我也觉得你是受骗了。善良的人往往容易以君子之心度小人之腹，用自己的善良去猜想别人的心肠，善良的人最容易犯的错误就是轻信，太容易相信别人。当今社会的环境确实很复杂，尤其对孩子和少年人来说，是一个比较险恶的环境。所以我想，第一你要坚持善良，不要因为社会的这种复杂、这种冷漠，让自己善良的心也变得冷漠起来，这个情况是很容易发生的。第二，你对这个社会环境必须有一个警惕心，你可以相信大多数人在本性上是善良的，但要清楚世界上的人并不都是善良的人，肯定有那么一部分人已经变坏了，他们会利用人们的善良，比如你遇到的装作可怜的样子出现，对这种情况要有警惕，否则你还会再次受骗。

追问：好的，这就联系到下一个问题。后来我知道受骗了就特别愤怒，然后我就有这样一个想法，就是作为一个善良的人，你怎么能眼睁睁地看着更多的人也受骗呢？我就在城里四处找乞丐。可是，当我发现是假的乞讨者的时候，比如说，大街旁躺着一个“不能动的人”，我就去帮忙，结果他自己坐起来了，遇到这样的情况，我就不知道应该怎么办了。

答：你没有别的办法，你走开，报警。

继续追问：还有一个问题，跟善良没有太大的关系了。我初中的时候，小商贩在我们学校墙壁上凿了一个洞，经常有学生去买吃的喝的。我当时不知道校方禁止这样做，后来老师在广播中要全年级互相揭发，我才知道这是一个错误的行为。作为一个诚信的人，你不把自己举报上去，你的良心上就过不去，我就把我自己举报上去了。当即老师就在广播中批评，弄得我特别纳闷，我这个诚信到底是应该还是不应该呢？当时学校里基本上没有人知道我在那边买东西，我应该不应该去举报自己呢？

答：我认为老师的处理是有问题的，如果我是这个老师，第一，我会原谅你，因为你不知道学校有这个规定，事情本身也不是什么大错。第二，我会表扬你，因为你很诚信。反正我不会批评你。

道德难题

问：前几年在伊朗发生过一件事情，有一个女性因为跟人通奸被判的极刑，被乱石砸死。通奸在一些宗教国家是极严重的道德问题，而同样的行为在别的国家就可能不算什么。我想问，道德的标准到底是什么？是否可以超越宗教或者地域？

答：道德有两个层次，第一个是具体的道德规范，因为文化传统、宗教、习俗的不同，差异可能非常大。但是道德还有一个更高的层次，就是人性的层次。应该用这个更高的层次来判断具体的道德规范。人性是最高的标准，合乎人性的是道德的，不合乎人性的在本质上是不道德的。伊朗的石刑明显违背人性，所以是极不道德的。道德的最高标准不是某个地方的风俗或宗教传统，而应该是人性。

问：堕胎是不道德的吗？这是否与故意杀人等同？国家是否应当立法惩罚堕胎行为？

答：堕胎是否不道德，这是充满争议的问题。主要涉及两个问题：第一，人口规模要和生产力水平相适应。在人类早期，各民族杀婴现象非常普遍，并不认为是不道德的，因为生产力水平太低下。我们现在当然不存在这个问题，由于长期实行一胎政策，人口短缺的后果将十分严重。第二，从受精卵形成到一朝分娩，不论在哪个阶段，胎儿可以视为法律意义上的生命，其生命权利应该得到保护。堕胎是发生在怀孕早期的事情，我倾向于允许，但认为应该禁止引产，因为那个阶段胎儿已经成形，可以认为具备了生命权利。

问：您有过一件事情从道德评判上需要这样去做但是不能获得快乐的时候吗？就是你做的时候不觉得快乐，但是从道德上来说你必须这样做，有过这样的情况吗？

答：就看你所说的道德是你内心认可的做人准则，还是社会的强制性规范。如果只是社会的强制性规范，我内心并不认可，我去做的话当然不快乐。这种情况难以完全避免，有时候你不得不做妥协，但是我心中会有一条底线。如果是我自己认可的道德，那么不说快乐，起码内心是平静的。

问：在许多农村，男多女少，彩礼涨到了天价，您对此怎么看？这看钱的社会什么时候能回归到以道德伦理为衡量标准的社会？

答：男多女少，供求失调，彩礼高涨就成为市场调节的一个结果。当然，这不正常，因为婚姻不是买卖，女性不是商品。但是，要解决这个问题，道德说教无效。在快速城市化的过程中，中国农村出现两个现象：一是宗法关系彻底瓦解，宗法伦理随之消解，而健康的伦理比如婚姻上的爱情伦理尚未建立，出现了空白。二是大量农民进城务工，成为最弱势群体，处于相对贫困状态。在这种情况下，嫁女时经济考虑就会占据很大比重。所以，就你所提的这个具体问题而言，关键在于改善农民的整体处境，才能有道德的回归。

问：胆量究竟是什么呢？工作和生活中感觉它太重要了，如何通过训练来提升？

答：按照亚里士多德的看法，每一种美德都是两个极端之间的中庸。比如说，鲁莽和怯懦都不好，勇敢就是既不鲁莽，也不怯懦。因此，勇敢实际上包含两个因素：一是理性地做决定的能力，叫作审慎；二是把决定付诸行动的意志力，就是胆量。训练应该兼顾二者，只有善于作正确的决定，才能增长行动的自信。人的性格有刚柔之分，柔不等于胆小，不要片面地强调练胆量。

第六编

爱智之问

江苏锡山中学｜学生问：我是高一学生，知道您读中学时数学成绩非常好，所以我想问您，为什么会走上学哲学的道路呢?

答：从初中到高中，我的确非常喜欢数学，成绩也很好，一直担任数学课代表。可是，我也非常喜欢文学，热爱阅读和写作，报志愿的时候就很犯难了，文理都不想放。在这关键的时刻，毛主席的一句话给我指引了方向，他老人家说：“哲学是自然科学和社会科学的概括和总结。”于是我报了哲学专业，心想这样数学和文学都不会丢了。后来我发现我是歪打正着，似乎进错了门，其实走对了路。

第十六题 哲学与人生

爱智慧是一种人生态度

问：什么是哲学？什么样的人可以称作哲学家？

答：在希腊文里，“哲学”这个词的原义是爱智慧。爱智慧是一种人生态度，一种生活方式，不是一门学问。现在哲学已经成为一门学问了，但是从源头来说，无论是从人性的源头来说，还是从历史上哲学产生的源头来说，又不仅是一门学问。因此，哲学家这个称号，也就可以从不同的含义角度来用。如果把哲学当作一门学问，从事这门学问的研究和教学的人就都可以称作“哲学家”，准确的称呼是哲学学者和哲学教师。如果从爱智慧来说，一个人渴望把世界和人生的大问题想明白，他就是一个爱智者，而那种想明白了的人就被称作哲人。

问：在您看来，什么样的人生是爱智慧的人生？

答：爱就是寻找，一个人爱什么就会去寻找什么，能不能找到就不知道了。哲学是要寻找智慧的人生，我认为寻找是一个无止境的过程，你不可能有一天成了一个完全智慧的人，没有任何困惑了，那样你就不是人而是神了。

问：怎么理解哲学是一种生活方式？

答：从古希腊开始，哲学家们一直在探讨什么样的生活是好的生活，人怎样生活才是好的。“好”有两个含义：一个是快乐、幸福；另一个是正当、道德，好的生活应该是既幸福又符合道德的。说哲学是一种生活方式，强调的是思考和实践不可分，也就是王阳明说的知行合一，你所过的生活应该是既幸福又符合道德的。

问：我觉得您的哲思常常是在教我们从另一种角度看待人生，您认为呢？

答：我喜欢你的概括：从另一种角度看人生。看人生是可以有不同的角度的，但是倘若陷在自己的遭遇中，就不能发现和找到这不同的角度。所以，要经常有意识地跳出来，和自己的外部遭遇拉开距离，这正是哲学教给我们的一种方式。

问：您研究尼采哲学，曾经是我们这一代人的学术偶像，后来转向了个人的生命体验，有了一个很大的反差，为什么？

答：我觉得后来我并没有离开哲学，可能有一点儿离开学术。我认为学术和哲学是两回事，从事哲学研究可以有不同的方式，学术只是其中的一种。我不否认学术的重要性，学术是把哲学当作知识来进行整理和研究，这也很重要，但仅仅这样还不是哲学。从本义来说，哲学是爱智慧，要把人生的道理想明白。这个本来意义上的哲学对于我是更重要的，而我自己感觉，我在这方面做的工作，其实这个社会也是需要的。

问：有人说，伟大的领导人首先是一个哲学家。我想他们不一定都读过哲学方面的书，这是我的推测，我觉得哲学应该存在于生活中，您怎么看？

答：当然，哲学不只是书本知识，哲学的本义是爱智慧，就是跳出经验的范围、具体知识的范围，站在比较高的位置上看问题。那么，各行各业都会有比较智慧的人，不是局限在他所做的事情里面，而是经常跳出来，看人生的全局，看社会的全局，然后回过头来看事情应该怎么做，这样的人都是有哲学的智慧的。但是，如果你要达到很高的高度，有更加自觉的哲学智慧，就有必要读一些哲学的书。当然，有些人读了哲学的书也不一定有智慧，这是两回事。

问：您谈到史铁生，很多人认为是残疾导致了他出色的思想，而您认为他本身就有这个天分，只是碰巧是残疾人而已。那么，智慧是不是与生俱来的？如果智慧不是所有人都能有的，对公平怎么看？

答：残疾人很多，像史铁生这样的能有几个？我不是说他的智慧是与生俱来的，应该说人人都有这个潜能，但是潜能要得到实现，成为智慧，就得靠后天。不过，每个人的天分或者说潜在的悟性是不一样的，程度的差别很大。有的人悟性特别好，比如史铁生，后天的智慧就很辉煌，有的人悟性会比较弱一点。我相信人和人之间是有种的区别的，上帝播的种是不一样的，当然所有的种都应该发芽生长，但是生长的结果肯定会受到先天的限制，这是没有办法的。每个人的责任是让自己尽可能成长得好，不要去问自己的先天条件怎样，那是上帝管的事情，不该你操心。

哲学与科学和宗教

问：有一个说法，所有的学科都来自哲学，是这样吗？

答：这是一个历史事实。在西方知识的发展过程中，首先有哲学，科学是包含在哲学里的，后来才从哲学中分离出来。你看古希腊最早的哲学家，他们大多数同时是天文学家、数学家，而当时数学和天文学并不是独立的学科，其实也属哲学范畴，是对世界的宏观思考。所有的知识都源于好奇心，而哲学是好奇心的第一个表现形式。

问：如何理解“科学的尽头是哲学，哲学的尽头是宗教”？

答：这句话好像是朱清时先生说的，不过，在他之前，有许多人说过意思相似的话。对于我来说，这个命题并不陌生，符合我对科学、哲学、宗教三者之间关系的认识。科学研究现象之中的规律，现象五花八门，因此科学分门别类。一旦科学从研究各类具体现象走向研究整个宇宙，要探究宇宙的本质，就走到了哲学。但是，人的经验是有限的，永远不可能触及宇宙的本质，所以，从康德开始，哲学家们基本达成共识，宇宙是否有一个精神本质，上帝是否存在，这样的问题只能交给信仰来解决，哲学无法给出答案，于是哲学就走到了宗教。

问：您对哲学、科学和宗教这三者间的关系是怎么看的？有人说哲学是最高的科学，一些科学家到了一定的程度以后，他们会成为一

个宗教教徒。您认为科学发展到了很高的程度，宗教是否会消失？

答：问题很大，我简单说一下。关于哲学、科学和宗教的关系，我非常欣赏罗素的说法。哲学和宗教，它们所追问的问题是相同的，都是一些根本性的问题，诸如世界的本质，灵魂的归宿，人生的意义。但是，哲学和宗教解决这些问题的方式是不一样的，哲学是通过理性，宗教是通过信仰，甚至是天启。宗教认为人的理性是有限的，不可能解决这些根本问题。相反，哲学和科学所追问的问题是不一样的，哲学思考的是超越经验的问题，科学研究的是经验范围内的问题。然而，它们解决的方法却是一样的，都是要靠理性去解决。可以这样来打比方，从问的问题来说，哲学和宗教是相同的，都是灵魂在提问。从回答的方式来说，哲学和科学是相同的，都是头脑在回答。灵魂是一个疯子，尽问那些大问题，无法回答的问题，而头脑是一个呆子，按部就班，遵守逻辑。所以，哲学基本上是这样一个情况：疯子在问，呆子在回答。至于科学发达了，宗教会不会消失？肯定不会，就因为它们要解决的问题是不一样的，宗教要解决的是终极问题，科学永远无法解决。所以，那些思考终极问题的大科学家往往有宗教情怀，这是丝毫不奇怪的。

问：请问哲学和心理学有何区别与联系？抛开功利的目的，难道仅仅是为了活出自己，安放好自己的心？

答：心理学是一门较晚产生的学科，有两个不同的方向。一个和自然科学联系紧密，比如实验心理学，和哲学关系不大。另一个和哲学联系紧密，比如人本心理学，从分析人性着手，确立人生价值的序列，以此指导心理问题的解决。我本人认为，为了安顿好心灵，应该首先深入学习哲学，因为哲学是思考人生的根本道理的，大量心理问题的产生，往往是因为不明白大道理，所以在小事情上纠结。把哲学学好了，再去学心理学就会很轻松，好的心理学家都有哲学的背景，不但知其然，而且知其所以然。

问：您的数学怎么样？文人学者对数理的疏忽是一种不好的现象吗？

答：我读中学时数学成绩很好，一直担任数学课代表，我是真的喜欢，乐在其中。尤其是解几何习题，几何图形里隐藏着一种看不见的关系，如何用最简洁的方法确凿地证明，这个过程给了我莫大的快乐。我本人认为，数学是培养纯粹思考的乐趣和训练抽象思维的能力的最佳方法，从事哲学、自然科学和社会科学研究的学者最好能具备一定的数学基础。但不能一概而论，在人文和文学领域，数学不及格而成就卓著者大有人在。

问：您读高中时数学很好，想问您对数学的感受，以及对物理、化学的感受。

答：我的体会是，数学有三个魅力：一是严格的逻辑性，是最好的思维训练。二是奇妙的直觉性，在数学的求证中，直觉起很大作用，仿佛在蒙眬中突然意识到了最简捷的思路。也就是说，数学研究也要靠灵感。三是数学的美，数学定理和数量关系中仿佛有一种前定的和谐，这是许多数学家和科学家都谈到的。这三个特点，也是哲学所具有的。所以，在古希腊，数学本身就是哲学，柏拉图学院的主要课程是数学，学院门口写了一句话：不懂几何学者不得入。读中学时，我的物理、化学成绩比较一般，也不喜欢，因为它们过于涉及物质和经验世界，我喜欢数学的抽象世界，它给我一种自由和高贵的感觉。

我们时代还需要哲学吗

问：我们这个时代需不需要哲学？需要什么样的哲学？

答：我相信任何一个时代都是需要哲学的，只要人类存在，哲学就有存在的理由。现在的问题是什么？作为一门学科，哲学没有实用价值，所以在这个崇尚实用的时代就成了问题。现在报考哲学系的学生特别少，许多是从别的系转过去的，这是一个很实际的问题。哲学系的学生毕业了，如果要专业对口，无非是做研究者或哲学教师，而这个需求量太少，所以就业很困难，往往改行，否则就失业。这是哲学系面临的所谓困境。但是，本来意义上的哲学，对人生基本问题的思考，我认为这个哲学在今天的时代反而更加重要了。我们这个时代对人生基本问题的思考是紊乱的，为什么经济发展了反而不幸福了？就因为人生基本问题被搞乱了。所以，我就说，哲学在这个时代是一个什么样的处境呢？一方面成了弃妇，另一方面又是许多人的梦中情人。

问：很多人认为哲学在今天的时代没有多大用处，您怎么看？

答：哲学不是一门实用的学科，现在的社会比较看重实用，所以哲学在今天的处境比较尴尬。我本人认为，作为一个专业的哲学的确不要太多的人，哲学系不要太大，招生的人数可以少一点，让真正喜欢哲学并且有培养前途的青年来专门学习和研究哲学。另一方面，非专业的哲学，作为人生思考和人生智慧的哲学，今天大家都很需要，事实上很多人一接触到就很感兴趣，我的半瓶子醋的所谓哲理散文销得那么好，也说明社会有这个需要。

问：在我们这个时代，应怎么爱智慧？

答：从爱智慧来说，我认为各个时代没有根本的区别。真正说起来，历史在发展，时代在变化，但是人类的基本问题始终在那里，只是改变了呈现的方式，问题本身没有变。比如对个人来说，什么是幸福，人活着为了什么，对人类来说，什么是正义，应当建立什么样的社会，这些最基本的问题没有变，人们始终在这里面进行思考和选择。

问：当世界没有了人类的时候，哲学还会存在吗？

答：当世界没有人类了的时候，人类精神生活的一切形式，包括哲学，都不会存在了吧。哲学是人对世界和人生的根本问题的思考，人不存在了，这种思考当然也就不存在了。不过，你的问题也可以从另一个角度理解，就是当世界没有人类了的时候，哲学所思考、所把握的真理是不是还存在。有一派哲学家认为，真理是客观存在，不依人是不是去思考、是不是认识到而转移。按照这个逻辑，即使人类不存在，客观真理意义上的哲学是永远存在的。不过，在我看来，这种存在毫无意义，因为所谓意义都是对人而言的。

问：有人说当代中国没有思想家、哲学家，您怎么看？

答：得看用什么标准衡量了。用对人类历史的影响做标准，不但当代中国，而且当代世界，好像也没有够得上的大思想家、大哲学家。用对现当代世界的影响做标准，中国一百年来都没有这样的思想家、哲学家。当然，如果用对中国本土的影响来衡量，总还是有一些可以称作思想家、哲学家的人的，不过，当代不如现代，也就是不如民国时期，那时候中西思想碰撞和交汇，出现了一批学贯中西的大学者。中国今天处在转型时期，正是需要思想家、哲学家的时候，但从现在的情况看，能不能出，我不乐观。

哲学思考会让人痛苦吗

问：既然思考让人痛苦，那人为什么还要去思考？一个人不去想那些人生大问题，岂不活得快乐一些？

答：其实，不是因为思考所以痛苦，而是因为痛苦所以思考。想不想这类问题，不是自己可以选择的，基本上是由天生的禀赋决定的。那种已经在想这类问题的人，多半生性敏感而认真，他不是刻意要想，实在是身不由己，欲罢不能。相反，另有一种人，哪怕你给他上一整套人生哲学课，他也未必会真正去想。喜欢想人生问题的人，所谓喜欢想，并不是刻意去想，而是问题自己找上来，躲也躲不掉。想这类问题当然会痛苦，但痛苦在先，你不去思考，痛苦仍然在，成为隐痛。既然如此，你不如去面对它，看一看那些最智慧的人是怎么想这类问题的，这可以开阔你的思路，把痛苦变成人生的积极力量。

问：哲学是否会让人的心灵和生活很沉重，给人带来很多苦恼？

答：我认为恰恰相反。造成人生苦恼的原因有两个：一是人生必有的缺憾；二是人心不该有的迷误。这两个东西都不是哲学带来的，哲学恰恰是要针对这两个原因进行治疗，让人宽待人生的缺憾，解除心中的迷误，从而摆脱苦恼。人有两种病：一种是治不好的，需要安慰；一种是治得好的，需要治疗。哲学和宗教归根到底起的都是这两个作用。治疗有没有副作用？这就很难说了，即使有也比不治好吧。

问：经历了苦难以后，你曾感到哲学观念的无力，这对你以后的哲学研究产生了怎样的影响？你对自己的追问仍然自信吗？

答：当你身陷苦难之中时，哲学观念上的东西的确是无力的，你只能忍受，忍也不是好办法，但只能如此。不过，哲学带给我的一样东西还是起了作用的，不是某一个哲学观念，而是跳出来看自己的遭遇的那种习惯，这是一种整体性的东西，有点像人的第二本能。至于说我对自己的追问是否仍然有信心，我觉得我一向就不自信，而且我追问的不是观念上的东西，我的问题不是来自书本，而是来自我的内心。事实上，思考这些问题，然后再把它们表达为语言，已经离内心中的根源很远了，已经有很大的出入，不过这是没有办法的事情。我想，无论我的表达看起来多么明白，内心中那些原始的困惑是不能根本解决的。

问：人的智力有一个作用，是促进人去发现自己的特殊禀赋，在自己有兴趣的领域去探索，这样就能得到更好的发展。如果一个人的一生就像您所说的哲学家那样，用好奇心去探索那些无解的问题，您觉得他的人生之路应该如何去走？他没有一个专业，没有所谓的一技之长，而是像孔子所说的那样，宁愿去做一个赶马车的车夫，这样的人又该怎么样度过人生呢？

答：那很可能是一个悲剧。他会走火入魔，一事无成，然后穷困潦倒，甚至疯掉。作为一个有智力禀赋的人，你应该永远保持好奇心，但是仅仅这样是不够的，你还应该把你的好奇心按照你的禀赋向某一个方向发展。哲学思考本身不能成为一个职业，你必须解决饭碗问题，有一个可以谋生的具体职业。

追问：您是怎么样结合的？

答：我也有我的职业或者说专业，比如在社科院工作，研究尼采哲学，做翻译，写专著。我自己对人生问题和时代问题很关注，在尼采那里找到了共鸣，所以在学术上就把尼采哲学作为我的主要研究方向，这就是一种结合。

继续追问：这样会不会失去原创性？

答：不会的，原创性就这么不堪一击吗？如果是，那就不是原创性了。原创性应该是强大的，是一种不可摧毁的精神本能。

深刻回归简单

问：有人说您是一个不务正业的哲学家，因为在搞哲学的人中间，在畅销书的书架上头，能够自己把自己的自选集摆一架的人，大概只有您一个人，您认为自己是一个不务正业的哲学家吗？

答：这得看从什么角度看了。如果说哲学家的正业就是要对某个哲学问题或者历史上某个哲学家进行系统研究，整理各种资料，然后写出专著，那么，我也做过一些工作，例如研究尼采，写了两本书。如果认为哲学家只能用学术专著这一种方式写作，而我除了学术专著还写了别的东西，比如散文，那就算不务正业，就把我算作不务正业好了，我不在乎。

问：许多哲学家，包括尼采、康德，都有一边散步一边思考的习惯，那么您平时在思考的时候一般会做些什么呢？

答：我没有规定动作。思考不是一个刻意的过程，写文章多半是一个刻意的过程。思考是随时随地发生的，我也习惯在散步的时候思考，因为散步的时候，一个人的头脑是放松的，在自由的状态下总是容易出好东西。我每天都散步，我的工作室和家隔着一个公园，我每天穿公园往返，大概走半小时，这半小时里我就会胡思乱想，有时灵光一现，到了工作室或家里就赶紧把这个思绪记下来。走路的时候，往往是思想自己来找你，而不是你刻意去找思想。还有一种思考是在阅读的时候发生，在阅读的过程中，无论共鸣还是质疑，都是思考的好机会。

问：您说自己喜欢简单，但我感觉您的文字或者传达的思想非常的深刻，对比强烈，您是怎么做到的？

答：我觉得一个人如果对某个问题想得足够深入，就会回归简单。有人说，哲学家写书有三种情况，第一种是把人绕不进去，第二种是把人绕进去了绕不出来，第三种是把人绕进去了又能绕出来。你看很多大哲学家的书，他们谈一个问题，思考的路途遥远而曲折，最后到达的终点却是简单而明白的。我佩服的大哲学家，不是佩服他们的逻辑思维，因为逻辑思维再严密再复杂，我都觉得这个东西仅仅是手段，我佩服的是他们有非常好的直觉，而直觉所掌握的东西一定是简单而深刻的。

问：学术著作往往艰涩难读，而您的著作大都比较通俗易读，您是有意这样做的吗？

答：其实我现在的许多作品不能算学术著作，虽然也许可以算哲学著作。哲学著作和学术著作是两回事，哲学史上绝大多数名著都不是学术著作，而现在哲学界的许多学术著作却没有多少哲学含量。即使是学术著作，我主张也应该尽量写得让人能够读懂，这在多数情况下是可以做到的。当然，有一些非常专业的东西，不是行内的专家就不可能懂，那么我很欣赏霍金的做法，他把自己的宇宙学研究成果用比较通俗的语言重述一遍，使一般读者至少能够大致地了解。

第十七题 走进哲学之门

哲学不是武器

问：我想问一个关于普及哲学教育的问题。过去我们也学过一些哲学，知道哲学是阶级斗争的武器，是认识世界和改造世界的武器，是人必需的一种精神武器，非常重要，所以我想问：作为一个哲学家，如何来普及哲学教育，尤其在青少年当中应该怎么做？

答：我不太同意说哲学是认识世界和改造世界的武器，当然更不同意说是阶级斗争的武器。哲学根本就不是武器，反而是要你放下武器，和世界进行和平的对话。真正的哲学是要让你爱智慧，去思考世界和人生的根本问题。普及哲学教育，首先应该让人们对哲学形成一个正确的概念，现在的一些教材恰恰相反，学完了还不知道哲学究竟是什么，甚至误以为哲学只是一些教条。所以，第一件要做的事情，就是对从中学到大学的哲学基础课教学进行改革，编写出真正能够传递哲学正确概念的教材。我认为最好的办法是精选哲学家的原著，有一个大的框架，按照问题来精选相关的内容。我自己就是通过读大师们的著作，才对哲学是什么形成了一个比较清楚的概念。

问：哲学是这么好的一门学科，为什么只能在大学里甚或大学哲学系里才能学到，为什么我们不能在中学里学到？在西方，很多中学里就有哲学和宗教课，我觉得我们的中学教育也应该把哲学纳入课程。

答：我非常赞成你的提议，中学里应该开哲学课，学哲学应该从中学就开始，让大家在心智开启的年龄就能初入哲学的门。如果这样做，就需要大量合格的哲学教员，哲学系面临的尴尬状态就可以解决了，哲学系的学生就有广阔的出路了。不过，教材非常重要，一定要有好的教材，哲学课才会有意义。我认为哲学课上应该侧重讲哲学史上若干最重要的哲学家的思想，让学生知道那些伟大的头脑在想什么问题，是怎么想的，并从中受到启发，从而能够自己独立思考世界和人生的重大问题。

问：现在的孩子越来越聪明，经常会问出一些稀奇古怪的问题，大人们很难解释。您在遇到这些问题的时候是不是不会犯难，很容易解答呢？

答：不是的。比如我的女儿四五岁的时候提的许多问题，什么是时间呀，会不会有另一个我呀，我都没法回答她。其实真正的哲学问题都是没有最后的答案的，孩子一旦提出这种问题，都不要给他一个简单的回答，那是误人子弟。应该鼓励他去想。我发现家长们往往是三种态度：一是麻木，不理睬；二是顶回去，没用的问题去想它干什么，好好地做作业吧；三就是给一个简单的回答。

问：您的女儿很小的时候提了许多看似很简单其实很深刻的问题，说实话，我二十多岁了，还提不出这样的问题。我想问，您的女儿是不是在您的潜移默化影响下甚至暗示下提这些问题的？她这么小就提出这么深刻的问题，对她的成长会不会有不好的影响？

答：首先我要告诉你，我肯定没有故意影响她，我在家里从来不谈哲学，我觉得在家里谈哲学特别可笑，特别傻，而且我内心并不愿意孩子过早地想这些无解的问题。但是，她一旦提出了这样的问题，我是鼓励她的，我会夸她提的问题特别棒，这说明她聪明。至于会不会影响她的成长，会让她变得沉重，我觉得不会的，事实也证明了这一点。孩子的生命力太旺盛了，她的智力在生长，生命也在生长，她的这种旺盛的生命本能是压抑不住的。也许她刚提过这种问题，几分钟后快乐的时候就把刚才提的问题忘掉了。不过，忘掉不等于不存在，她曾经想过的这些问题一定是以某种方式潜藏在她的心里。事实上，上小学以后，她几乎没有再提这样的问题，但是我相信，这类问题只是冬眠了，以后在某个时候还会苏醒的。我认为人应该想这类问题，想和不想的人的生活格调是不一样的，所以如果说影响的话，我觉得利大于弊。

问：如何让孩子提前感受到哲学教育？

答：哲学教育无刻意，重在培养独立思考。我从不建议高中以下的孩子读所谓的哲学读本，一方面，这种略显刻意的阅读要求，很难找到适合这个年龄段孩子感兴趣的读本；另一方面，很多孩子提出的看似天真、童稚的问题，实际上都有着深刻的哲学性，父母最好的办法是跟孩子一起讨论，而不是用一本大部头著作强行灌输。法国的高中会考必须考哲学，其中一些命题的深度和难度，在我们看来完全超越了中学生所掌握的知识范畴和领悟能力。在并不限定标准答案的情况下，学生的答题不但要引经据典，更要有独立思考。这种从拿破仑时代延续至今的考试方式，甚至成了评判法国人才水准的重要考核依据。中国的国情未必适合用哲学作为学生学业水平的考核依据，但哲学中最重要的独立思考的精神，却是学生应该具备的。

怎样学习哲学

问：怎样学习哲学？是系统地学，还是找本书就看？让自己的思考全部哲学化好不好？

答：如果你的确对哲学感兴趣，我的建议是系统地了解，然后有重点地学。系统地了解，最好的办法是认真读一本可靠的哲学史，比如罗素的或梯利的《西方哲学史》，着重了解哲学主要讨论哪几方面问题，哲学家们对那些问题有些什么不同的看法。在这个过程中，你可能会对某几个哲学家的思想产生比较大的兴趣，然后就重点读他们的原著。一定要读原著，找可靠的中译本读，不要读教科书、入门书之类。此外，万万不可刻意让自己的思考完全哲学化，哲学中最重要的不是概念思维，而是直觉智慧，它是无形的。

问：我是一个哲学爱好者，却没有精读过任何一本哲学书籍。在泛读的哲学书籍中，我发现很多哲学家的理论实际是相通的。不知是我浅薄还是什么原因，我认为并不需要把所有哲学家的理论全部研究透彻，除非是为了搞学术。甚至于很多理论凭借我有限的人生经历，都可以总结出来，只是表达方式与哲学家们略有偏差罢了。对此您怎么看？

答：你说得对，人生的一些基本道理是相通的，凭借自己的人生经历，每个人可以在不同程度上有所领悟。所谓人同此心，心同此理，就是这个意思。不过，我想提醒你两点。一、对于一个道理的领悟有深浅宽窄之别，停留在朦胧的感觉和零星的思绪，与有深刻的体悟和系统的思考，是大不一样的。你说只是表达方式略有偏差，言轻了。表达绝不仅仅是语言技巧的问题，而一定会显示思想深度、广度、丰富度的不同，简单化的表达表明体会的肤浅。二、哲学上的重大问题是没有标准答案的，可以从不同视角做出不同的回答，所以哲学家们对同一问题往往也会持不同的乃至相反的见解。所以，如果你真是哲学爱好者，我还是主张你在泛读的基础上精读，当然不必把所有哲学家的理论全部研究透彻，这不必要也不可能，至少要根据你感兴趣的方面精读若干哲学家的著作。我相信，真正精读了，你就不会再提这个问题了。

问：请您推荐一本您认为比较好的哲学史。

答：《西方哲学史》，我觉得梯利的著作非常好，把从古希腊到现代的西方哲学梳理了一遍，特点是简明扼要，对每个哲学家的思想的介绍都相当准确，基本上是摘编原著的精华。罗素的著作写得生动，他本身就是个大哲学家，是分析哲学和数理逻辑的创始人之一，但是他这个人是很全面的，得过诺贝尔文学奖，文采非常好，他的书写得有趣，但是会有偏见，因为他自己的哲学观点太强烈了。这两本书都有商务印书馆的译本。

问：您觉得读译本好还是看原著好？

答：如果有能力读原著，当然应该读原著。但是，如果你不是研究哲学的，哪怕你懂这门外语，要读懂也是有困难的，不妨找一本好的译本作为辅助，对照着读。一定要找好的译本，我发现很多伟大的思想家、作家都死在我们的译者手上了，被他们一翻译就死掉了，面目全非了。

问：关于中国哲学史读谁写的好?

答：我觉得最好的是冯友兰的《中国哲学史》，他有很深刻也很活泼的见解。要看 1949 年前其写的两卷本，1949 年后再版过。其晚年写的《中国哲学史简编》七卷本也很好，内容比较丰富，语言也通俗易懂。

问：您上大学的时候学的是哲学，那个时候您不知道哲学到底是什么，后来读书是不是给您起到了一定的作用呢?

答：是的，我进哲学系以后，当时老师教的是一些比较刻板的课程，我主要是靠自己读书。最早给我启发的是一本古希腊和古罗马哲学家言论的汇编，我看了这本书以后，悟到哲学原来是这样一个东西。真的想进入哲学这个门的话，我建议先看一本简明可靠的哲学史，这就像是给了你一幅地图，让你知道在哲学的世界里有哪些最重要的城市，然后你就可以深入到你喜欢的某个城市中去了，也就是去找你喜欢的某个哲学家的原著来读了。

问：我今年三十三岁，女，英语大专学历，有孩子，目前正沉浸在人生问题里难以自拔。您就是我想成为的人，我想通过考研学哲学开始，您觉得现实吗?

答：我劝你不要考研学哲学，因为读研和沉浸于人生问题毫不相干，既不能让你沉浸得更深，也不能帮你从中自拔。现在的读研，很多人是耗费许多时间写一篇无聊的论文，拿一个无用的学位。真正爱哲学的人，必须直接向经典著作中的那些大师学习，也就是必须自学，犯不着去和某个平庸的哲学教师周旋。至于你说想成为我这样的人，如果你是指真正喜欢哲学，并且能以此为职业，坦率地说，这要靠才能和运气，二者缺一不可，不是靠读研就能做到的。我建议你认真地有计划地自学，包括读书和写作，坚持几年，然后看看自己的才能和运气怎么样。

问：请您给我一些学习哲学的建议。西方哲学和中国哲学我都想学，先学哪一个？国学属于哲学吗？

答：我建议你先学西方哲学，因为它对本体论、知识论、伦理学、美学等领域的主要问题做了系统的讨论，能够使你对什么是哲学有一个清晰的概念，然后再学中国哲学的时候，你心里会有一个条理。事实上，西方哲学传入中国之前，中国只有国学，没有“哲学”这个说法。清末民初以来，那些研究中国哲学的学者，包括胡适、冯友兰等，都是先了解或接受了西方哲学，获取了一种眼光，然后才把中国哲学史整理出了一个系统。“国学”这个概念，广义上指整个中国传统文化，狭义上应该是指中国古代哲学。

问：我找到了方向就是哲学，然后在看书的时候发现我看不懂，您作为前辈能给我一点建议吗？

答：我很纳闷你既然看不懂的话，是怎么找到这个方向的？如果你真的对哲学感兴趣，可以找一些适合你现在的水平的书先看起来，我不相信你所有的哲学书籍都看不懂，总有看得懂的吧，如果都看不懂，那我劝你就不要把哲学当你的方向了。

尼采哲学

问：您是国内最早一批研究尼采的学者，尼采的哲学思想对您有何影响？

答：尼采最打动我的是两点：第一是强调强健的生命本能，要热爱生活，有生命的活力；第二是强调高贵的精神追求。这两点和我的个人气质十分契合。任何影响都是有原因的，你不具备某些因素的话，再好的东西也影响不了你。应该说是尼采唤醒了我自己本来具有的某些东西。

问：我们都知道您以研究尼采而著称，您认为您和尼采最深邃相通的部分是什么？

答：我喜欢尼采，最主要的是我觉得他这个人特别真诚，也很勇敢，不回避人生的难题，敢于面对和思考。当然，他的思考极具深度，在古今哲学家里是少见的。对于我来说，他坚定了我通过研究哲学去思考人生、去过真正有意义的生活这样的一个信念。我还喜欢他的文字风格，既优美，又有力量，同时兼备这两者是不容易的，非常独特，这对我的写作也有着潜移默化的影响。

问：能不能简单谈一下您对尼采的认识，了解尼采对我们现代人有什么意义？

答：我只能非常简单地说一说。好多哲学家有点儿装蒜，端着学问家的架子，而尼采是一个非常真实的人，一方面他真诚地面对自己遭遇的人生问题，进行了痛苦的思考。另一方面，由于他所思考的问题和时代的问题恰恰是吻合的，所以对这个时代发生了重大的影响。他思考的问题其实也就是我们今天所面临的所谓信仰问题，他有一句名言叫“上帝死了”，就是曾经至高无上的信仰现在崩塌了，在这样的情况下，人应该怎么生活。这正是尼采对于我们今天的意义：在这个社会转型时期，我们应该怎样诚实地生活，每个人应该怎样诚实地去寻求属于自己灵魂的真正的信仰。

问：《尼采：在世纪的转折点上》这本书是我的哲学启蒙，我觉得尼采是相关学术中非常重要的一个主题，但是尼采自己的著作一点也不学术。您说自己对尼采的研究要做一个落幕了，我斗胆问您，您觉得自己对尼采的研究达到了一个什么程度，做出了什么样的贡献？最重要的问题是，您在即将结束对尼采的研究的时候，最大的遗憾是什么？因为可能您所选择的对尼采研究的终点恰恰是我们的起点。我知道您不太赞成女性学习哲学，但是我正要像尼采提出的那样，做一个超人是和凡人拉开差距而不是针锋相对。谢谢。

答：对于我来说，尼采主要不是一个学术课题，我一开始只是喜欢，你提到的《尼采：在世纪的转折点上》这本书，就完全不是一本学术性的著作，其中很多话是我借尼采之口说自己的想法，我觉得我和尼采有很多共鸣的东西。接近一个大思想家可以有两种方式：一种是把他当作朋友，你真正喜欢他，和他有共鸣，就可以这样去读他，和他对话，我对尼采主要是这样的读法；当然还有一种是你也可以把他作为一个学术研究的对象，如果说我在这方面做了一点贡献的话，应该是我的博士论文《尼采与形而上学》，我自己认为这本书在学术上过得去的，把尼采在本体论和认识论方面的思想梳理得很清楚。我所做的尼采研究仅仅如此，此外还做了一些翻译工作。我之所以要和尼采告别，不是因为我觉得自己已经做得很好、很充分了，只是因为想做的事情太多，精力有限。我认为你不必从我的终点开始，每个人的研究路径是不一样的，我的路径未必适合你，我是走了半截，但你未必能接着走下去。你应该去寻找适合你的路径，对于你来说那是最好的路径。我自己没有什么可遗憾的，现在喜欢尼采的人挺多，我乐意看到别人包括你这个女生做出成绩。

问：我知道所有的哲学家都在不停地思考生命的本质是什么，在思考过程中推进真理。但是，尼采又说，生命就像一个美女，我们不能拿解剖刀去解剖她，我们要迷恋她的美丽的外表。这两者之间是不是有点矛盾？

答：哲学家都是矛盾的，不过，这个矛盾不是哲学家生造出来的，而是生命本身所包含的。尼采提出“酒神”和“日神”两个概念，就是想要解决这个矛盾。他认为，人有两种冲动，它们都是真实的。一种冲动是要探究生命背后的本质，他称之为酒神冲动。另一种冲动是要停留在生命的表面，不去探究生命背后的东西，要美化生命，他称之为日神冲动。其实，正因为人留恋生命，而生命是短暂的，人想要让生命长久和永恒，所以才会去探究生命的本质。可是，探究的结果是发现生命的背后是深渊，是虚无，你会悲观，所以又要强调停留在生命的表面，你不要去探究，因为你已经知道背后什么也没有了。这很无奈，我相信尼采自己也是这样，人只好在两者之间摇摆。

问：我对您讲的尼采对学术的批判特别感兴趣，但是我觉得，尼

采批判的东西恰恰是我们今天要努力达到的，否则的话就会在今天的现实当中寸步难行。请问您怎么理解尼采哲学与现实之间的矛盾，或者说我们按照尼采所赞同的去做，我们是不是注定会失败？

答：我认为不会。如果要从我讲的尼采对学术的批判中得出一个积极的结论的话，那就是我们应该怎么样去搞学术。并不是说不要搞学术，问题是怎么搞。如果用尼采所描述的学者的方式去搞，只见树木，不见森林，死抠字句和概念，我认为也搞不出什么真正有价值的成绩。按照尼采的看法，应该用一种健康的方式，有一个哲学思考的背景，真正从生命的意义出发，把学术研究与对人生和对时代的思考联系起来，这样才有精神的深度，对人类才有价值。对于成功和失败，我们应该站得高一些来看，看得远一些。你说的那个失败，属于尼采说的谋生的范畴，今天的学者只把学术当作谋生的手段，有各种量化指标，你不按体制里的规则做，就可能暂时处于一个不利的地位，我认为这个代价是值得付出的。不过，关键是你是否真正有底气和勇气，说到底，特立独行的道路是为优秀者准备的。

问：尼采谈到了虚无，我想知道尼采指出虚无的出路在哪里。在您的散文中，我可以感受到，您对于生活的把握有一种节奏，它慢得非常舒服，我想知道面对虚无，您是怎么样掌握自己的节奏的。

答：虚无和慢节奏属于不同的问题。当然，如果一定要说有联系，也可以说，当你以虚无或者永恒为背景的时候，你会觉得人世间的匆忙毫无意义，在无限的时空里，你只争朝夕是可笑的。尼采讲的虚无主义，简单地说，就是上帝死了，人类没有信仰了，原来一直用来赋予人生以意义的东西不存在了，这时候突然发现人类是站在一片荒原上，不知道该往哪个方向走了。尼采是怎么解决这个问题的呢？

我在《尼采与形而上学》中做了详细解说，最基本的是两条：第一条，虚无主义不就是没有信仰了吗？那你就不要冒充有信仰，不要装出还有信仰的样子，你要诚实。你宁可作为一个没有信仰的人，勇敢地在虚无的荒原上跋涉。你连虚无都能承受，这一点恰恰证明了人的伟大。这叫作积极的虚无主义。你不要因为发现了人生没有意义就垮掉了，或者去找个安慰，这些都是软弱的表现。当然你不能停留在这个阶段上，还要往前走，所以，第二条就是重估一切价值。虚无主义之所以产生，是因为以前追求意义的方式错了，是虚构了一个本体世界作为意义的源泉，结果却是否定了现实世界，我们的生命也属于这个现实世界。世界本无意义，意义是人创造和解释出来的，现在应该改变方式，立足于生命，站在肯定生命的立场上重新解释世界。尼采早期的酒神精神，后期的权力意志，实际上都是站在肯定生命的立场上对世界做出的新解释。

问：您翻译和推广了尼采的著作，二十世纪八十年代引发人人必谈尼采的热潮。三十多年过去了，您觉得我们还依然需要尼采吗？

答：尼采要解决的问题是：上帝死了，基督教信仰崩溃了，欧洲人如何为人生寻求意义？我们在二十世纪八十年代出现了类似的情况，社会转型，发生信仰危机，每个人需要自己来思考人生意义问题了。三十多年过去了，但是信仰缺失的问题解决了没有？我认为并没有解决，物质主义泛滥，改革障碍重重，就是证明。所以，我认为尼采思想在今天对我们仍然有一些启发。

马克思哲学

问：您说马克思理想中的共产主义社会是人的自由发展，可是我们都听过一句话，说经济基础决定上层建筑，我觉得人的自由发展是很难实现的，很多现实的东西阻碍理想的实现。这应该是哲学面对现实的尴尬吧，您怎么看？

答：哲学和现实当然有距离，如果没有距离，要哲学干什么？距离和距离还不一样呢， 有的是不切实际的幻想，有的是引领现实的理想。理想怎样才算实现了？并不是说变成了看得见摸得着的东西才算实现了，理想的真正作用是给精神一个蓝图，一个目标，引导你向某个方向走。无论群体也好，个人也好，都是这样。马克思的这个理想可能带有乌托邦的色彩，但是所有的理想如果追问到底都带有乌托邦的色彩。乌托邦永远是一个远景，人类需要乌托邦，也应该有乌托邦，如果没有乌托邦，人类就被封闭在现实中了，不可能有精神层面的进步。

问：我想请问，您对在我国称为主流的马克思主义哲学有何评价？

答：在十九世纪的哲学家里面，对全世界尤其是西方世界影响最大最深远的有两位，一位是尼采，另一位就是马克思，马克思在哲学上和精神文化上的影响直到现在仍然是巨大的。但是，以前在哲学教学中，在宣传中，我们对马克思的理解太肤浅，受到实用政治的影响太大，把马克思主义归纳为一些很简单的教条。如果你多读几本马克思的原著，肯定会发现这一点。比如说，马克思有一个核心的思想，我们是不讲的，就是人的本质在于自由活动。动物仅仅是为了肉体的生存而活动，人不应该这样，如果人也只是为了肉体的生存而活动，就和动物没有本质的区别了，还没有真正脱离动物的状态。只有当人主要不是为了谋生而活动，而是为了享受和发展自己的能力而活动，人才真正是作为人而存在。马克思心目中的共产主义就是这样一个社会，每个人都只需要用很少时间去解决生存问题，大部分时间可以用来满足自己的兴趣和爱好，能力的发展本身成为活动的唯一目的。之所以要消灭私有制和阶级，是因为在马克思看来，资本主义社会已经有了足够的物质财富，完全可以让每个人过上这样的生活了，但是私有制妨碍了这样做，所以必须用公有制取代它。我想，私有制能不能消灭，是不是应该被消灭，这个问题可以讨论，但是我们要明确一点，就是在马克思那里，消灭私有制只是手段，目的是让每个人过上合乎人性的生活。马克思的根本思想是和欧洲的人文精神传统一致的，我们往往把马克思主义和欧洲人文传统割裂开来看，这样就不可能有正确的理解。

问：请您谈一下马克思的唯物论和辩证法，您认为是不是完全正确？如果您认为不是完全正确，请您指出不正确的地方。

答：你这个问题提得比较极端，比较武断。我觉得问题不在于马克思的辩证法和唯物论是不是正确，而在于我们把马克思的哲学归结为唯物论和辩证法，这样归结对不对。这样一种归结是非常简单化的，据我所知，基本上是来自斯大林的版本。斯大林的《联共（布）党史》里有一节，题目就是《辩证唯物主义和历史唯物主义》，按照这个大纲来编写的这样的一个马克思主义哲学，我认为和真正的马克思的哲学思想相距甚远。马克思生前说过一句话："我只知道我不是马克思主义者。"这句话今天更值得我们深思。

若干哲学问题

问：有一天晚上，我和我的上铺同学为了一些问题谈到深夜。我们谈的是，我认为世界是唯物的，他认为是唯心的，我们都尝试去说服对方，但是谁也说服不了谁。我就想问一下，这个世界到底是唯物的还是唯心的？

答：你们两个谁都说服不了对方，我认为是当然的。唯物主义和唯心主义，二者在理论上是没有办法驳倒对方的。为什么呢？因为世界的本质到底是物质的还是精神的，宇宙完全是一个物质的存在，还是有一个精神性的本质，比如说有一个上帝，这个问题是超出我们经验范围的，既没有办法证明，也没有办法证伪。所以，最后就是一个信念的问题，而不是理论上正确与否的问题。不过，我想告诉你，争论这个问题其实没什么意思，你应该具体地去了解那些重要哲学家的思想，这才有意思，不管他被我们的教科书贴上了唯物主义的标签，还是唯心主义的标签。一个哲学家对人类思想的贡献大小，和他被贴上什么标签无关。我认为，你们热衷于争论这种问题，本身就是受了我们的某些教科书的误导，是盲人摸象式的争论。

问：哲学能让人跳离具体事物看世界，那为什么会有很大的认知差异，有唯心和唯物的不同，宗教反而能殊途同归？

答：大哲学家也能殊途同归，最后的方向是一致的，都是要守护人性，提升人类的精神水准。我不认为唯物和唯心的划分有什么意义，我们把一个哲学家归类到唯物还是唯心，这常常是牵强附会的，是贴上一个标签。比如说尼采，历来被我们说成是一个反动的唯心主义哲学家，但是你真的去分析他的思想的话，根本就没有办法把他归类，他的主要概念“权力意志”，既可以解释为一种精神力量，也可以解释为一种生命能量。了解一个哲学家，不要带着标签去看，应该看他思考的核心问题是什么，他是怎么解决这个问题的，这样才有意义。凡是大哲学家，各有各的精彩，你要会欣赏他的精彩之处。

问：我们如何理解宇宙万物那个最初的开始？那个初始的存在，即所谓“第一因”，何以会存在？在我的想象中，宇宙最自然的初始状态应该是什么都没有的“无”，没有物质、能量、灵魂、空间、时间等，这样才对啊。哲学上有什么解释吗？

答：你思考的问题很有意思，其实是一个有名的哲学难题，是康德说的四大“二律背反”问题之一。所谓二律背反，就是怎么回答都不对，人类思维根本无法对付这样的问题。康德说的这个问题是，宇宙有没有一个初始状态或者说第一因？你看你多厉害，自发地想到了康德的问题。如果说有初始状态，这个初始状态又是从哪里来的？我们的思维是不能设想无因之果的。设定了某个第一因，总还可以追问这个第一因的原因是什么。基督教说上帝是第一因，有人问上帝是怎么产生的，圣奥古斯丁回答说：上帝创造一切包括时间，上帝之前不存在时间，所以不能问这个问题。他是以宗教的名义回避了问题。霍金说宇宙开始于大爆炸，大爆炸毁灭了过去的一切信息，所以不能问大爆炸之前有什么。他是以科学的名义回避了问题。你想象宇宙的开端是无的状态，也会面临一个无法回答的问题：无中怎么能生有？宇宙是怎样从无中产生的？

问：您所汲取的营养是西方哲学，您是否对中国哲学有一定的研究？您认为中国哲学和西方哲学的区别和联系是什么样的呢？

答：我对中国哲学只能说略有涉猎。中国哲学和西方哲学最主要的区别，我不认为在于中国哲学是综合的，西方哲学是分析的；中国哲学是混沌思维，西方哲学是逻辑思维。这些差别其实并不重要，把注意力放在这里，会遮蔽主要问题。在研究西方哲学的过程中，我更注意的是，我们是有古老的文明的。为什么发展到现在，在精神文明的程度上，我们不如西方？问题出在什么地方？在我们的哲学中有没有根源？我认为是有的，中国传统哲学缺了两样东西，一个是形而上学，就是对终极价值的关切；一个是个人主义，就是对个人价值的尊重。这正是我们应该向西方哲学学习的地方。

问：想听听您对中庸的解释。您在哲学研究中最重要的主张是什么？您对自己有什么不满的吗？

答：中庸是一种古老的智慧。古希腊雅典神庙的箴言之一是“勿过度”，孔子说“过犹不及”，四书之一《中庸》里说“执其两端，用其中于民”，意思都是相近的。我本人认为，其实中庸就是要相信常识，而走极端都是违背常识的。比如在政治斗争中，我比较喜欢激进派里的温和分子和保守派里的开明分子，因为他们有常识，讨厌激进派里的极端分子和保守派里的顽固分子，因为他们都违背常识。你提了三个问题，联系起来看，好像蕴含着对我的批评。我还真说不出自己在哲学研究中最重要的主张是什么，也许就是相信常识吧，常识不是最高的，然而是基本的。

问：向您请教一个计算机科学家提出的关于人工智能的问题。当人工智能发展到一定高度时，我们没法区分人和机器人，对人类来说机器人就是人。那对机器人来说呢？会有自我意识吗？或者说这个问

题的本质是不是这个问题：意识到底是什么？

答：全世界都在说，人工智能时代来了。人工智能的发展肯定将带来许多想象不到的变化。不过，我的看法是，机器人不论达到多么高的智能，和人仍有本质的区别，这个区别正是自我意识。我认为的自我意识，只存在于具有理性能力的生命个体身上，是理性对生命的觉知。这就是说，要具有自我意识，生命和理性缺一不可。动物有生命无理性，所以没有自我意识。就理性是逻辑思维能力而言，机器人可以有理性，但不可能有生命，所以也没有自我意识。当然可以设想，将来某一天，基因工程和人工智能相结合，能够制造出有生命的机器人，或者培育出智能化的克隆人，它们是有自我意识的。如果真有那一天的话，人类离末日就不远了。

第七编

教育之问

重庆第八中学｜您就读的中学是名校吗？

答：我当年读的中学也是名校，和你们不同的是，不是爸爸妈妈让我读的，是我当时暗恋的一个女生让我读的。

第十八题　学校教育

教育出了什么问题

问：记得您曾经说过，教育种种弊端的症结在于高考，因此主张废除高考，采取自主招生的方式。如今一些高校开始采用普招与自主招生相结合的方式，可是教育的弊端并没有得到根本的改善，那么您是否会重新审视当时的判断？

答：我的看法没有变，仍然认为高考是现行教育体制弊端的症结。当然，高考不是孤立的问题。所谓高考，就是全国统一命题，统一评分，按照分数录取学生。这种方式其实已经实行几十年了，最早是从苏联学来的。我上学的时候也经历过高考，可是为什么以前没有千军万马过独木桥、从小学开始就为之奋斗这样的情况？现在出现这样的情况，是和另两个弊端有关的。第一是十几年来学校类型的单一化，职业学校萎缩，要解决就业问题就必须上大学，上大学成了解决就业问题的唯一途径，这就逼迫所有的孩子都必须走这条路了。这样一来，大学供不应求，于是就扩招。但是事实证明，这不但不能解决就业问题，就业反而更难了。原因很简单，就是社会需求量最大的职业人才断档，而大批大学毕业生实际上既非精英人才，也非职业人才，成了多余的人。所以，必须调整教育结构，大力发展职业学校，大学不但不应该扩招，而且应该缩招，回归培养精英人才的本位。这就是说，要改变高考是就业独木桥的现状。第二个弊端是二十世纪九十年代后期以来教育资源的严重不平衡，以及在这个基础上的所谓教育产业化，实际上围绕高考已经形成了一个产业链，出现了许多利益集团。从小学开始，围绕着小升初、初升高和最后的高考，现在高考也不是最后了，还有考研、考博，各种课外班、补习班、教辅等，加上名校、重点学校的择校费，所有这些都是利用了家长们怕孩子在独木桥上掉队的心理。所以，必须改变教育资源严重不平衡的状况，那些资源优良的学校，至少要禁止它们办课外班和收择校费，让教育回归公益事业。高考最主要的弊端，第一是独木桥，第二是统一命题和判分，分数至上，一考定终身。如果废除了高考，那些靠押题取胜的各种班也就没有市场了，那些靠应试走红的所谓高考能校也就没有优势了。现在部分高校在搞一些自主招生的试验，但比例很小，只是非常小的改良，总体格局没有变。我认为最后的方向还是要像欧洲的大学那样，以自主招生为主，取消决定命运的全国统一考试。有人说自主招生有腐败怎么办？我说很好办。用法律来解决，健全法律、依法惩罚就是了。

问：做学生这么多年，我可能不知道教育部部长几年换一次，更不知道是谁，但是读初中以来我就知道您。想请国平老师给现任的教育部长提意见，在应试教育方面。

答：我没有这样的机会，教育部部长太忙了。

追问：我想请您就在这里提。

答：其实我提得够多的了，关于教育我写过很多文章，但是教育部部长可能不会看。教育的问题，老百姓都是怨声载道，许多知识分子也在大声疾呼，这方面尖锐的文章很多，我写的文章也非常尖锐。为了应试、高考这样一个渺小的目标，把孩子们的童年、青春都牺牲掉了。造成这个局面有两大原因：一是教育的行政化，如果是教育家治校，会注重素质，可是行政机构没有判断素质的能力，最简便的办法是量化管理，应试教育实质上就是彻底地用量化指标来评价学生的成绩。二是教育的市场化，包括择校费、补习班、教辅等，围绕应试教育体制已经形成了一个很大的市场，寄生了一批既得利益者。所以，改变起来有很大的阻力，素质教育喊了这么多年，迄今为止没有实质性的改变，都是在小打小闹。在这样的情况下怎么办？我们不能等，也等不起，所以我强调自救，学生和家长都不要当应试体制的合谋者，你当合谋者的结果是当牺牲品，大家都争先恐后当牺牲品，这景象很荒诞。

问：现在职业高中的学生比大学文科的学生更加受到企业单位的青睐，他们就业的机会更加多，这是为什么呢？

答：我觉得这个情况不难解释，实际上是暴露了我们的教育结构的毛病。正常的情况应该是逐级分流，我记得以前就是这样的：小学毕业后，一部分人上初中，一部分人上技校；初中毕业后，一部分人上高中，一部分人上中专；高中毕业后，一部分人上大学，一部分人上大专。这是一个分层次、多流向的结构。最近一些年来，这个结构被打乱了，职业学校萎缩，中专升格为大专，大专升格为大学，然后大学就拼命扩招，实际上把本来由各级职业学校承担的培养不同职业人才的任务给取消了。职业学校所剩无几，毕业生供不应求，当然好就业。现在大学生是最尴尬的，数量巨大，既没有职业技能，又成不了精英，高不成低不就，不，不是低不就，是高不成低也不成，就业当然困难。所以，唯一的解决办法是回归逐级分流的教育结构，这是最合理的。职业学校的培养目标是就业，大学不应该这样，上大学的人应该是相对少数，大学培养的是从事科学研究和文化创造的精英人才。现在的情况是职业人才和精英人才都缺，双输。

问：您说教育现在是走错路了，老子在《道德经》里谈到民风要淳朴，聪明的君主不应该教育智巧心机，您讲的“教育走错路”是不是也是指现在把道德和做人的教育完全放弃了？

答：不完全是这个意思。撇开道德教育不说，我认为智力教育本身也走错了路。现在智力教育成了应试教育，最重要的智力素质，包括好奇心和独立思考的能力，现在恰恰受到了压抑甚至摧残，这是一个很大的问题，违背了智力教育的本义。老子在总体上是反对智力教育的，认为民众智力发达会导致道德堕落，这个观点不可取。人类不可能停留在原始的民风淳朴阶段，现代文明的要求是智德兼备，把智力上的独立思考和道德上的自律统一起来。

问：您对高一学生的分科教学有什么建议？

答：你们高一就分科，我觉得太早了。高中阶段还是应该把文理两方面的基础打得扎实一些，使得今后学理工科的学生也具备较好的人文素养，学文科的学生也具备一定的自然科学知识。同时，真正明确自己喜欢哪个方向，这是需要时间的，分得太早，许多学生可能并不知道自己的兴趣在哪里，就糊里糊涂地选了科。我认为高三开始分科比较合理。你们这么早分，基本上是为了应试，几乎把整个高中阶段都用来为高考做准备了。

学生应该怎么做

问：我觉得有一个冲突很难解决，就是现在大学的老师们让你做很多作业，你还必须要去做，不然就会挂科。你有什么比较好的建议？

答：我很同情你，我也很同情现在的大学生。我上大学的时候，情况还比较好，同样要考试，但是考试的科目不多，花有限的时间就能对付好，大部分时间是我自己支配的。如果你们现在考试的分量比较重，占用的时间比较多，冲突肯定存在的，那我想就只有选择了。我给你讲一个例子，爱因斯坦进入苏黎世理工学院之后，看到了学校的情况，他就说：我不可能成为一个好学生，因为如果要成为一个好学生，我就必须认真听课、做习题和写论文，但我不愿意这样。于是他做了一个决定，说：我就满足于做一个有中等成绩的学生，因为不及格当然不行，但我宁可把时间省下来，在自己的家里向理论物理学的大师们学习。我相信，任何一个有成就的人，他在学生时代肯定是教育体制的一定程度上的叛逆者，这不意味着他不需要花一定精力去对付体制，但是，自主学习的分量肯定远远超过课内学习，这是一定的，我希望你成为这样的学生，虽然这可能是一种冒险。

问：我在读高三，我觉得应试教育在浪费我的青春，我本来应该用大量的时间来丰富自我，却在教室里坐了六年，您怎么看应试教育的利弊？

答：我赞同你的看法。应试教育使中国的孩子失去了童年，浪费了青春，百害而无一利。如果一定要说有什么利，就是让中国的学生会考试，比如在 PISA 国际学生能力测试中获得了冠军，但是代价实在太大。好的教育应该尊重天赋和个性的差异，鼓励学生在兴趣的激励下自主学习。为了做到这一点，我对中学教育有两点主张：一是减少必修课，多开选修课，给学生偏科选课的自由；二是减少课时，给学生充足的自由支配时间。如果这样做，学生就可以像你说的那样丰富自我了。

问：周老师，我想问，我们小学生功课那么重，作业那么多，怎么才能做到享受生活？

答：你提出了一个特别重要的问题，也是我现在感到特别愤慨的一个问题，就是我们中国的小学生太苦了，负担太重了。但是怎么解决呢？我现在不能给你说一些安慰的话，比如说你去玩吧，因为你有那么多作业要做，不做完你会挨骂。所以这个问题要去跟老师讨论，更要去跟教育部讨论，要改变我们现在的应试教育体制。

问：您说过大学应该是大师云集之地，让青年在大师的星光下成长。在如今这种限制下，不乏有许多的大学不是大师云集之地，在这种情况下，大学生如何培养自己的人生境界？

答：一所好学校要提供两样东西，一个是好老师，一个是自由，包括学生可以自己支配的自由时间，也包括独立思考的自由。所以，你应该具备这样一种辨别能力，就是如果学校里真的有好老师，你就去找他。如果没有呢，没关系，图书馆的书架上一定有，即使大学沦落了，图书馆始终是大师的云集之地，你去找他们，去读他们的书。

我这样说并不是排斥老师的作用，即使有好老师，学生同样要多向图书馆书架上的大师们学习，没有这个学习，再好的老师也没法教你，你听不懂。

教师应该怎么做

问：我是一名小学老师，我很希望我的学生能够成为优秀的学生。现在的很多做法，比如布置作业，让孩子遵守课堂纪律等，我自己从内心来讲觉得不重要，但是我们又不得不这样做。我们自己不能成为伟人，但是我希望我的孩子和学生能够成为有出息的人，那么我们该怎么做会更好？

答：对于应试体制，你不能不在一定的程度上顺应它，否则可能被它淘汰。所以我的办法是采取中庸之道，尽可能兼顾，一方面让孩子能够在这个体制下过关，另一方面更多地注意素质培养。作为老师，我觉得特别难，我见到很多这样的老师，对这个教育体制的弊病看得很清楚，但是没有办法，必须顺应它。不过，你有这个认识，我觉得已经很好了，你就会和学生一条心，和他们一起去对付这个体制。

问：我是一名小学的语文教师，但是我越来越不知道怎样教现在的孩子，因为在现行的教育体制下，不光是应试的问题，而是整个相关体制都存在着问题，甚至我觉得有时候会被迫按照教科书和考试标准答案给孩子们说一些我自己都不相信的假话，或者让孩子违背天性做一些事情。我想问，现在的教师怎么样才能真正为孩子做点事情？

答：我非常理解你的苦恼，如果我是语文教师也会这样，一方面你不得不在相关的这样的体制下生存，你不可能完全反抗；但是另一方面你这样做心里是很难过的，你知道这对孩子是一种误导和伤害。怎么办？我觉得没有什么好办法。如果你上升到这样的高度，做老师实际上是在做人，你有自己做人的标准，有自己的底线，那么，在守住底线的前提下，你只好尽可能智慧地调和这个矛盾。比如说，对于教科书上的假话，我可能会这样告诉学生，同一个问题可以从不同角度去想，教科书上的答案只是角度之一，你还可以有别的角度，但不要写到考卷上去，那样按照规定我只好扣你的分了。有人可能会说，这样做不是在鼓励孩子做两面派吗？我说不对，我们在社会上生活，自己常常不得不在内心坚持一种意见的同时做表面的妥协，孩子将来一定也会遇到这种困境，那就让他们从现在开始就学习对付的能力吧。作为家长，我就是这么做的。

问：您赞赏性情的读书和生活，可是现在要做一个性情人很不容易。我之前有过当老师的经历，在教学中试图把独立思考带给学生，但被认为偏离了应试主题，所以最后就实行不了。为此我很苦恼，您认为我应该怎么做？

答：所以问题的解决要靠教育体制的改变，否则有智慧、有良知的老师只能孤军奋战，而且会受到压制，这是普遍的情况。哪怕你当了校长，我认识一些很有头脑的校长，他们对现行相关体制也不满意，想搞一些符合常识和教育规律的试验，但同样面临很大的压力。

追问：那就只能这样苦恼下去了吗？

答：你要尽自己的力量，你是戴着镣铐跳舞，但是还是要跳，不能在镣铐里完全当个囚犯，没有一点积极的动作。当然，最好是打碎那个镣铐，我希望有这一天。

问：您谈到对应试教育的无奈，在座有教育专业的同学，您能不能对他们提一些要求和期待？

答：要改变应试教育体制，教师作为个人当然无能为力。但是，有一个东西叫良知，即使在这个体制中，你仍然可以有良知，这能让你守住底线，不会去干那种羞辱理智、折磨学生的事情。在同一个体制中，对于坏的东西是积极贯彻还是消极抵制，能否利用有限的空间尽可能多做好事，其间大有区别。我能说的只有这些。

问：您认为有良知的教师应该怎样面对应试教育？

答：帮助学生用尽量少的时间有效地对付应试，给素质培养留出尽量多的自由空间。你无法改变大环境，但可以为学生创造比较好的小环境。

语文课教什么

问：您对中学语文考试怎么看？我们应该怎样处理语文考试与对文学的爱好之间的矛盾？

答：我认为现在的语文测试方式是荒唐的。中学语文测试常常用我的文章做阅读理解题，让学生分析其中一些句子的含义，有标准答案。有一次，一位朋友的女儿拿这样一份卷子让我做，我只得了69分。她给我看标准答案，天哪，我自己压根儿没想到我写的文章有这些含义。怎样处理语文考试与对文学的真正爱好之间的矛盾？只有一个办法，就是语文考试向对文学的真正爱好让步。如果让我改革语文考试，我就只考一样，就是写文章，而且不命题。

问：您的文章经常出现在高中语文试卷里，让学生进行阅读理解，请问周老师是否认可这种做法？对出题者给出的所谓标准答案，您怎么看？

答：用作家的文章做范文，对学生进行阅读理解的测试，这本身无可非议，我也不反对把我的文章派作这个用场。问题在于如何测试，我主张主要采用写读后感或评论的方式，并且给有真知灼见和真情实感的答卷打高分。我当然反对所谓标准答案，我做自己文章的阅读理解题，对照标准答案也是哭笑不得。阅读理解是学生的心灵积累与文本的表达互相作用的过程，本来就是千人千面的事情，何来标准之说呢？

问：我是海淀区的语文老师，这几天我非常痛苦，接受区里的一个任务，选一篇高中语文测试的文章。每天晚上我都花时间看您的文章，觉得很多文章都适合，阅读的过程像是一个恋爱的过程，非常浪漫、甜蜜和美好，但是当我陷入一个命题者角色的时候，我读文章时就陷入了一种婚姻的感觉。我就在想，我们的语文课必须对孩子做测试吗？如果不用这种方式，还有其他的办法对孩子做出评价吗？

答：是啊，你问得对。我也不知道怎么办。要是我的话，就会比较简单化地处理，我就选一篇好文章，让孩子们每人也写一篇文章，用这篇文章和我所选的好文章进行对话，这就是在谈恋爱了，而不是陷入婚姻了。

追问：在我自己学校里可以对学生用这样的方法，但是区里的统一测试就不可能了。我看您的《宝贝，宝贝》很有感触，我的孩子也非常聪明，他今年十一岁，是个男孩，看书很多，大概已经有一百五十本。现在他的困惑是作文，他写东西非常干净，都是干货，他说形容词是名词的敌人，但是在学校里从来没有得到过表扬，他的老师总是给他很多批语，教他怎么样写得生动。所以，他越来越不爱写作文，越来越没有信心。如果这种情况发生在您的孩子身上，您怎么办？

答：我会肯定他，因为从你说的推测，他应该是写得很好的。形容词是名词的敌人，这句话是叔本华说的，我很赞同。我也讨厌形容词，我觉得写文章质朴是一个很大的优点。我还会鼓励他多写，作文得不到好分数没关系，爸爸给你好分数。

问：我是一名中学语文老师，但非常惭愧的是，也是一个经常把您的文章肢解开来做成阅读理解题的老师。当然我知道，这不是我的错，更不是您的错。作为一名哲学家、作家，我想至少在语文学习方面，用我们现在一般的评价标准来看，您应该是一个语文学习很好的人。所以我想问的是，在您的学生阶段，您的语文学习成绩到底如何？第二个问题是，在您的印象当中，有没有哪个语文老师给您留下了比较深刻的印象？最后我想问的就是，在学生的语文学习中，乃至在他个人成长的过程中，语文老师应该发挥怎样的作用？

答：问题提得很好。我的语文成绩，小学的时候很一般，初中的时候在班里算最好的，高中的时候是最好的两个学生之一。我印象很深的是，高中的语文老师经常会把我和另一个同学的作文作为范文在班上宣讲，说那个同学作文好在什么地方呢？语法非常准确，结构非常完整。我的好在哪里呢？有自己独特的见解。我觉得他还是抓得挺准的。这位语文老师姓钱，他鼓励我在作文中有感而发，表达自己的独立见解，这对我以后的写作是有好的影响的。语文老师在学生的成长中会起很大的作用，不过应该广义地来看语文学习。一个好的语文老师，他自己一定是一个有人文素养的人，喜欢读书和写作，对母语怀有激情，那么在他的感染下，就会有比较多的学生也产生这种激情，喜欢阅读和写作。这个作用就不仅仅是语文成绩好了，更重要的是拥有一个丰富的心灵。当然，语文老师的水平很不一样，有没有好的影响，影响的大小，是因人而异的。

第十九题 家庭教育

今天如何做父母

问：在您的头衔中，您说最喜欢的是父亲，不做哲学家也要做父亲。现在您是两个孩子的父亲了，您对子女教育也很有自己的一套，能和我们说一说吗？

答：今天我成为一个所谓的哲学家，一个所谓的作家，我觉得纯属偶然，我很可能从事了别的职业，或者从事现在这个职业很可能并不成功。我觉得我是运气好，我们那个年代刚改革开放，冒出了一些人，容易跳得出、站得住，现在可就不太容易了。不过，我觉得这个不重要。我的确喜欢做父亲，做父亲的感受是我生命中最重要的收获之一。我并不是多么善于教育子女，我觉得许多东西是本能。这个时代急功近利再加上应试教育，孩子的压力很大，在这样的情况下，我主要注意两点：一是孩子小的时候，要舍得花时间陪他玩，不要说我做父亲的责任就是养家糊口，我去赚多多的钱，给他打下很好的物质基础，让他将来有钱花，可以上好学校、出国等。这就是用功利的东西来取代爱了。最重要的是要让孩子从小就感受到父母的爱，感受到亲情的幸福。现在很多是把孩子交给老人或者保姆带，我觉得这对你来说很可惜，失去了培育小生命过程中的那些宝贵的体验，对孩子来说更是很大的缺憾，他没有得到活生生的家庭乐趣，而这对他身心的健康成长是非常重要的。另外一点，在应试体制面前保护孩子，你不要逼孩子做这个体制的牺牲品。其实我说了，这都是人的本能，你真爱孩子就一定会这样。按理说，每个父母都有这个本能的，可是在现实生活中，许多人的父母本能都迷失了。

问：您对教育理想的追求和现实会发生冲突，您怎么设计自己女儿的未来呢？

答：理想必定会和现实发生冲突，如果只是接受现实，要理想做什么？当然，有时候不得不对现实做某种妥协，但是，有了理想的指引，你会掌握好妥协的分寸，方向是明确的，只是方式会平和一些，步子会慢一些。对我的女儿的未来，我有一点很坚定，就是只做抽象的定向，不做具体的定位。也就是说，对于她将来上什么大学，从事什么职业，出不出国，有多大的成就，我完全不做设计。这些东西如果你去设计的话，第一很可能是空的、无用的，决定一个人的这种具体的未来的因素太多了，不是你支配得了的，何必瞎操心。我自己年轻的时候也从来不设计这种东西，没有想过将来要成为一个作家，要有一点成就或名气。第二如果我做具体的设计，甚至这样去要求她，实际上是对她的限制，很可能是一种错误的导向，如果她真正的能力不在这个方面，那我就害了她。但是我可以做抽象的定向，就是要让她生长得好，成为一个优秀的人，向这个方向努力。这是我可以做的，也应该做的。我相信这比具体的定位重要，真正优秀了，将来她做什么都不会太差吧。

问：现在中国的家长都很焦虑，您能给他们什么劝告？

答：我曾经说，中国家长的焦虑是压在孩子心灵上最沉重的负担。据我分析，焦虑的症结是企图把孩子的一辈子都规划好、安排好。你怎么可能做到呢？孩子的未来，一半掌握在上帝手上，就是他会遭遇什么，对此你完全无法预测，只能祈愿老天保佑。另外一半掌握在他自己手上，就是他如何应对外在的遭遇，这取决于他的心态、素质和能力。在这个方面，父母是可以做一点事情的，就是给他以正确的教育。那么，什么是正确的教育呢？就是要让他具备自己争取幸福的能力，以及必要时自己承受苦难的勇气。有了这两条，就什么都不怕了。

问：我身边有很多同学或亲戚，他们迎来了小生命的诞生，往往就产生了对物质的更强烈的渴望，理由是要为孩子创造一个好的环境和前程，您觉得这样做对吗？

答：你说的这个情况很普遍，作为父母都是爱孩子的，而这个爱的最具体表现就是要给孩子一个好的物质条件，在这方面不遗余力，甚至非常克己。我在一定程度上也会这样，但是我想这里面有一个度的把握的问题，并且要明白更重要的是什么。你在能力和条件许可的情况下，为孩子创造一个比较好的物质环境，这无可非议，但这不是最重要的。最重要的还是要给他创造一个好的精神环境，我觉得很多父母的问题是在这里，对于精神环境没有任何考虑。我说的精神环境，一个是要真正给他爱，这个爱不仅仅是用物质来体现，一定要让他享受到亲情的快乐，孩子小的时候要舍得花时间陪他，和他玩，倾听他说话。你不能把他扔给保姆或老人，你就不管了，以为你去挣钱就是对他尽了责任。父母关注孩子的日常表现，经常和他交流，这对于孩子的智力成长是非常重要的，我对这个体会很深。如果你光顾着给孩子赚钱去了，没有时间和他在一起，把智力培养完全交给幼儿园和学校，在现在这种应试的方式下，结果就堪忧了。我说的精神环境，还有一点就是做人的引导，父母自己做人要好，树立榜样，同时注意培养孩子的健全人格。否则的话，你给他准备再多的钱也是白搭。

问：您的《妞妞》《宝贝，宝贝》对我们教育孩子启发很大。我有个问题是关于我本人的，我的孩子在二十岁的时候，我就把他送出国了,可以说花尽了所有的精力和财力，现在我的孙子隔代教育，我想请教您，是我自己带好还是送到国外去养好?

答：这是一个让人很矛盾的问题。如果要逃避今天的中国教育对孩子的损害，我会选择把孩子送出去。国外的教育虽然也在往功利方面发展，但是情况还是好得多。但是，我又不愿意孩子离开祖国的环境，最后变得对中国陌生，而在国外又不能真正融入人家的社会，这对他来说是很尴尬的。最好的出路是什么？就是希望中国的教育好起来。

问：作为一个父亲，您希望自己的女儿成为什么样的人?

答：我希望她平平安安，做一个好人，这就够了。

问：我有一个四岁的儿子，我很喜欢做母亲的感觉，然而作为一个个体，我也需要自己成长的空间。怎样才能在养育好孩子的同时，

不耽误自己成长呢？

答：我觉得从根本上来说是不冲突的。可能在一段时间里，尤其在孩子幼小的时候，你不得不把许多精力放在孩子身上，这会和你在事业上的发展发生一定的冲突。但是，从一个人精神的丰富和生活的总体质量来说，你花在孩子身上的时间并不是仅仅给了孩子，你自己同时也会有宝贵的收获。如果要算总账，并不是说你把这些时间给了孩子，你自己就损失掉了，不是这样的。你真正爱你的孩子，你在这些时间里会有许多欢乐，许多新的人生体验，这些也是你的成长的组成部分，所以绝不是纯粹的付出。我自己的体会是，收获大于付出，而且这种收获是无法用别的方式替代的。不过，有了孩子，自己仍然要成长，你有这个警觉是对的。孩子大一些以后，花在孩子身上的时间会减少，你就可以更好地兼顾事业和家庭了。

问：有些父母年岁渐长的时候，对于子女的依赖越来越多，要求越来越多。还有一种情况可能就是事无巨细都要去征求子女的同意。您对中国父母的这种现象是一个什么样的态度？

答：我觉得在中国的家庭关系中，缺少一个独立人格的概念。孩子小的时候，父母不把孩子看作独立的人格，事无巨细都要包办。孩子长大了，父母就容易不把自己看作独立的人格，事无巨细都要依赖。孩子小的时候，管孩子是父母的权利；孩子长大了，管父母似乎就成了孩子的义务。抚幼养老当然是天经地义，但这里说的是父母和孩子之间缺乏一种平等的朋友式的关系，根源在于缺少独立人格的概念。

问：看过你当了爸爸之后写的育儿书，很受启发。可是当我自己育儿之后，我才发现与孩子沟通是很难的，常常陷入无助的困境。

答：我觉得和孩子沟通，最重要的是不要把孩子当成大人，而要把自己当成孩子。你把孩子当成大人，自己作为大人和他谈话，这肯定是无效的。你要有童心，让自己回到孩子的状态，比如孩子小的时候，就和他疯玩。我就是这样的，女儿小时候，我和她捉迷藏，她非常快乐；儿子小时候，喜欢当小狗狗，在地上爬，我就当大狗狗，和他一起爬。这样打成一片，沟通就不是问题了。

问：传统文化提倡孝道，但现在很多心理工作者反对孝道。作为弱势群体，老人和孩子受虐待的确实很多。您如何看待孝道？

答：儒家伦理的根本是孝道，维护父与子、祖宗与子孙之间的宗法秩序，由孝及忠，维护君与臣、皇帝与子民之间的宗法秩序。孝和忠都包含人身依附关系，否定个体人格，强调绝对服从，因此受到新思想的批判。当然，我们可以对孝道进行改造，发扬其中重视亲情的成分。不过，总的来说，孝道不宜作为家庭伦理的基础。家庭伦理的基础应该是：一、亲人之间的爱，其中包括对父母养育之辛劳的感恩；二、对每个家庭成员作为独立人格的尊重；三、对弱者例如老人和孩子的同情。有了这三者，怎么还会出现老人和孩子受虐待的情形呢？

在应试教育面前保护孩子

问：我的孩子十五岁，初中毕业了，经常问我一个问题：妈妈，学习的意义和生存的意义是什么？我该怎么回答？

答：你看应试教育的后果有多严重，不但学习没有意义了，活着也没有意义了。如果我现在是中学生，从童年到少年都在为应试教育打工，我也会这样感觉的。所以我认为，当今父母的首要责任是保护好孩子，给他一个相对宽松的小环境。

问：现在学生生活在应试的压力下，您有没有什么好的方法分享给我们的家长？

答：没有什么太好的方法，应试教育也是必须对付的，要是受挫和失败，孩子会自卑。但是，我在我的女儿身上看到，如果素质培养做好了，应试不会是难事。我最近收到一封信，是一个女孩写的，她今年刚考上北大中文系。她看了我的《宝贝，宝贝》，也看了我谈教育的一些文章，很认同，说自己看了以后更坚定了信心。她在中学时也没有上任何课外班，课内花的工夫也不多，所以初中的时候成绩非常差，排名都在后面。但是她喜欢读书，看了很多文学的书，后来又喜欢看英文的小说，从简单的看起，到高中时语文和英文考试就非常轻松了。这个事例至少说明，兴趣为主导的学习未必不能对付应试和升学。

问：有一些家长说，孩子处于学龄前阶段还能坚持自己的教育价值观，没有把孩子送去上各种培训班，可孩子上了小学以后，看到周围越来越多的家长给孩子选择了各种音乐、绘画、学科培训班，自己感觉没有办法再坚持下去了，自己觉得特别孤独，而且可能还有未来被落下的风险。对此您有什么样的建议？

答：我觉得这是赌博，一边是应试教育，另一边是素质教育，那么，把赌注押在哪一边呢？我是这样想的，你把赌注押在应试教育上，输了就全盘皆输，应试、素质都没有了，赢了只不过是在应试上得了一点便宜；如果押在素质教育一边，输了无非是在应试上吃点亏，赢了就全盘皆赢。一个人将来的路长着呢，我相信素质好的人最后能够真正赢，如果素质不好，应试的赢只是表面的、短暂的。

问：如果不让孩子上学，自己在家里面培养，您怎么看？

答：我觉得这种做法有两个缺点。第一，对于孩子的成长来说，和同龄人之间的交往非常重要。这种交往既有助于激励开发智力的兴趣，又有助于培养合作的精神，而这两者是我十分看重的精神品质；第二，基础教育也很重要，当父母的不可能把所有的基础课程都教好。从这两点考虑，我不会采取这种做法。

不要给孩子讲大道理

问：您有一双儿女，都正处在受教育期，请问您希望他们明白的最重要的人生哲理是什么？

答：第一，要做一个好人。所谓好人，就是做人要善良，要自尊并且尊重他人。第二，要有头脑，对坏人有警惕心，懂得保护自己。就这两条。

问：我今天是带着儿子一起来听这个讲座的，他今年十四岁。作为母亲，我特别希望孩子能听到您的讲座，因为我看您的书，觉得您对人生价值的论述比较合乎我的想法。但是，我担心我的想法可能在这么大的孩子身上引不起共鸣，所以我想问一下周老师，我怎么能和孩子之间形成沟通？这些道理有了一定人生经历才会更有感觉，对于

这么大的孩子，怎么能让他对生命的价值有比较深刻的认识？作为母亲，我希望他以后少走弯路，我是这种心情。

答：我的女儿比你的孩子小一岁，这是我们共同面临的问题。在整个社会比较功利化的情况下，要给孩子讲这些纯粹的人生道理，会比较困难，还多少有点风险。我觉得你现在不应该急于让他知道所有这些道理，其实也不可能。我是很少和我女儿去讲这些人生道理的，也不要求她看我的书，她可能偷偷地看一点，但是我知道她看得不多。其实，和孩子在一起的时候，经常会有机会就某些具体的事情聊起来，那时候你就可以把你的想法贯穿在里面，这是和风细雨的方式，潜移默化的过程。遇到的事情多了，聊得多了，如果你经常给他展示这样一种人生观的角度的话，他会慢慢地接受的，会在他的心里慢慢地生根的。反正我和我的女儿就是这样，我们会经常讨论一些事情，都是很具体的事情，包括她在学校里碰到的事情，我们各说自己的看法，这里面就有我的观点，她会慢慢地受影响。当然不一定我的观点都是对的，如果我觉得她说得对，我会接受她的观点。但是在这样平等的交流中是有一个方向的，就是什么是正确的价值观。

问：我是一个一岁孩子的母亲，我有个困惑是如何在这么浑浊的社会中去寻求内心的平静。我觉得大人是可以做到的，但是面对孩子呢？我有一个假设，假设有一天周老师踩着单车去送你的女儿啾啾上幼儿园，幼儿园的老师在门口迎接，下雨了，这时候来了一个同学，父亲开小车送他，这个老师就为那个同学打雨伞，不为啾啾打雨伞。啾啾就会问你：为什么老师为那个同学遮雨，不为我遮雨呢？我觉得小孩会问家长这个问题的，我不知道该怎么回答。

答：你设定的情境很有意思，但是我也不知道该怎么回答。孩子太小的时候，我不想让她因为社会上财富的不平等和攀比而在心灵上产生阴影，也不想让她过早地对这种现象产生怨恨和愤怒，那样她会很痛苦的。在她稍微大一点的时候，我可以正面引导她，让她知道爸爸妈妈爱她，那些物质的东西无所谓，让她和我一样蔑视那种势利的人。可是，如果她还在上幼儿园，我就没法和她说这些，只能让她淡化对这个情景的印象，也许我会对孩子说：你看小雨滴多美呀。

问：听您讲女儿的事情，她在那么小的年纪有那么深的哲学思考，我想她的这些哲学思考肯定会影响到她的行为，会在同学中显得比较另类和独立，甚至会感到孤独，我想问，您对此有怎样的引导？

答：其实孩子都是聪明的，都会有自发的哲学思考。我并不刻意要她去想这种问题，作为家长，我只是注意观察和引导，决不强调。你说想这种问题的孩子在同学中容易显得另类和孤独，其实不一定。我的女儿性格比较内向，但是待人温和，和同学相处得挺融洽。如果是钻到了这种问题里出不来，就可能很痛苦，并且影响正常的人际交往，但在她身上没有丝毫这种迹象，一般来说，在一个孩子身上也不太会出现这种情况。

第二十题 成长

做学习的主人

问：您就读的中学是名校吗？您对名校怎么看？

答：我当年上的也是名校，和你们不同的是，不是爸爸妈妈让我上的，是我当时暗恋的一个女生让我上的。她告诉我，考上了上海中学，上学和放学有小汽车接送。我考上了，但是哪有小汽车接送呀？不过我一点儿不后悔，我的收获比小汽车接送可大多了。我自己觉得，我在中学时代最大的收获是养成了两个习惯，一是读课外书，二是写日记，这两个习惯让我终身受益。名校有优越的教育资源，条件当然好。但是，我认为你自己更重要，你要做学习的主人。譬如说读课外书和写日记，哪个老师会教你？如果当年我只是跟着功课走，这两个最大的收获就不会有。

问：我是一个高中生，想问您对青少年在奋斗过程中有什么建议。

答：我觉得对高中生提建议特别不容易。高中生面临高考，高考是很无情的，必须付出很多精力。我只能说，在这个过程中，你不要把最主要的东西丢了，最主要的东西就是我说的养成“兴趣引导下自主学习的能力”。一个有头脑的中学生，应该对现在的应试教育体制保持警惕，一方面你要去对付它，在一定程度上适应它；另一方面要清醒地认识到它的弊病在哪里，尽量减少这些弊病对自己的危害。

问：我买过、看过您的很多书，您是我精神的导师。我儿子高三了，明年高考，想请您给他一段鼓励和引导的寄语。

答：谢谢你喜欢我的书。对于你明年高考的孩子，我给他四句话。一、积极备考。虽然现在的高考制度有许多弊病，但身处在这个现实中必须应对。二、讲究方法。对各门课的重点务求弄清楚和牢固地掌握，弥补自己在这方面的薄弱环节。三、放松心态。不要相信一考定终身的鬼话，人生的路长得很，将来有没有出息并不取决于考上什么大学，许多事例都证明了这一点。四、从容上阵。有了前面三条，在考场上尽自己的努力就是了，考成什么样就什么样，考得好当然好，考得不好也不要沮丧。作为家长，你要鼓励他，不要给他压力。

问：您曾经说，您在北大上学的时候，那些教材不是您真正想学的东西。您是不是觉得，像现在的应试教育，我们必须去学的那些东西也是阻碍人性发展的？

答：关键是你内心要清醒，和它划清界限，一方面你去对付它，另一方面你不会把这个东西看得太重要，不让它来限制你。我并不是说现在应试教育的教材都是不好的，里面会有一些有用的、必须学的东西，但是肯定有一些内容对于智力发展、人性发展是毫无用处的，还有一些教育方式是不对的。作为一个学生，你没有办法，必须对付应试，但是如果你清醒的话，就能把对你的损害减少到最低限度。

问：我们这么久以来都是接受的应试教育，好不容易考上大学，但是会发现很多人找不到自己的兴趣，找不到自己想要什么，我觉得这样的话，精神生活就无从谈起。我想问您，作为一个迷茫的大学生，如何找到自己的兴趣？

答：什么东西都不可能突然无中生有，兴趣更是这样，这有一个酝酿和积累的过程，如果这个过程缺失，你硬要去找自己的兴趣，到哪里都不可能找到。你说的其实是一个很普遍的现象，因为整个中学时期是应试教育，真正的智力兴趣没有培养起来，更谈不上发现自己的禀赋在哪里了。不过我想，永远都来得及，需要的是醒悟，你已经看到这个问题了，进了大学以后，以前应试教育的后果显现出来了，那么，你在大学里可以自己补这个课，真正在提高智力素质上用功，去读那些能够点燃你的兴趣的好书，去寻找自己的兴趣方向。但是，具体怎么做很难说，没有捷径可走。

问：我正在上大学，我们许多同学现在读的大学不是自己喜欢的，选的专业也不是自己喜欢的。比如我选了一个不太喜欢的专业，但是为了以后的就业，必须继续学下去，因此并不觉得快乐。我们应该怎么做？对我们来说会不会太晚了？请周老师给一点建议。

答：这种情况可能相当普遍，一个重要原因是中学阶段的应试教育，以分数为唯一标准，以升学为唯一目标，这样的学习本身不能激发对知识的兴趣，并且占用了全部时间，学生没有时间来形成和发展自己的兴趣，结果就是大多数学生不知道自己对什么真正感兴趣，只是按照考分进了某个大学或某个专业，学习起来怎么会快乐呢？所以，我想问你的是，你不喜欢现在这个专业，但是你有没有自己喜欢的专业？如果有，就好办，我不知道学校里是不是允许改变专业，我认为应该允许，经过一定的考核，如果合格就允许转系。如果现在没有这样的机制，你也不要灰心，不要放弃你喜欢的领域，你可以在课余自学，为以后归位创造条件。一考定终身，考进什么专业就一辈子干什么，没这回事。你若真有能力，走出学校后机会仍然多得是。总之，只要你有自己的真兴趣，并且坚持下去，前途是光明的。如果没有真兴趣，不喜欢现在这个专业，可是也想不出喜欢别的什么专业，那就可悲了。不过，我要对这样的同学说，现在努力还不晚，和中学比，大学相对比较自由，你不要松弛下来，得过且过，你要抓紧时间补这个课，多读一些书，从中寻找和培养自己的兴趣。

问：现在的年轻人，由于中学阶段学习任务太重，没有时间好好关爱自己的身心，导致上大学或工作之后出现很多心理困扰、迷茫、焦虑，如何解？

答：要从根子上解决问题，就必须改变中学功课太重的情况。但是你提的问题是：中学阶段已经过去了，恶果体现在了上大学或工作之后，已经导致了心理问题，这种情况下如何解决？我的建议是：一、建立自主意识，上中学时受环境支配，很无奈，现在已是成人，要有做自己主人的明确意识，对环境的作用保持清醒。二、养成内省的习惯，把负面情绪比如焦虑作为对象进行审视和分析，这个习惯可以使你逐渐具备控制负面情绪的能力。三、定期给自己制定计划，把经过努力可以做成的事列出来，一件件做，这样能够增长学习或工作的条理性和自信心。

追问：他们的迷茫普遍体现在不知道自己内心真正喜欢的是什么，对职场工作普遍厌倦，这种情况该如何处理？

答： 坦率地说，我觉得没办法。这是在中学阶段完全受应试体制支配造成的最大恶果，几乎成了一种先天不足。勉强想办法：一、克制厌倦感，用毅力把职场工作做好，获取成就感，有了成就感，或许还会喜欢上。二、尝试去做自己可能会喜欢的事，在这方面下功夫学习，也许会培养起真正的兴趣。

问：如果你大学学的是自己不感兴趣的专业怎么办？考研真的很重要吗？你怎么看待现在考研热的情况。

答： 你的问题问到了点子上。现在的考研热，多半出于求职的需要，其实很不正常。在大学本科阶段，一个人应该明确自己的兴趣方向了，而如果所学专业与兴趣不合，考研倒是提供了一个机会，可以改换到合兴趣的专业上去。当然，这需要你对相关专业下了一定功夫，而既然是感兴趣的专业，你理应是下了功夫的。如果只是为了谋职，仍然报考本科所学的不感兴趣的专业，无疑是在不喜欢的道路上越走越远，我认为是坏的选择。不如先就业再说，同时在自己的兴趣方向上继续努力，为以后考研或者自学成才创造条件。

成长中的孤独

问：我是一名中学生，您觉得在上海中学三年的学习经历对您现在的最大影响是什么？

答： 上海中学有特别好的学习风气，不过我想，我读高中是在上海中学还是在别的学校，这不是关键的，我对自己有信心，上别的学校也不会差。我觉得一个人的中学阶段非常重要，我把它称为发现的时代。发现了什么？对我一生最重要的四个东西，就是性、死亡、自我和书籍。性，因为那正是身体发育的时候，冲动、敏感、苦闷，让我变成了一个很内向的人。死亡，经常想到自己最后会死，很恐惧，很痛苦。自我，因为知道自己会死，只能活一次，就意识到了自己的独一无二。书籍，就是爱上了阅读。这四个东西几乎成了我一生的关键词，影响重大。我说爱上了阅读，是指人文书籍。上中的传统是重视数理化，看轻文科，我们班五十个同学，毕业的时候选择志愿，四十九个同学报考理科，只有一个同学报考文科，就是周国平。但是周国平是班上的数学课代表，我非常喜欢数学，可是因为爱上了阅读，结果只有我一人报考文科，一辈子从事哲学，你们说影响大不大？

问：我想请问周老师，能不能跟我们分享一下您在青少年时期的一件特别难堪、现在回想起来会付之一笑的事情？

答：我在小学的时候偷过书。班上同学们自己办的小小图书馆，我借了一本书，书中讲一个淘气小男孩的各种恶作剧，我看了觉得太好玩了，舍不得还，还掉后又偷偷拿了回来。其实这是一本非常普通的儿童读物，但是我喜欢看书就是从这本书开始的，它让我对书籍产生了好奇心，觉得每本书里面一定藏着一个有趣的故事，等着我去把它找出来。那次偷书虽是难堪之事，但在我的人生中竟然起了这么大的作用，所以现在回想起来也就可以付之一笑了。

问：我正在读高三，想做非凡的人，可周围朋友都在认命，我看哲学书籍，无人为伴。有时我疑惑自己为何不随波逐流，我很迷茫，

怎么办？

答：你比周围的人优秀，就必然会感到孤独。我年轻时也经常有这种无人为伴的苦恼，但我从来没有怀疑自己的追求是没有价值的。我认为你也应该坚持。

不要用年代标签看人

问：最近网上流传一个帖子，“90后”已经入学了，很多人批判他们军训的时候，涂指甲油，染头发，连我们曾经被批的“80后”也加入批判“90后”的队伍中。您觉得老一辈以及社会对我们青年一代应该更宽容一些，还是更严厉一些？您觉得我们这一代存在哪些问题对我们以后的发展是不利的？

答：我当然主张宽容。老一代对年轻一代的看法不一定对，我们往往有一些比较固定的观念。但是老一代有他的权利，他也有发言的权利和批评的权利，他从自己的观点出发来提看法，可以给青年一代一种参考。我与“90后”“80后”的接触不是特别多，但我有一个感觉，这不是你们的问题，社会给你们的压力太大，现在的年轻人一走出学校就面临生存的压力，所以比较实际。另外，你们大多是独生子女，加上中学期间的应试教育，因此比较单面，不够丰厚。不过总的来说，我认为每一个人自己成为什么样的人，这和属于哪一代关系不大，不能用年代的标签来概括。

问：在你的眼中，“80后”是一个怎样的群体？你是否认为他们是垮掉的一代？

答：在评价精神素质时，我不认为可以按照年龄段来划分群体，哪个年龄段的人都是参差不齐的。我当然不认为“80后”是垮掉的一代，从我在高校做讲座的反响看，我感受到他们对于精神事物同样有一种热烈的追求。我想提醒的是，你们生活在互联网时代，希望你们能够分清网络的利弊，不要热衷于网络上的浏览和交际，这容易让人变得浅薄，应该让自己有真正独处的时间，拓展内心生活。

问：您觉得现在的“00后”独生子女内心最缺乏的是什么？

答：如果你问我“00后”独生子女外在最缺乏什么，我可以明确回答：最缺一个弟弟或妹妹，而这一定会影响到内心。独生子女内心有一种父母之爱和一般友情都不能排解的孤独，现在实行“二孩政策”，父母完全可以不让“00后”继续做独生子女了。一个人在世界上有同辈的血亲是重要的，会对人生感到踏实，还能够在一种亲密关系中学习互相关心、惦记和合作。我认为，一个弟弟或妹妹是父母能够给“00后”的最好礼物。

追问：除了给他们生弟弟妹妹之外，如何能减少他们内心的孤独，健康地面对世界？

答：我的建议是：一、在同龄人中有若干好友，对于青少年来说，这是心理断奶和走向社会的重要步骤；二、真正喜欢一种艺术而不是作为升学工具；三、养成读书的习惯。

如何处理和父母的关系

问：人都希望得到爱，但是也都希望得到自由，实现理想，这样

就会和父母有一些冲突。我想问的是，真正想做自己的事情，又和父母有冲突，怎么办？

答：孩子和父母之间的沟通是双方的问题，你父母也有责任。孩子小的时候，父母的责任更大一点，长大了以后，你自己可以积极主动一点。我不知道你们沟通的问题具体出在什么地方。这是中国父母和孩子之间的普遍问题，沟通太少，缺乏平等讨论问题的氛围。我想你可以尝试着主动和他们谈心，求同存异，在家里慢慢地形成这样一种氛围，好吗？

问：我很羡慕您的女儿。我小的时候和父亲交流比较少，感觉他比较可怕，现在长大了有什么事情也不喜欢和他说，怕他担心。我想问，这样因为怕家长担心而不告诉他自己的近况是对还是不对？

答：如果我是你的父亲，我一定希望你能告诉我。当父亲普遍是这样的心理，孩子长大了，尤其是女儿，特别希望父女之间能谈心，做知心朋友。也许因为中国家庭的习惯，或者个人的性格，或者面子，父亲往往不是特别主动。但是，我相信他在那里期待，做父亲的其实都会有这种期待的心理。所以，你要主动一点。我告诉你一个秘密，随着孩子长大，父母和子女之间的交流，主动权会越来越转移到子女的手里，长到像你这样的年龄，主动权已经在你的手里了。所以，你不妨走出第一步，去试一试，我相信你的父亲一定很高兴。

问：有的人小时候受到父母的打骂、指责、贬低等虐待，造成了很大的心理问题，长大后对父母有很多怨恨，您认为应该如何处理和父母的关系呢？

答：中国有些父母要求孩子绝对服从，所谓听话，不听话就打骂，孩子心中留下了创伤。要消除怨恨，对父母宽容，需要有比较高的立足点，认识到父母当年这样做，是受了错误观念支配，或者是因为生活负担重、个人境况不顺等原因，所以应该同情他们，而不是怨恨。

问：我大学是在合肥上的，今年刚毕业。父母虽然没让我有经济压力，但我从小很少得到精神上的关怀，他们时常吵架，家庭不和睦，我想逃离。我说的话又不起作用，经常一个人偷偷地哭，只有看你的书来安慰自己，尤其是那些关于亲情和教育的书。我知道他们也是爱我的，但我不知道怎样让我的家庭好起来，我也想拥有一个幸福且充满爱的家庭。我毕业以后还要回家吗，还是离开这个家庭独自一人？请给我指点。

答：家庭不和睦，你要不要离家独立，我认为，不管家庭是否和睦，你这个年龄都应该有一个先疏离后回归的过程，这是心理上的断奶。你要开始独立地走人生之路了，这个时候最好尽量排除来自家庭的负面的——常常是正负不确定的——干扰。我的女儿现在读大学，她很有独立意识，自己闯天下，我未必理解她的一些具体做法，但我很支持她的总体追求。你想让你的家庭好起来，我懂你的心情，你不妨推荐你的父母读你提到的那些关于亲情和教育的书，或许他们也会得到启发。不过，他们毕竟是成年人，你只能力所能及地影响他们，能影响多少是多少，尽力了即可安心。

问：从高中起我就开始读你的书，一直到现在大学快毕业了，仿佛遇见一个知心好友。你在传记里写到，你的父亲有些许的家庭暴力，打你的姐姐和弟弟，你总是拿本书走出家门作无声的抗议。其实

我父亲是有过之而无不及，我和弟弟无一幸免，高中时候的青春期是我和父亲冲突最多的时候，争吵和暴力充斥在我家里，那时候的我异常苦恼。即使在前年的一个寒假里，我父亲无缘无故打我家的狗，我突然受刺激抱着他，不让他打狗，然后发疯似的控诉我小时候被他打的事，我爸很愤怒地回应我，说他打我是为了教育我，对我好，而我长大了翅膀硬了就反了，又挨了一顿打。这件事后，我感觉自己和父亲完全不是同一世界的人，无法交流，他完全不理解家暴带给我的伤害有多大。幸好遇见你，才没让我走向极端，通过读你的书，明白我们需要一个很高的视角去看人世间的自己及自己的一切遭遇，我看到了父亲小时候也是家庭暴力的受害者，才成了他如今的模样，油然生出同情感，对他的怨恨少了很多。但是，我和父亲的隔阂是很难化解了，我现在很困惑的是怎么和父亲相处下去。

答：读我的书，你觉得遇见了一个知心好友，这真好，我认为是读我的书所能够有的最好状态。你的确有心得，比如说，面对家暴的父亲，你能站在高处看他以及你自己的遭遇，因而没有走极端。不过你仍为如何与父亲相处下去而困惑，我的建议是，一尽力而为，二顺其自然。尽力而为，因为他是你的父亲，你要帮助他。事实上暴躁性格和家暴行为的受害者也包括他自己，甚至首先是他自己，他因此失去了人生某些宝贵的价值，例如宁静欢欣的心情、和谐的家庭氛围、子女的敬爱等。你不妨尝试给他写信，或者和他深谈一次，在你的诚恳面前，他端着的架子也许会放下。尽力而为之后，则要顺其自然，因为他毕竟是另一个人、另一个灵魂，他能否改变，改变多少，不是你能决定的。不论处在多么亲密的关系之中，包括亲子关系、夫妻关系等，都不要忘记一个重要道理，就是每个人都是一个独立的灵魂，这样事情就简单了许多，不会对别人强求，也不会强求自己给别人做力不能及的事。暴烈的脾气是难改的，尤其难以靠劝说改变，往往要靠事实的教训或岁月的磨砺。你能改变的终归有限，估计年岁会使他变得温和一些。你看苏格拉底，他这么聪慧，也改变不了老婆的暴烈脾气，于是就对之持一种宽容和调侃的态度。面对亲人不可改变的缺点，我们都应该学一学苏格拉底的哲人风度。否则，你还能怎样呢？

第八编

读写之间

华东师大第二附属中学 | 男生问：怎么样在一群漂亮的姑娘中找到自己喜欢的那一个，或者说怎么样在一堆好书中找到自己喜欢的那一本？

答：去认识那些姑娘，去读那些好书，别无他法。

第二十一题 阅读与精神生活

通过阅读培养两种能力

问：我高一的时候，第一次读到您的书，就是《人生哲思录》，在我们学校对面的书店买的。我记得特别清楚，当时我把书放在床头，每天晚上在睡觉之前看那么几段，我生命中第一次，就是我一下就被一本书吸引住了。我每天回家，好像就觉得有一个朋友在那里等着我去与他相见。今天我想问您和阅读直接相关的问题，您认为阅读对一个中学生非常重要，但是我现在时间非常有限，每天的学习或者做练习题已经占据了我们大量的时间，所以每天回家的时候可能只剩下二十分钟可以用来读书了。如果这样的话，我担心我的阅读习惯的养成就被耽误了，这样会不会对我以后造成影响？

答：我从你的话里听出来，你是非常渴望每天保证有时间去阅读的，你有这样一种心情的话，哪怕每天坚持二十分钟，我觉得你的阅读习惯仍然会保持下去的。有时候阅读会暂时中断，我也有过这样的情况，集中去做一件事情，阅读可能会中断一段时间，但是我觉得这种内在的渴望还在的话就不怕。

追问：但我现在不能确定这种渴望会不会因时间的流逝而衰落。

答：我也不能确定。但是你有这种警觉就很好。

问：请您给我们大学生的阅读提一些建议。

答：你们从高中到大学不容易，身经百战，满身创伤，进到大学以后，普遍有一个情况，就是总算可以松一口气了。大学相对于高中阶段来说要自由一些，没有那么大的考试压力，当然接着会有就业的压力。你们真的要好好珍惜这段时间，也许以前在中学阶段应试压力太大，没有机会养成阅读的爱好，现在还来得及，一定要在大学阶段养成阅读的爱好。我觉得在大学阶段最重要的是培养两种能力，这两种能力都是通过阅读得到的。第一个是兴趣引导下自主学习的能力，就是能够根据自己的兴趣来安排自己的学习，而不是被学校的课程限制住。这就要会读书，自己给自己开书单，一本本地读。第二个是通过阅读来过精神生活的能力，就是不限于专业，能够博览人文书籍，去和人类历史上那些伟大的灵魂交流。有了这两种能力，学业优秀，心灵丰富，你就会终身受益。

问：我经常觉得做完业务的活之外（业务的活都是带着功利性的），已经没有时间和精力去读自己真正想读的书了，而我确实有很多书想读。我想问周老师，您是怎么样去协调功利的读书和精神生活的读书的？

答：这个问题对我来说也是存在的，尽管我的专业决定了我能够把功利性阅读和精神性阅读较好地统一起来。但是，只要你看重利益，两者还是会发生冲突，你越看重，冲突就越大。我的办法是，自己选择研究的题目，基本不申请课题，因为拿了那个钱，就会受到约束，可能必须去做一些自己不喜欢的事情。当然，你会难处理得多，我觉得只有设法兼顾，把时间分配一下，比如说，白天用于功利性阅读，做你的课题，把晚上留给自己，用于享受性的、精神性的阅读。

问：读书交友，交到的是你的朋友，不一定是我的朋友，虽然我们可能会有某一个相同的朋友。您认为呢？

答：“朋友”这个词，我觉得特别好。我们在书中寻找什么？一个是寻找自己，一个是寻找朋友。一个人不能缺少两个最重要的朋友，一个是你自己，一个是好书。你自己是你最好的朋友，这个观点是古希腊哲学家特别强调的。你要有一个强大的自我，一个充实的自我，一个比你的身体更高的自我，那个自我是你最好的朋友。你不要被你的身体的遭遇拖着跑，你对你的身体的遭遇要保持一个距离，你要去观察它和分析它。怎么样培养这个更高的自我呢？一个好办法是写日记。写日记的过程是一个反思的过程，是和你的身体自我拉开距离的过程，同时也是你的更高的自我逐渐确立的过程。为了让这个更高的自我强大和丰满，就要读好书。第二个不能缺的朋友就是好书，就是活在好书里的伟大的灵魂。凡是能够帮助你精神成长的书籍，都是你在人生道路上的好朋友。

问：我不明白，读工具书和专业书就不能算一个爱读书的人？

答：对，我是这样看的。我们讲的阅读生活，是指通过阅读过精神生活。比如我是搞哲学研究的，如果我仅仅为了写学术论文而读相关的书，找资料，整理资料，我只在做一个技术活。爱读书必定是和心灵相关的，和心灵没有关系，那就是技术领域的事情。

问：我也是学哲学的研究生，我相信读书可以安心。我想问的是，我们怎么样从读书当中立命？

答：我理解你说的立命是指拥有自己真正的事业，那么，我觉得这个立命和安心是分不开的。一般来说，一个人必须心态好，才能事业有成，所以读书至少是间接地帮助你立命。你是学哲学的研究生，如果你今后仍是从事哲学专业，立命和安心就更是分不开了，相当于儒家说的平天下与修身的关系。

问：我把读书当作幸福感的主要来源，可是，我在生活中遇到一些问题，比如和父母或者朋友之间的关系、学业上的矛盾等，当我疑惑的时候，我就带着很不爽的心情读书，把书读完了，发现那些疑惑仍没有解决掉。我想请您帮我解释一下。

答：你的疑惑好像是很具体的事情导致的，我想通过读书你是不可能直接解决那些具体问题的，不过有可能使你改变对这些具体事情的态度，有一个比较好的心态，心态改变了，就不会太困惑了，也许能起这个作用。如果这个作用也没起，而你是真正爱读书的，那么至少在读书的时刻可以暂时把烦恼忘掉，这也挺好。慢慢地，也许就彻底忘掉了，无所谓了，不成其为烦恼了。

为什么要读经典

问：何为经典？您的书算经典吗？

答：肯定不算，我说的完全是真心话。我认为我的作用是什么？实际上是把人们引导到经典面前。你看我的书，很多文章是读那些大师作品以后的感悟，不是我的原创。也确实产生了这样的效果，很多读者看了我的书以后，会去读我谈到的那些经典作家的书。至于什么是经典，这个很难判断，所以我只好说时间是一个标准，就是一代又一代会读书的人都说好，这就像滚雪球一样，一本书产生的影响都加到了这本书上面，它就成了经典。但是，我觉得这个不重要，就是一本书能不能列入经典并不重要，我的意思是你一定要去读好书，读了以后精神上真正能得到提升的书，这个标准是你能够掌握的，你自己可以判断的。

问：今天的年轻人的确离经典越来越远了，我想知道您对好书的界定。

答：好书的界定，我自己感觉就是读了以后，能够让我感到精神上的愉悦，或者得到精神上的提高，这样的书就是好书。当然，每个人的感受不同，别人眼中的好书，你可能根本读不进去，但是你眼中的好书，就应该能让你有精神上的愉悦或提高，这一点是共同的。我自己认准经典著作，因为它们已经经受了时间的检验，比较可靠，也许我这是偷懒的办法。经典著作也有很多，我恐怕一辈子也读不完，那我何不省力一点，就从这里面挑选？现在每年出很多新书，我基本上不看，因为你不知道要花多少工夫才碰到一本比较好的书，我觉得太浪费精力了。我是从效益来考虑的，那个成本太高，我用低成本的办法，就是认准经典著作。那些新书就让别人先去试验吧，某个有品位的人告诉我这本书很好，如果他的眼光是我能够信任的话，我就会拿来翻翻，真觉得好就会认真读下去。

问：您告诉我们要阅读经典，那到底什么是经典呢？您认为怎样的标准比较合理，或者凭自己的喜好判断就可以了呢？

答：判断经典的标准，是一定程度上的公认，但这也是相对的，可能任何一个书单都不会是没有异议的。在经典之中读哪些，自己的喜好是判断的重要依据。有的书的经典地位已经不可动摇，比如《荷马史诗》，可是你读得进吗？作为西方文学的源头，它当然非常重要，文学史的专家必须研究，但是普通读者如果读不进去，就不必硬读。总之，公认和兴趣两者兼顾。

问：有一种观点认为，书没有好坏之分，只有让人喜欢和不喜欢之分，你怎么看？很多专家不认可畅销书在文学上的地位，但是一些畅销书的作家会说，不要忽视读者的鉴赏能力，能够畅销说明它是有意义的，不要把书分为纯文学书和畅销书。请谈谈您的观点。

答：我认为书还是有好坏之分的，当然好书坏书都可能有人喜欢，但是我想喜欢什么书，这里面有一个趣味的问题，还有一个层次的问题。判断书的好坏，当然不能看读者的多少。读者多的书，可能是人心所向，也可能是炒作效应。读者少的书，可能是曲高和寡，也可能是实在太烂。真正的标准是看书的质量，可是质量怎么判断，就不好说了，见仁见智，所以我说最后就看时间的判断，能不能流传下去。我并不完全否定畅销书，畅销书里不是没有好书，我想强调的是，读什么书要有自己的选择，不要被时尚拖着走，大家都在读你就跟着去读。作为作家，当然都希望自己的作品能够畅销，但是我觉得比较好的心态是让作品自然地走到读者里面去，不要做许多包装和宣传，反正我不喜欢这样。炒作对读者是不公平的，结果很可能是本来不想买却买了，买了以后发现自己并不喜欢。所以我觉得还是让书自然地走到读者里面去比较好，作家应该追求的不是畅销而是长销，这才是作家和读者之间的一种健康的关系。

问：我有一个问题，就是少不读《水浒》，老不读《三国》，不同年龄段要读不同的书。那么，针对我们大学生的话，应该偏重哪个方向，是文史类，还是哲学类，您能给一个大致的方向吗？

答：年龄段和读什么书是有关系的，但是我觉得并不是那么严格。当然你不能让儿童直接去读文史哲的经典，可以让他们读一些儿童文学的名著。至于大学生，我认为什么书都可以读。我的阅读经验告诉我，文史哲真的是不分家的，从好的文学作品和历史著作中你也能读到哲学，而好的哲学和历史著作同样也是文学杰作。作为个人，你在文史哲中侧重哪一类，先读哪一类，完全可以根据你的兴趣来决定，没有一定之规。

问：您在阅读经典的过程中，有没有感到痛苦的时候？

答：我不知道你说的痛苦是什么意思，如果是指有些经典很难读，比如康德的《纯粹理性批判》，一开始像读天书一样，不过这个坎儿是可以过去的。连王国维这样的大才子，读了三遍都没有读懂，后来读了叔本华的解说，再回过头去读，读第四遍的时候读懂了。我不建议你们一开始就读这样深奥的书，其实经典著作里有很多是非常好读的。反正我的体会是，读经典比读那种第二手、第三手的解说性的东西要快乐得多，大师毕竟是大师，转了一手以后，最精彩的东西往往就被弄丢了。

问：您提倡读经典，但是我觉得有些经典已经和现实很脱节。现在社会上竞争很激烈，我读那些书并不能保证我可以在社会上很好地生存，请问您对这个问题有什么看法和建议？

答：你说得对，读经典不能保证你在社会上有很好的生活，它的价值不在这里，如果你因此就认为它没有价值，那你当然不必去读它。关键是看你在人生中有什么样的目标。我认为应该有两个目标：一个是能够在社会上立足，有比较好的物质生活。但是，仅仅有这个目标，你觉得就够了吗？我觉得是不够的，你应该还有另外一个更高的目标，就是拥有高质量的精神生活，如果这样，就应该去读那些好书。你说有些经典已经和现实脱节，如果是指某些理论、观点已经过时，已经被新的理论、观点取代，这种情况当然会有的，尤其是在社会科学领域里。但是，哲学、宗教、人文学科不是直接解决现实问题的，而是解决精神问题的，这方面的经典永远不会过时。当然，经典作家也会有不同的观点，我认为观点不重要，重要的是他们所思考的问题，读经典的主要作用是促使我们去思考这些问题，不一定要接受他们的观点。

问：您说时间是检验好书的标准，但是我们生活在这个时代，如果只读以前的书，如何才能和当今的时代发生碰撞？

答：你的这个问题提得好。我不认为一个人可以不关心时代，但是有一个前提，你通过阅读经典，对于人类所追求的那些基本的恒久的价值有了相当的了解和领会，在这个前提下，你才能对时代作出正确的判断，知道哪些东西是好的，哪些是不好的。经受了时间检验的精神价值是标准，而当今时代是素材，你要用所掌握的标准进行分析。立足于永恒看时代，你是清醒的，否则的话，你会完全被时代的东西所支配。

问：现代作家写的作品里面有没有一些经典，您能否给介绍一下？还有您推荐读西方的经典，为什么不推荐读中国的经典？

答：我的专业是西方哲学，比较熟悉，所以我的推荐偏于这个方面。中国的经典，鲁迅有一个比较极端的说法，人家叫他开书单，他就写了一句话：不读中国书。二十世纪上半叶的一批中国学者，像梁启超、严复、胡适等人，包括鲁迅，其实都是读了大量中国书的，但又都是在接受了西学以后，回过头来梳理中国的古籍，有了更深的理解。要真正辨别中国传统里的精华和糟粕，必须有全人类的眼光。我自己觉得，西方人文经典能给我们一个更开阔的视野和坐标。也许中国作家现在写的书，将来会有成为经典的，但我现在还看不出来，这需要时间的检验。我本人认为，当代无大师。海明威说，他只和死去的作家比，活着的作家多数不存在，其名声是批评家制造出来的。现在情况更严重，出版商、媒体大肆炒作，甚嚣尘上，我的办法是不理睬，让时间去沉淀，去让尘埃落定。

自己的书单

问：您能给我开一个书单吗，您所认为的经典之作？

答：书单是很难开的，因为读书是个人的精神生活，一定有个人的选择，我喜欢的书未必契合你。当然会有一些基本的经典，比如从源头上说，德国哲学家雅斯贝尔斯提出一个观点，世界上有四个最伟大的精神导师，其中三个都诞生在公元前五世纪，就是孔子、苏格拉底、释迦牟尼，另外一个比他们晚五百年，就是耶稣。人类两千多年的精神文化，这四个人是源头。讲到读书，有一点很有意思，这四个导师都不写作，没有留下文字，但是他们的学生或者信徒对他们的言论做了整理，我觉得是一定要读的。这就是孔子的《论语》；柏拉图写的直接反映苏格拉底思想的几篇对话，比如《审判》《菲多》《克力同》；一些基本的佛经，比如《金刚经》《心经》《佛遗教经》；以及《圣经·新约》中耶稣的言论。我不是基督徒，但是我喜欢看《圣经》，耶稣的很多言论充满人生的智慧。读书不要给自己划界线，这本书是宗教书，那本书是哲学书，第三本书是文学书，不要有这个界线，好书里面都有智慧。

问：好的作品里有光，自己想说但就是说得没那么清楚。您看的书多，各学科的经典有哪些，哪个大师的好？

答：“好的作品里有光”，说得好。光来自真理，灵魂是光的传导体。我相信人和人之间是有某种灵魂的亲缘关系的，而读书就是跨越时空去寻找和辨认那些与你的灵魂有亲缘关系的大师。你的灵魂亲人和你有相同的光谱，读他们的作品，你已经有但模糊的东西变清晰了，你借此而发现了自己，这是读书的最大收获和快乐。在这个意义上，我最喜欢的经典作家，西方哲学有蒙田、帕斯卡、休谟、尼采，文学有歌德、托尔斯泰，中国哲学有庄子，文学有李白、苏东坡。历史著作，我最喜欢普鲁塔克的《希腊罗马名人传》和司马迁的《史记》。

问：您主张要有比较高的阅读标准，请您推荐几本书。

答：我一直觉得推荐书是一件难事，因为不存在一个适合每一个人的书单。读书是一件非常私人的事情，个人差异非常大，我喜欢的书你不一定读得进去。真正爱读书的人都知道，读什么书必须自己来选择。你真正爱读书了以后，一定会有你自己的书单，别人的书单对你是不起作用的。首先你要爱读书，按照别人开的书单读书的人一定是不爱读书的人。我只能提醒一点，就是一定要读好书。至于什么样的书对你更合适，这是因人而异的，但是有了非好书不读这样一个标准以后，你迟早会找到适合你的书的。共同的是要有高标准，读精神含量、知识含量高的书，不要读平庸的书。如果读不进好书，只读平庸的书，我只有一个解释，就是你这个人太平庸了。我们不要做平庸的人，起点高才走得远。

问：您说书单没有意义，又说读那些平庸的书没有意义，要直接奔向大师。可是，没有书单的话，您怎么鉴定平庸的书，又怎么知道谁是大师？

答：对，大师是比较出来的，和平庸的书比较，优秀的书就比较出来了；和一般优秀的书比较，大师就比较出来了。我说书单没有意义，是因为这个比较必须你自己来做。可是，你要做比较，还得有这个能力，这个能力从哪里来？所以我说应该先读一批公认的大师的书，把底子打好。否则的话，你把时间都花在读平庸的书上面了，还不知道那是平庸的书。

问：莫言获得诺贝尔文学奖，有人说这是中国文学的胜利，也有很多人因此而获利，比如那些获得版权的出版商。你对诺贝尔奖产生的经济文化现象有什么看法？

答：其实挺正常的。莫言的书原来销量比较小，通过获诺贝尔奖的机会大销一阵，对出版社和莫言本人都是好事，别人也没有损失什么，这没有什么不好。我觉得莫言得奖的最大好处是什么？就是破除了我们对诺贝尔奖的那种神秘感、那种迷信，因为他的得奖，诺贝尔奖从天上落到了地上，从远方的神话变成了我们身边的平常故事。

问：有一本书叫《麦田的守望者》，这本书被西方吹得比较高，但我觉得里面的语言并不怎么高，不能推荐给学生。您认为呢？

答：我认为塞林格是很棒的作家，他用当时青年人中流行的俗语俚语写小说，使人耳目一新，在美国有开先河的作用。从内容来说，《麦田的守望者》还是有精神含量的，书名本身有一个象征的含义，就是孩子们在麦田里玩，周围是悬崖，他要保护孩子们，不让他们掉下去，这个含义是很正面、很积极的。

问：您了解过克里希那穆提吗？他的哲学观点令人毁三观又充满信服力，如真理是无路之国，到达彼岸不需也不能靠任何修炼、体系。我读了他近20本的书了，快走火入魔了。该否读下去？

答：坦率地说，我不太喜欢克里希那穆提，我有他的书，曾经试图阅读，但读不下去，感觉是老生常谈和惊人之语的混合，比较凌乱，缺乏内在的统一。他的思想不是宗教，不是哲学，我弄不清是什么。尼采也反对体系，但是，读尼采的书，你能感受到内在的统一，尼采也常有惊人之语，但你能感受到来历和根据，是从他的总体思想中生长出来的。当然，这只是我的个人之见，也许是偏见。就你而论，既然已经读了近20本，也就应该打住了。一头扎进某个人的作品中，缺乏横向比较，很容易走火入魔。你说呢？

关于网络阅读

问：您对网络阅读是怎样看的？网络阅读跟纸质阅读的区别只是载体不同，阅读是不是应该更注重内容？

答：阅读当然应该注重内容而不是载体，但载体对内容是有影响的，什么样的载体更适合于什么样的内容，这是有关联的。网络追求用最快的速度来传播信息，内容必须不断更新，这是它的主要功能，这个性质的内容就不是我所说的阅读的对象。网络的另一个功能是作为工具，包括检索，比如重要文献的网络版，我特别喜欢它的这个功能，的确可以为阅读提供方便。纸质媒介比较能够长久保存，这个特点决定了它更适合于承载那些值得认真和反复阅读的内容。我们喜欢一部作品，即使有网络版，我们仍愿意拥有它的纸质版。同样，一个受欢迎的网络作品，出版商就会乐意出它的纸质版。这都证明了纸质媒介仍然有比网络优越的地方。

问：您怎么看现在很多人用电子屏去阅读，然后对纸质书籍的需求可能越来越少？

答：其实，电子书也好，纸质书也好，都只是载体，关键在内容。如果有人用阅读器来阅读经典著作，这很好，和用纸质书是一码事。现在的问题是，真正能够静下心来完整地读一本好书，这样的情况太少了，普遍的是在网上刷朋友圈，看各种消息。我强调多读好书，是因为在这个网络时代，给精神生活打下扎实的底子特别重要，这样你才能判断网络上的东西哪些是有价值的，哪些是没有价值的。没有打好这个底子，你是没有判断能力的，就会被网络上的东西绑架，所谓碎片化阅读，实际上是只有碎片，没有真正的阅读。

问：您认为纸质阅读和电子阅读的前景如何，它们之间是怎样的关系？

答：童年和少年时期养成的习惯具有巨大的支配力量。像我这样读纸质书长大的人，基本上会一直把纸质阅读作为主要方式。但是，随着互联网时代长大的一代占人口比例越来越大，电子阅读成为主要方式的趋势不可阻挡。不过，纸质阅读绝不会消亡。纸质书自有其不可取代的魅力，总是会有人喜欢一卷在手和家有藏书的感觉。传统出版和电子出版未必只是互相排斥的关系，常常也互相推动，销得好的纸质书，手机阅读的点击率也会比较高；而畅销的网络作品，纸质出版也很可能畅销。说到底，纸质书和电子书都只是载体，重要的是内容。

问：现在我们可能都是通过手机去发现孤独了，您如何看待这种现象？

答：通过手机发现孤独？我认为是扼杀孤独。孤独是一种美好的感觉，与自己的灵魂安静相处，如果你整天在手机上看网络信息，看那些在朋友圈里传来传去的消息和鸡汤文，你还会有这个感觉吗？高科技的产品有时候是害人的，尤其是对素质低的人，它用一种非常强暴的方式来控制你，一定要警惕。我真的非常可怜那些整天在手机上过日子的人。

问：你说不要上网去看和自己不相关的东西，有一句话叫“国事家事天下事事事关心”，这句话应该怎样理解呢？

答：事事关心你关心得过来吗？顾炎武的意思不是要你什么鸡毛蒜皮的事情都关心，他是说一个人对国家大事要有责任感。网上也有一些信息涉及国计民生，你当然可以关心，但是我想，你不是政治家，大致了解就可以了，主要精力还是应该用在提高自己上面，这样将来才能真正为国家出力。人总是要有选择的，应该着重关心那些对自己的精神成长有意义的事情，或者那些自己知道了可以有所行动的事情。在我看来，少年人的唯一责任是好好成长。

问：网络给我们提供了平台，比如读书，很多读过某本书的人会把他的理解和体会发表在网络上，实际上是丰富了我们的视角，拓宽了读书的渠道。您怎么看？

答：我同意。现在网络上有相当一些品质高的自媒体、公众号之类，在那里可以读到好文章，包括书籍的评论和读书的体会。所以，关键是你自己要爱读书、会读书，才会关注那些好文章。这里面有一个时间分配的比例问题，你自己读书应该占主要位置，网络上的相关内容才会对你产生价值。

问：人是不能否定他有社会属性的，您说不太建议我们把时间花在网络上，去看一些比如说八卦的东西，但是我觉得这应该算是我和朋友的一些谈资吧。如果用很多时间去独处，外人看来我这个人可能太封闭，不能和社会交流。我想问一下，怎么平衡个人情操的陶冶和人的社会属性？

答：两方面兼顾是对的，但是我觉得要分清哪个是更根本的。我自己的体会，独处、自己学习、思考、写作——我说的写作是广义的，是通过记录自己的感受和思考，对自己内心的一种整理——这个东西是更根本的。在这个前提下，一个人不应该封闭自己。也是在这个前提下，才能够有高质量的网上交流。谈资这个东西重要吗？同学之间聊最近的八卦，你插不上嘴，当时会有点儿失落，可是你想想，从长远来看，真是一点儿不重要。

第二十二题 阅读的方法

直接读原著

问：就一般读者而言，直接阅读经典确实有一些难度，那么可能需要一些辅导性的读物来作为门径。我想请教您的是，我们如何来选择这些辅导性的读物？另外就是怎么从这个门径过渡到经典原著的阅读，这个根据您的经验应该走一条什么样的路？

答：如果让我建议的话，那么我首先建议你，尽可能不要借助辅导读物，要直接读经典。你可能把经典原著想象得太深奥了，事实不是这样的，实际上很多经典原著，它的文字也非常好，你读的过程中真的是一种享受，你会读下去的。这是我的第一条建议。第二条建议，如果你仍要选择辅导读物的话，我建议你不要去看那些转述型的辅导读物，就是它把原著的思想用自己的话转述一番，尽可能不去看那样的书，而是去看注解性的，就是原著的文字还在那里，它用注解来进行解释，这样对方便你的理解是有好处的，而且不会走样，因为原文在那里。尤其是中国古典名著，像《论语》《老子》《庄子》，更应该是这样。第三条建议是，你一定要看辅导性的书的话，尽可能去看那些已经得到公认的作家写的这类书。比如说哲学，对于哲学经典的解读本身也已经成了经典，如果你想了解西方哲学，那我就建议你去看罗素的《西方哲学史》，罗素自己就是个大哲学家，他还写过一本比较通俗易懂的《西方的智慧》，或者可以看威尔・杜兰写的《哲学的故事》，它介绍大哲学家们的思想，这本书也是得到公认的。

问：大多数经典要么篇幅厚重，要么文字深奥。您认为读经典可以不求甚解，可若此何来理解与共鸣？甚至连读完的耐心都没有。读经典前是否需要做功课？我喜欢好的导读指引，为何您不赞同二手书？

答：打一个比方，你去某地旅游，是跟着旅行社走马观花，一路听导游牵强附会的解说好，还是自己主动搜集相关资料、深入这个地方进行考察好？我强调的是主动性，要做功课，但必须带着问题做，可以参考二手书，但目的是经典本身，不能停留在二手书上面。至于你说大多数经典篇幅厚重，或者文字深奥，这说明你没有真正去读，或者读得太少。事实上，即使哲学的经典，也有许多是篇幅短小而文字通俗的，比如笛卡尔的《谈谈方法》。我的体会是，真正的大师是平易近人的，绝不会故作高深，故弄玄虚，因为他有真货色。

问：有人说读《论语》是让人过一种简单快乐的生活，您好像不太苟同这种观点，能否略微展开地说一下？

答：我的确写过一篇文章，对这种观点提出质疑。读《论语》当然可以让人简单快乐，但是这不是读《论语》的唯一效果，也不是主要效果。我相信一切伟大的精神导师，他们的作品更多的是让我们思考人生的根本问题，而这些问题里面也包含着苦难、死亡、善与恶的斗争、理想与现实的冲突，大师们并没有教导我们逃避这些问题，而是要去面对这些问题。但是，这个更重要的方面被这种说法忽略了，所以我不赞同。

不求甚解

问：我是一个中学生，感觉经典太难读了，怎么办呢？

答：读经典要有一种平实的态度，不要端起架子来做学问，不要去死抠字眼和含义。中学语文课的阅读理解有一套规定动作，读经典的时候，你要把这套东西忘掉，不要去分析段落大意、主题思想之类。你要把注意力放在能够引起你的兴趣和共鸣的那些内容上，这样养成习惯，久而久之，你就会发现，读经典很有乐趣，经典其实不难读。

问：去年我读过一本书，读过之后就忘了，我不知道我的这种忘是永远忘了还是吸收了？我想请问一下您的阅读方式，您是怎么读书的？

答：我觉得忘是正常的。读书要是不忘的话，就很可怕，脑袋里堆满了东西，便成了杂货铺。我读书时，不在乎把书中的内容记住了多少，我是要把它转换为自己的东西。我把我的读书方法归结为两条：第一是不求甚解，不要端着做学问的架子，正襟危坐，刻意求解，一个地方读不懂了就在那里死抠，那是学究们做的事，咱们别做。作为一种精神生活，你就是要不求甚解，因为读书是一个熏陶的过程，也就是忘记的过程，这个东西你有了，但它是从哪里来的，你想不起来了。第二是为我所用，你不要追究它的原义是什么，只要对你的精神生活有好处，变成了你的营养，这就够了。所以，我觉得，读书能够读到忘了，这是一个很高的境界，祝贺你。

问：您说读书要不求甚解，但又说要因为知识本身而尊重知识，按我自己的解释，就是不断扩大对世界的了解是一种享受。那么，为什么当你有了疑问不要去想它，或者说要想到一个什么程度才可以放弃？

答：这是不同的两个问题。一个是你真正关注的一个问题，就要去独立思考，把它想清楚，这是在真理问题上的认真态度。我讲的不求甚解则是一个读书的方法，是指在读一本书的过程中，尤其是你觉得这本书比较难懂的情况下，你就不要死抠某些段落和句子的含义，不要被难点卡在那里，那太笨了，你只要领会大意就可以了，以后对这个作家的思想有了更多的了解，回过头去再读，就会比较容易懂了。这就像走路一样，前面有暂时过不去的障碍，你不要在那里死等，可以换一条路走。

问：您读了这么多书，您读书的时候有没有思考的逻辑体系，比如说了解它的背景，它的目的，宏观和微观的逻辑层次，或者它里面的缺陷是什么？您有没有这样的逻辑体系？

答：没有，这样读就太累了，我宁可不读。

阅读是对话也是自我发现

问：您说过读书是一种寂寞的活动，但真正的大师孔、孟当年是

一种学堂式的交流，亚里士多德和柏拉图其实也是在论战的过程中产生思想的火花。您有没有想过，如果经常是一个人思考，往往像闭门造车，这样下去可能会产生知识上的错误？

答：交流是需要的，但是交流有各种方式，不一定是面对面的。在读书的过程中，如果我同时在思考，实际上我就是在和那个作者、那个大师交流。我通过写作把自己阅读的体会和思考的结果发表出来，这是在和读者交流。如果能够和孔子或者苏格拉底面对面交流，当然太幸运了，可是今天你去哪里找这样的大师？

问：我是语文老师，有一个问题很困惑。我们看一篇文章觉得很假，看另外一篇文章觉得情感真实，但是这只是个人的一种判断，有什么根据？是否可以仅凭个人感觉来判断？

答：个人的感觉和视角是绕不过去的，也是排除不了的。即使你说出你判断的根据，这个根据仍然是你的一种认识。但是，这不等于说没有标准了。在情感真假的问题上，每个人对自己身上的情感是有直接感知的，根据这个感知来判断真假，一般不会太离谱。当然，其中必有主观的因素，所以，你可以对学生说：这是我的判断，你们也可以有自己的判断。

问：我在阅读中有一个困惑。我很投入地去理解作者的观点，最终发现得出的体悟好像只是在重新发现自己内心本来就有的一些想法，是我的价值在这本书上的投射而已。我想探索一些新想法，最终却觉得好像是被自己的一种整体思想牵制着，在阅读的过程中，好像只是不断地把自己的思想延长，并没有看到一个新的方向，没有站到地平线上朝外面看一眼。我不知道您在阅读的时候有没有类似的感

受，您怎么看待我的这样一种困惑？

答：阅读是一个积极的过程。西方哲学有一种理论叫作解释学，现代的代表人物是伽达默尔，他提出一个观点，认为理解是视界融合的过程。你在读一个文本的时候，文本有它的一个视界，有它的观点和见解，但你也不是一片空白，你有你的一个视界，就是你在读这个文本以前已经形成的观点和见解，那么，理解的过程实际上就是这两个视界融合的过程。这是一个积极的过程，既不是单纯地解释文本的见解，也不是单纯的自我发现。一定有新的东西在增加进来，很可能你自己没有察觉到，所以你感到沮丧。你说你被自己的整体思想牵制着，我想问一下，你的这个整体思想是怎么形成的？我不相信仅仅凭借你自己的思考，没有读任何书籍，就能形成这个整体思想，事实上在它的形成过程中，你以前的阅读已经做了贡献。就你的情况而言，我建议你以后阅读时特别留心书中和你不同的见解，这样可以强化对新东西的意识。

问：我习惯于与自我对话，尽管知道读书可以增强思维，但仍有一个声音告诉我：它会让你远离你真正的本来的自己。我该怎么办？

答：有这个可能。叔本华、尼采都反对读书过多。叔本华把读书太滥譬作把自己的头脑变成别人思想的跑马场，尼采说精力充沛的时候读书是犯罪，这时候应该创造。所以，读书要有正确的方法，还要控制适当的量。其实关键在于自我是否足够强大，许多人读书不多，也未见有真正的本来的自我。你是有警觉的，以自我为圆心，通过读书去充实自我，就不会有问题。

知识和智慧的区别

问：一直觉得自己没有思想，感觉自己看书不过脑子，特别羡慕有想法、说起来一套一套的人。怎么能改变自己？

答：那些说起来一套一套的人，其实不一定有思想，常常还恰恰没有思想。他们说的那一套一套，多半是概念的推演或现成意见的重复。如果说不过脑子，他们正是一些说话不过脑子的人，你不要学他们。真正有思想的人，只对自己认真思考过并且有了独特见解的问题发言，不会对任何问题都滔滔不绝地说出一套一套来。怎样改变看书不过脑子的毛病？第一要找对书，读有思想含量的书；第二要带着问题读，养成边读边思考的习惯。这是一个长期自我训练的过程，急不得，但只要有心，就会有进步。

问：有人知识很多但没有多少智慧，如何由知识变智慧？

答：智慧与知识的区别，可以从两个方面看：其一，智慧是把握全局的能力，能够立足全局看局部，而知识是立足局部看局部。其二，智慧是由自己鲜活的体验获得的认识，而知识是从外部包括书本和他人那里接受的认识。因此，从知识达于智慧，第一要能够跳出局部思考全局性问题，第二要注重自己的亲身体验。英国哲学家怀特海说：通往智慧的唯一道路是在知识面前享有自由。你拥有思考全局的能力和丰富的亲身体验，你就能够在知识面前享有自由。也是怀特海说：一个仅仅见多识广的人是世上最无用而讨厌的人。说实话，我很怀疑这样的人能不能变得智慧。

**问：培根说，知识就是力量。按理说，博士、教授是最有知识最

有力量的，那为什么有教授、博士自杀呢？更不要说很多大学生、硕士生自杀了。

答：自杀大多由抑郁症导致。高学历人群中自杀多发，其原因要做具体的调查和分析，可能有生存压力大、工作和学习负担重、对前途悲观等因素。培根说知识就是力量，是指知识具有改造自然的力量，这个力量在个人自身的心理调节上未必能起什么作用。苏轼说人生识字忧患始，他指出了知识反而会造成精神痛苦，知识越多，想的问题就越复杂。我认为，真正能够给人内心以力量的不是知识，而是智慧。智慧是一种跳出来看问题的能力，和当下的遭遇拉开距离。自杀者往往深陷在当下的遭遇里，当然就想不开了。

问：我们年轻人特别是大学生，从小都是在学习知识，但怎么才能增长智慧呢？

答：这正是我们现在教育的问题，只是灌输知识，不注重启迪智慧。不过，每个人都可以靠自己的努力增长智慧，就是阅读人文和哲学书籍，在阅读中结合自己的生活体验进行思考。

问：您如何对您智慧的程度作一个自我评价呢？

答：智慧和聪明是两回事。我这个人不聪明，我自己很明白这一点，记忆力差，对许多事情无知。所以我很怕参加研讨会什么的，听那些聪明人在那里自信地高谈阔论，我就会自卑。后来我就想到了苏格拉底，你看他在雅典城里遍访著名的聪明人，得出了一个结论，就是他和那些人的区别在于，他知道自己一无所知，而那些人不知道，他因此而被神认为是一个智慧的人。也许在这个苏格拉底的意义上，我可以算有一点儿智慧吧。

读书的具体方法

问：为什么看书喜欢一口气读完，过后把书中的重点和感想系统记录到笔记本中时感觉疲倦，却没有看书时的激情和喜悦？

答：你是一个爱读书的人，才提得出这样的问题。你遇到好书喜欢一口气读完，又有事后系统做笔记的习惯，这两点正是爱读书的人的特点。其实我也是这样。你说做笔记时没有了看书时的激情和喜悦，我觉得这很正常，因为做笔记毕竟是一件比较枯燥的工作。但是，忍受这种枯燥是值得的，通过记录书中的重点和你看书时的感想，你实际上把书本给予你的激情和喜悦保存下来了，否则它们会流失。我还有一个习惯，就是隔一段时间重读所做的笔记，并按照主题进行整理，这可以有效地把读书的收获真正变成自己的精神财富。

问：我喜欢读书，但读完后总不能用自己的语言组织概括。我需要背诵书中的要点及优美词句吗？

答：能不能用自己的语言概括书里的意思，这不重要，重要的是你在读的时候有没有让你共鸣、惊喜、眼前一亮的地方，能不能引起你的共鸣，这本书能不能激发你自己的感悟和思考，这是最宝贵的。在这个时候，你不妨停下来，摘录那些能够打动你、引发你深思的文字，把你自己的感想也记录下来。也可以在书上做个记号，读完后重读做了记号的地方，统一做摘录和写感想。我就是这样做的。不要刻意去记忆书中的要点，你用不着把自己变成储存各种要点的数据库。我也不主张背诵优美词句，重要的是思想深度，许多所谓优美词句其实很浮浅很空洞。

追问：如何选书读书，怎样建立自己的读书系统，您有没有好的

方法？

答：其实没有一定之规，我的方法是在一段时间（比如一年）里有一个重点，是自己感兴趣的某个思想家、作家或某个问题，围绕这个重点选书读书。在这个过程中，会有新的兴趣产生，成为新的重点。这样一年年下来，点连成面，系统就自然而然建立起来了。

问：想改变自己，想看很多书，想学很多东西，但是几年下来还是原地踏步，感觉浪费了青春，于是更加彷徨。症结在哪里？有解决之道吗？

答：你不一定是原地踏步，可能你看了一些书，学了一些东西，但是忘记了，或者与你对自己的要求相距比较远，所以觉得是原地踏步。我年轻时也有这种情况，一年年过去，总觉得自己没做多少事，虚度光阴，对自己很不满意。我采取了一个办法，就是每年年初订计划，确定今年读书和学习的主题是什么，开出一批书目，读完一本就打个钩，年底汇总，这样就清楚自己的进展了。你是一个有自学要求的人，这特别好，建议你也给自己订计划，一可以督促自己学习，二可以知道自己的进展。我的经验是，计划总是完不成的，但即使只完成一部分，也是达到了有序学习的目的。

问：您读的遍数最多的一本书，是哪本书？

答：我说不上来，因为我反复读的书不多。不过，我读书非常认真，每读一本我认为重要的书，都会做笔记，还会根据我思考的主题温习相关的笔记。也许可以这么说，久而久之，我心里就有了一本活的书，是在全部阅读和思考中形成的，它也按主题分章节，内容在不断生长，这本书才是我读的遍数最多的。

第二十三题 写作

与初学者谈写作

问：读过很多书，喜欢写散文或短篇，可是不知道用什么样的平台来发展自己。对新人写作，您有什么建议吗？

答：我从学生时期起就喜欢写作，但发表作品很晚，在很长时间里，写了只是自己看，最多是给三五个好友看。原因之一是，当时不认识报刊和出版社编辑，不知道到哪里发表。不过，我是乐在其中，不发表也要写。我有一个观念：一个人应该为自己写作，自己的经历、感受、思考是最宝贵的财富，写作是为了把这笔财富保存下来。这是一个强大的动力，有了这个动力，你的写作就能够持之以恒。现在平台很多，比如你可以在朋友圈发表，不要在乎点赞的多少，只当是保存你的作品的一个仓库。水平提高后，不愁没有更多更大的平台。

问：我今年二十七岁，也想当一个作家，但是作家太难出名挣钱

了，养不起家。可是我又太爱读书写作了，请问我应该怎么办？

答：说点我自己的经历。我二十七岁时在广西一个小县城工作，是北大毕业后分配到那里的。和你一样，我太爱读书写作，那个时候还算“文革”时期，写了东西很难发表，但我没有因此放弃读书写作，如果因此放弃，算什么热爱呢？我年轻时从没有梦想靠写作出名挣钱，只因为喜欢才不停地写，后来所谓的成功完全是出乎我意料的，好像天上掉馅饼一样。但是仔细想，是和出于喜欢而写作这个比较纯粹的状态分不开的。所以，我对你的建议是，既然太爱就坚持，作为业余爱好，不要指望靠这挣钱养家，没准有一天业余就变成了职业。

问：您是如何把写作和生活结合起来的，既把握好时间，又有思想深度，做到真情落地的？

答：也许我比较幸运，写作是我的工作，因此在时间上不会和生活发生冲突。不过，据我所见，即使以写作为职业的人，比如学者和作家，有许多人是写作和生活分开的，写作是八小时之内，生活是八小时之外。那么，相反，不以写作为职业的人，也可以把写作和生活结合起来。我的做法是，立足于生活，这生活是广义的，包括亲身经历，也包括阅读，在这个过程中，注意积累感受和思考，随时记录下来。这样就好像有了一个仓库，写作的时候，就可以把其中相关的素材调出来用。所以，写作并不是写的时候才发生的事情，其实在生活的时候随时在进行了，写作永远是现在进行时。

问：发挥一个人写作最大潜能的心法和方法是什么？

答：写作不是一件拿起笔来或者坐在电脑前才做的事，功夫在平时。写作有两个不可缺少的要素，一是素材，二是文字。素材从哪里来？靠平时积累。长期以来，我养成了一个习惯，随时把自己的所感所思记录下来，建立了一个素材仓库。写作的时候，就可以按照主题，从这个仓库中调用相关的素材。文字的功底，也靠平时锤炼，无论写什么，都力求准确和简洁。这样久而久之，写作能力就成了你的一种潜能，正式写作时自然会发挥作用。潜能不是无中生有的，是必须平时有心加以培育才会有的。

问：如果想练习写作，是各种类型的文章都要阅读和学习吗？一个人如何形成自己的写作风格？

答：你实际上是在问写作和阅读的关系。你读书的时候，会格外喜欢某些作家的作品，用我的说法，你和这些作家就是有灵魂的亲缘关系的。那么，我觉得你可以重点读这些作家，这样有助于把你的风格引出来。另外，有一句话叫风格即人，就是说，风格是一个人的心灵整体的体现。所以，不要刻意去形成自己的风格，我就从来没有想过，我怎么样来塑造自己的一种特殊风格。风格是自然形成的，而要形成自己的风格，我认为前提是写作时要做到三点。一是诚实，只写你的真实感受和思考，不写自己没有真正感受到和思考过的东西。二是准确，寻找对应的文字把感受和思考表达出来。不要追求辞藻，在修辞上玩花样，写所谓美文。我曾经和一个作家争论，他提的口号叫优美地写作，我说不，要正确地写作，优美地写作往往会写出假的东西。你想你自己平时思考的时候，或者跟人谈话的时候，你会使用美文来思考、来交谈吗？三是简洁，不要写废话。有了这三点，你的风格就会自然地体现出来了。

问：在网络时代，阅读变得碎片化。我是否必须逼自己阅读非碎片化文字作品，对我的写作才会有实质性帮助？

答：这不是逼不逼的问题。阅读是一种熏陶，你读好的作品，会受到好的熏陶；读差的作品，会受到差的熏陶。熏陶的结果都会在你的作品中自觉不自觉地体现出来。所以，有志于写作的人，选择读物时一定要谨慎。

问：总听人说诗和远方，我也爱读古诗和现代诗，自己写过一些，想入门求方法求指导。

答：我觉得写诗最重要的，一是要有真情实感，善于捕捉瞬间的感觉、想象和思绪；二是要有语言技巧，力求文字凝练，表达新颖独特。这两点都靠平时的用心，随时积累素材，锤炼文字。写作的人最不能偷懒，和别人在一起，别人在聊天和玩耍，你其实一直在心里琢磨。作为初学者，我觉得一开始不妨模仿，一段时间选择一个你喜欢的诗人，过一段时间再换一个，反复读他们的作品，你喜欢他们一定是有原因的，很可能在气质上相近，他们会给你潜移默化的影响。我开始写诗时就是这样，反复读海涅和洛尔加。

自媒体不能取代写日记

问：我非常赞成您的观点，一个人真正的写作是从自发地写日记开始的。我从十五岁开始写日记，至今写了二十七年。如果不写日记，日子就没法过了，人生一片空白。所以我觉得自己现在是幸福的。但是我现在面临着两个困惑，一个就是我的儿子，他小时候我让

他写日记，到了初中的时候半写半不写，到了大学就不写了。

答：我觉得写没写是他的秘密，他没有必要告诉你。

追问：他的日记本丢在家里，我感觉可能是不写了，这是我的第一个困惑。第二个困惑，我是小学语文老师，我的学生也不喜欢写日记，虽然我认为写日记非常好，就如您所说，日记是岁月的保险箱，灵魂的密室，作家的摇篮，可是学生们就是不喜欢写，想尽办法他们也不感兴趣，家长也不支持。因此，对我的儿子，我的学生，我们祖国的下一代，他们不喜欢日记，有没有什么办法，求教周老师。

答：我觉得你的这个困惑，一个可能是总的应试教育的环境造成的，学生和家长认为写日记对语文考试没有好处，所以觉得不重要。另外一个，我觉得你要调整你自己的心态。一件好事情你可以提倡和鼓励，你可以用自己的行动去影响，但是你没有办法强迫，一强迫好事就变成坏事。所以我希望你不要着急，总会有一些人受到你的感染的，有几个都是好的，有几个算几个，这就是成果。我还非常强调一点，孩子写日记，老师和家长都不要看，一定要让孩子有一个自己灵魂的密室，在那里他能够诚实地面对自己。我为什么强调要养成写日记的习惯？我并不是说一定要有写作的能力，写作的能力只是副产品，最重要的是通过写日记来培养面对自己灵魂的诚实，这是一个人最根本的诚实。但是，如果写的时候他知道爸爸要看，老师要看，那个感觉就不一样了，就很难完全诚实了。所以，不要去看，你悄悄地观察孩子是不是在写，发现他在写，你也装作不知道。

问：您谈到写日记要为自己写，直面自己内心的真实，但您常说的话还有下一句：给朋友读。在您心里是怎么界定这个朋友的，或者说跟什么样的朋友才能分享您内心的真实？

答：我说的“为自己写，给朋友读”是指我的写作态度，就是写自己真正想写的东西，写完后给我心目中的同道读。朋友有不同层次，但是最好的朋友我也不会给他看我的日记，写的文章也许会先给他看一下，让他提些意见，但是不会给他看日记，老婆也不给看。这是保持灵魂真实的一个条件，一旦给亲近的人看，写的时候就会不自觉地作假，这是很难避免的。

问：我也有记日记的习惯，但是现在有一个新的渠道，让你每天记录所思所想，比如微博。我想问一问，记日记是反思每天的心路历程，微博也是在做这个记录，您觉得这两种方式有什么不同？

答：我认为完全不同，我不主张用发微博的方式写日记，把自己的所感所思随时向社会公布。并不是说有什么不可公布的内容，关键是写只给自己看的日记，和写给大家看的微博，写的时候心态是不一样的。写日记的时候，你要诚实地面对自己灵魂中的一切，去进行反思和分析，我觉得这种面对自己灵魂的诚实是一种根本的诚实，而写日记是培养这种诚实态度的重要方法。如果你用微博取代日记，你写的时候一定会考虑到看的人将怎么想，一定会有他人的眼光在里面起作用，甚至起支配的作用。还有一点，我认为人的思想是需要沉淀和积累的，你在微博上随时发表，没有沉淀和积累的过程，思想就容易变得碎片化和浅薄。我不反对写微博，我自己也写，我反对的是完全用微博取代日记。如果一定要做取舍，我宁可写日记不写微博。

问：我上学的时候有一段时间记日记，但是过了很长时间再去看，发现记的都是一些很痛苦的事情。因此我发觉，当你自己去和自己交流的时候，往往会进入一个非常消极的状态，那种消极的东西会

缠绕着自己。怎么样在独处的时候，在和自己交流的时候，让自己更多感受到一种光明？

答：痛苦出诗人。人的确在痛苦的时候最想写东西，那是一种宣泄，你无法对别人说，就只好对自己说了。宣泄也有作用，总比不宣泄好，写下来了会感觉轻松一点，它有一定的疗效。但是，你不要停留在宣泄上，当你面对这个痛苦的时候，你还要有你的思考，把自己的思考也写出来。这实际上是让你与痛苦的东西拉开了一个距离，站在痛苦之上，你习惯于这样一个角度之后，你的自我会变得越来越强大。另外，你不要光写痛苦，为什么不也写一写你的快乐呢？这样你就能感受到光明了。人在快乐的时候往往是顾不上写的，但是人生中的快乐并不多，你要珍惜，有了这个珍惜的心情，你就会想把这有限的快乐留住，就会去写的。

我写作是为了教育自己

问：您觉得自己的书最吸引读者的是什么？

答：我自己分析，我的写作有一个特点。我这个人是一个很想不开的人，有很多的困惑，所以就想得比较多。我写的东西在很大程度上是在开导自己，包括用一些大哲学家的思想来开导自己，然后觉得似乎想通了，就把这个思考结果写出来。我是在解决自己的问题，那么和我有相同问题的人看了以后，对他们就是一种参考，就可能有启发，我的书就比较容易打动这样的读者。简单地说，我觉得我比较真实，我不是为了教育别人而去写书，是为了教育自己，一个人不能骗自己吧？

问：你以前给我们提供了尼采，提供了哲学，可是后来我发现，你的写作变成特别个人化，写自己生命的感悟。为什么会有这个转向？

答：我在社科院哲学所，我很尊敬的长辈，比如叶秀山老师，他也批评过我，说：你搞哲学很有前途的，为什么不好好搞下去，要不务正业去写散文？我自己想，对于我来说什么东西是最重要的？我并不认为我这个人承担着什么使命，要为中国哲学做出什么贡献，我从来没有这样的雄心。谁爱做贡献谁去做好了，我自己对重要性的排序，根据的是我的生命体验，我的生命过程中什么东西是真正打动我的，深入我的内心的，那些东西才是我的宝贝，我一定要把它们表达出来。那个东西是别人不能代替的，你没法代替我来写，你可以写尼采，但是你不能写周国平的生命体验吧？我的生命体验对于我来说是最重要的，相比之下，学术是第二位的。实际上我研究尼采，也不是纯学术的。我不喜欢纯学术，即使你是一个学者，你也应该把你的学术研究和你的人生体验结合起来，把你最看重的东西在学术上弄清楚。应该是你的人生为你的学术定向，而不是你的人生仅仅为学术服务，在我是这样一个关系。

追问：你说的人生为你的学术定向，从某种意义上讲，这是否是一个自我重新确认的过程？这个自我是最关键的，不能被职业所左右？

答：是的，不过，这个自我并不是狭小的自我。如果一个人真正对人生有体悟的话，不管是通过自己的经历体悟到的，还是通过读书体悟到的，这个体悟一定是有人类性的，不是狭隘个人的。

问：现在有些人文学者喜欢告诉我们人生应该怎么样，应该怎么成功。但是，我觉得每个人的认识和经历旁人是无法复制的，那您觉得作为一个人文学者，作为一个走在思考前沿的人，他应该具有什么

样的情怀？是应该好为人师，还是应该更多地为我们奉献发自灵魂的东西？

答：你好像在批评我。的确，有些人文学者是好为人师的，觉得他们负有这样的使命，要启蒙人民，引领社会发展，但我自己从来不觉得我有这样的使命。我只是碰巧做了人文这件事，成了一个作家，写了一些东西，这是碰巧的。首先，应该是一个真实的人，应该有一颗平常心。我写作时，从来不认为大家有什么问题，我要去解决。我写得最好的东西都是在解决我自己的问题，我有一些困惑，我想开导自己，结果，我写出来以后，跟我有同样困惑的人与我发生了共鸣，这是我发生的所谓社会影响的原因之所在，我自己很清楚。

问：你写作的念头来自生活感受还是书本？

答：两者都有。书本往往是触媒，读书时会把你内心中沉睡的东西唤醒，使你产生想写的欲望，不过写出的东西可以与那本书毫无关系。

问：您身上有很多标签，特别是哲学家和作家这两个身份，您更喜欢哪一个，更愿意把哪一个当作主业？或者说，它们是如何有机地融合到一起的？

答：我完全不在乎标签和身份，随人们怎么称呼，我无所谓。我一向认为，在精神领域是不存在严格分工的，文史哲本是一家。就我自己而言，我自小喜欢想哲学问题，也喜欢看文学书籍，因此，在后来的写作中，用文学的方式写哲学的内容，就成了一件自然的事，我觉得这样做最舒服，和我的性情最吻合。

问：作为大学的新生，我印象特别深的是高考作文中，我们的改卷老师特别喜欢您以及一些名家的名言名句，用上了它们，给的分数会特别高。一开始的时候，我们也许真的会因为内涵而读书，到了后来，我们就会为了得高分去搜集您的名言名句。您对现在高中作文过于追求华丽的名句有什么看法？

答：我写的句子肯定不华丽，我很不喜欢写华丽的句子。假如我是语文教师，我来改那个卷子，如果用了我的话，但用得不是地方，我就扣他的分。

问：读您的书是否就可以找到人生的正确方向？您主张读大师的书，您认为自己是大师吗？

答：当然不能只读我的书，如果这样，你就始终是站得比较低的。我一直认为，当代无大师，这是一个没有大师只有偶像的时代。我清醒地知道自己不是大师，你看我写的东西，大多不过是读了大师作品之后的感想罢了。我所做的事情只是把人们引到大师面前，如果起到了这个作用，我的任务就完成了。我的书只是一个桥梁，你要从这个桥梁走到大师那儿去，那才是目的地。一定不要在我这里停留下来，这是我再三向读者要求的。有一天，当你真正读进了大师的书，再回过头来读我的书，你一定会觉得太浅了，读不下去了，这是我的真心话。不过，我一点儿不难过，反而为你高兴。光看我的书是没有出息的，你不能老是待在桥上，对吧？

问：很多人觉得你的文字，尤其是微博内容，和心灵鸡汤没有区别，作为知名哲学家，你怎么回应？

答：鸡汤文的特点，是不能正视人生的重大困惑和苦难，用一些美丽的词语和浅显的道理抚慰心灵。这样的东西是可以批量复制的。我的作品是否这样，当然见仁见智，各人有各人的看法。我想提醒一个情况：即使是面对一个内涵深刻的作品，浅薄者是不能领会其深刻之处的，一个人自己心中完全没有的东西，把这东西放在他眼前，他也会视而不见。我的微博上的文字基本上都是从我的作品中摘取的，因为微博有字数限制，这个情况不可避免。所以，我还是希望大家更多地去看我的完整的作品，然后再下结论不迟。

问：现在您著作等身，也很有名望，那么您现在会以一种什么样的状态生活呢？您现在还有什么追求吗？

答：听起来像是在批评我，认为我现在胸无大志了。我根本谈不上著作等身，我写的作品不多，你们看到我出了很多书，其实内容大部分是重复的，许多是出版社选编的本子，或者是以前这个出版社合同到期了，另一个出版社接着出。我写东西很慢，比较低产，不过我不在乎。倒不在于我认为自己功成名就，可以过养老的生活了。我现在的确不是那种充满激情的状态，读书写作已经成了我的日常生活的一种方式，我很喜欢这种状态。回想起来，二十世纪七十年代初到八十年代，我考取研究生回到北京，那个时期是充满激情的，我也很喜欢那种状态。但是，人生是有季节的，每个季节有每个季节的状态，我乐意顺其自然。

问：你是否关心自己的书对后代的影响？

答：我连当代都不关心，更不用说后代了。我的一些朋友很在乎能否进入历史，我不在乎。我觉得后人无论对谁感不感兴趣，那都是他们的事，和我没有一丝一毫的关系，因为那时候我已经不存在了。

问：你怎么看待自己的名气？

答：关于我是否有名气，我平时很少想到。只是遇到某些场合，譬如说走在路上，有读者认出了我，或者看到一些读者留言，才发现我的名字要比我自己走得远些。不过，我没有所谓名人意识，而且我不喜欢和名人打交道。

象牙塔是一个虚构的概念

问：有一个问题一直困扰着我。我以前是多么地崇敬你呀，一直认为您是那种追求“采菊东南下，悠然见南山”逃避世事纷扰的人。可如今关注了您的微博和微信以后，我的想法有了改变。您是不是入世太深了呢？但愿是我误会了您。

答：我生性喜欢安静，不喜欢热闹，以前还有一点清高，回避人际交往。我曾经坚定地认为，作家就应该好好写作，只用作品说话，此外不再多说一句话。有一件事促使我反省，我看到一个对胡适的介绍，说他对每一封读者来信都认真答复。这使我震惊又惭愧，这样一位纯粹的学者，还在政界任要职，可知其繁忙，他为何这样做？后来我又读到，康德这样一位似乎不食人间烟火的大哲学家，也是很认真地回复读者来信的。这使我得出一个看法：象牙塔是一个虚构的概念，与文学、艺术、学术的纯粹无关。我自己的经验也告诉我，与读者之间充满善意和富有内容的互动是美好的，你能够帮助一个活生生的心灵解开一个困惑，这本身也是一项成就，而在这个过程中你自己也在拓展思考，从而受益。当然，我要注意把握好比例，把做好我的主要工作放在第一位，保证其时间不受侵占。

问：这是一个知识变现的时代，比如说听网课要付费。他们是缺钱吗？您如何看待知识分子的责任和义务？

答：我觉得要分清两件事：一是对知识和真理的认真态度，无论时代怎样，都要说真心话，写好作品。二是坦然而又淡然面对知识产品市场化的现实。今天的时代，网络和商业紧密结合，我会守住一条界线，决不为了吸引眼球、增加粉丝、快速变现而写哗众取宠的东西。你的质疑中有一个奇怪的逻辑，好像有精神追求就不该劳有所得。我想告诉你一个简单的道理：一个人从精神劳动中获得享受，他对劳动成果仍拥有知识产权，这和缺不缺钱没有关系。

问：您觉得自己的书是否属于畅销书？

答：我认为不能算，基本上可以算是长销书吧。畅销书有一个操作的模式，是出版商策划出来的，我觉得很奇怪，我以前出书的时候，出版社是没有策划这一说的，但是现在谁策划都印在版权页上了。在大部分情况下，是出版商想到一个选题，认为这个选题写成书会有很好的市场，就找有市场影响的作家来写，然后会有很多推销的手段，包括媒体宣传，举办各种活动，新闻发布会、读者见面会、签售之类。按照这个模式，作者有配合宣传的义务，我很烦这类活动。我自己觉得，我的书按照它本身的品质自己走到读者中去，这对于我是最合适的。

（全书完）

人生答案之书

作者 _ 周国平

编辑 _ 朱琳　封面设计 _ 董歆昱　内文制作 _ 向典雄　特约编辑 _ 姜应满
主管 _ 何娜　技术编辑 _ 顾逸飞　责任印制 _ 刘世乐　出品人 _ 王誉

营销团队 _ 毛婷 阮班欢

果麦
www.goldmye.com

以 微 小 的 力 量 推 动 文 明

图书在版编目（CIP）数据

人生答案之书 / 周国平著． -- 济南 ：山东文艺出版社，2021.8

ISBN 978-7-5329-6409-3

Ⅰ．①人⋯ Ⅱ．①周⋯ Ⅲ．①散文集－中国－当代 Ⅳ．①I267

中国版本图书馆 CIP 数据核字（2021）第 127712 号

人生答案之书

周国平　著

主管单位　山东出版传媒股份有限公司
出版单位　山东文艺出版社
发行单位　果麦文化传媒股份有限公司
社　　址　山东省济南市英雄山路 189 号
邮　　编　250002
网　　址　www.sdwypress.com

读者服务　0531-82098776（总编室）
　　　　　　0531-82098775（市场营销部）
电子邮箱　sdwy@sdpress.com.cn

印　　刷　天津丰富彩艺印刷有限公司
开　　本　880mm×1230mm　1/32
印　　张　9.25
印　　数　106,901 ～ 111,900
字　　数　230 千
版　　次　2021 年 8 月第 1 版
印　　次　2025 年 8 月第 15 次印刷
书　　号　ISBN 978-7-5329-6409-3
定　　价　78.00 元